# Platanenallee

Über das Buch

April 1990: Wenige Monate nach dem Fall der Mauer reist die junge Lena von Wien nach Brandenburg zu ihrer Großmutter, der sie noch nie zuvor begegnet ist. Getrieben von der Hoffnung, in der Abgeschiedenheit des großmütterlichen Hauses am Scharmützelsee ihren inneren Frieden wiederzufinden, wird Lena dort mit der Vergangenheit ihrer Eltern und Großeltern konfrontiert und muss erkennen, dass ihre Lebenskrise aufs Engste mit der Geschichte ihrer Familie verknüpft ist. Ein Gespinst aus Geheimnissen, Lügen und Missverständnissen hat über Generationen hinweg seine Spuren hinterlassen und bei allen Beteiligten zu Wunden und Verletzungen geführt.

Wunden, die nur heilen können, wenn endlich die ganze Wahrheit ans Licht kommt.

Erzählt wird die bewegende Familiengeschichte abwechselnd in der Gegenwart des Jahres 1990 und in Rückblicken, die von den wilden 1920er-Jahren bis zur Spaltung Deutschlands reichen.

Ein hautnahes Stück deutsch-deutscher Geschichte.

Nicci Schmieder

# Platanenallee

**Roman**

Bibliografische Information der Deutschen Nationalbibliothek: Die Deutsche Nationalbibliothek verzeichnet diese Publikation in der Deutschen Nationalbibliografie; detaillierte bibliografische Daten sind im Internet über dnb.dnb.de abrufbar.

Zweite Auflage
© 2019 Nicci Schmieder
Alle Rechte vorbehalten

Covermotiv: Catharina Wrangel
Lektorat: Susanne Rick

Herstellung und Verlag: BoD – Books on Demand, Norderstedt

ISBN 9-783-748199-342

Im Angesicht der Ewigkeit ist unser Dasein nur
ein Flügelschlag.

## April 1990

E in Ruck ging durch den Waggon, als der Zug mit kreischenden Bremsen zum Stehen kam. Lena war noch ganz benommen von der langen Zugfahrt, während der sie im Halbschlaf vor sich hingedämmert hatte. Erschrocken fuhr sie von ihrem Sitz hoch und schaute aus dem Abteilfenster. Fürstenwalde/Spree las sie auf dem Schild am Bahnsteig. Hektisch raffte sie ihre Zeitschriften, ihr Buch und ihre Thermoskanne von den Sitzen, stopfte alles in eine Plastiktüte und schulterte ihren schweren Rucksack. Wenige Augenblicke später sprang sie vom Trittbrett auf den Bahnsteig.

Fast am Ziel angelangt, überkam sie nun doch die Angst. Hals über Kopf war sie aus Wien aufgebrochen und hatte nicht darüber nachgedacht, was genau sie eigentlich in Brandenburg wollte. Ihr einziger Anhaltspunkt war der Zettel mit einer Adresse in ihrer Hosentasche. Auf der Zugfahrt hatte sie den immer wieder hervorgeholt und darauf gestarrt. Er war inzwischen schon ziemlich zerknittert und die Schrift kaum noch lesbar. Doch das spielte keine Rolle, sie kannte die Adresse längst auswendig.

Unschlüssig blieb sie auf dem Bahnsteig stehen, und erst als sie von jemandem versehentlich angerempelt wurde, setzte auch sie sich in Bewegung und strebte zum Ausgang des Bahnhofsgebäudes.

Ihr fiel sofort der ungewohnte Geruch auf, eine seltsame Mischung aus Abgasen, verfaultem Kohl und Frühlingsdüften. Als ein Bus direkt an ihr vorbeifuhr und sie in eine stinkende Abgaswolke hüllte, musste sie husten. Sie schaute sich nach einem Taxi um, doch weit und breit war keines zu sehen. Also überquerte sie die Straße, um einen Busfahrer zu fragen, wie sie am besten zu der Adresse auf ihrem Zettel gelangte.

„Jerade weg, der richtige Bus, Fräulein. Der nächste jeht erst in zwee Stunden."

Ratlos nahm sie ihren Rucksack ab und ließ sich im Bushäuschen auf eine Bank fallen. Der Busfahrer drehte sich zu ihr um.

„Ick hab jetzt Dienstschluss und muss sowieso in die Richtung. Soll ick Se mitnehmen?"

Lena überlegte nicht lange und nickte. Sie hatte keine Lust, zwei Stunden an der Haltestelle herumzusitzen und auf den nächsten Bus zu warten.

„Warten Se hier, ick hol Se ab."

Wenige Minuten später fuhr er mit einem laut knatternden Trabant vor der Bushaltestelle vor, stieg aus und quetschte ihren großen Rucksack in den kleinen Kofferraum. Erschöpft ließ sich Lena auf den Beifahrersitz fallen.

Der Wagen holperte auf maroden Straßen durch das kleine Städtchen, vorbei an heruntergekommenen zwei- und dreigeschossigen Häusern mit Ziergiebeln und altem Fachwerk, dazwischen Mietskasernen und größere Gebäude aus rotem Backstein. Am Ortsausgang kamen sie an einer riesigen Baustelle vorbei, offensichtlich ein neues Gewerbegebiet.

„Die schießen jetzt wie Pilze aus 'm Boden", bemerkte der Busfahrer.

„Überall entstehen diese Supermärkte, und wenn wir in zwee Monaten erst die Westmark haben, dann jeht´s richtig los. Globen Se mir, die Leute sind janz verrückt nach Westkaffee und Westschokolade. Als ob wir im Osten nischt Jescheites jehabt hätten." Empört schüttelte er den Kopf.

Lena sagte nichts dazu. Sie fühlte sich entsetzlich schlapp, und ihr stand in diesem Moment einfach nicht der Sinn nach einer oberflächlichen Konversation.

„Wo kommen Se denn eijentlich her?", fragte der Mann sie schließlich.

„Aus Wien", gab sie kurz angebunden zur Antwort, ohne den Fahrer eines Blickes zu würdigen. Anerkennend pfiff dieser durch die Zähne.

„ Is ne andere Welt hier, wa?"

„Weiß nicht." Lena hatte keine genaue Vorstellung von der Gegend gehabt. Sie kannte nur die Berichte aus dem Fernsehen, die Bilder von Menschen, die sich mit ihren Trabis in endlosen Schlangen über die Grenze schoben. Im Westen angekommen, fielen sie einander freudig in die Arme. Doch davon spürte sie hier nichts. Je näher sie der polnischen Grenze kamen, umso verlassener wirkte die Gegend. Die Häuser waren grau und die Menschen ebenfalls. So zumindest kam es ihr vor.

„Wat hat Se denn in unsere Jegend verschlagen?", unterbrach der Mann ihre Gedanken.

„Ferien", sagte sie in der Hoffnung, ihre Wortkargheit würde ihn endlich zum Schweigen bringen.

„Ausjerechnet hier? Na, da ham Se sich aber ein einsames Plätzchen ausjesucht, Fräulein."

Als Lena nicht darauf reagierte, sah er sie von der Seite an. „Besonders gesprächich sind Se ja nich. Ick tipp auf Liebeskummer, wa?"

Lena warf dem Mann einen bitterbösen Blick zu, woraufhin dieser sofort verstummte. Am nächsten Ortsschild bog der Mann von der Hauptstraße ab.

„Wir sind gleich da. Da vorn setz ick Se ab, den Rest können Se dann zu Fuß jehen. Is nicht weit." Er hielt am Straßenrand und erklärte ihr den restlichen Weg. Lena bedankte sich und schulterte ihren Rucksack. Der Mann gab Gas und fuhr davon.

Die Straße war gesäumt von hohen Bäumen, deren hellgrüne Triebe sich gegen das Grau des regenverhangenen Himmels abhoben. Es war ein typischer Apriltag, an dem sich Sonne und Regenschauer abwechselten. Von den Bäumen tropfte es, und die Schlaglöcher der Straße hatten sich in schlammige Pfützen verwandelt. Die Häuser auf beiden Seiten standen inmitten großzügiger Grundstücke, ganz anders als die Reihenhäuser mit den handtuchbreiten Gärtchen, wie sie ihr aus der Großstadt vertraut waren. An Platz schien es im ländlichen Brandenburg jedenfalls nicht zu mangeln.

Sie spürte, wie sie zunehmend aufgeregter wurde, je näher sie ihrem Ziel kam. Was würde sie hier erwarten? Sie atmete tief die kühle feuchte Luft ein und versuchte, sich zu entspannen. Zum x-ten Mal kramte sie den Zettel mit der Adresse aus ihrer Hosentasche. Sie suchte die Hausnummer 75. Vor einem grau gestrichenen Zaun blieb sie schließlich stehen. Der Garten dahinter lag im Schatten hoher Birken. Nach einigem Zögern drückte Lena die Klinke des Gartentors hinunter, und als sie das

Grundstück betrat, spürte sie vor lauter Aufregung ihren eigenen Herzschlag, und das Blut rauschte ihr in den Ohren. Sie ging durch den Garten auf ein rostrot gestrichenes Holzhaus mit blassblauen Fensterläden zu.

Das leuchtend rote Ziegeldach hatte an allen vier Seiten kleine Giebel mit weißen Sprossenfenstern, der Schornstein rauchte, an der vorderen Hauswand war sorgfältig Brennholz aufgeschichtet worden. Hinter dem Haus dümpelte ein See in bleiernem Grau.

Wie versteinert blieb sie stehen und versuchte, jede Einzelheit dieser Szenerie zu erfassen. Irgendwie war sie davon ausgegangen, dass ihr dieser Ort vertraut vorkommen würde. Doch da war nichts, nicht der leiseste Hauch einer inneren Verbindung. Sie spürte nur Nervosität und das beklemmende Gefühl von Fremdheit.

Hinter sich hörte sie plötzlich eine energische Stimme „Ja, bitte" sagen.

Lena fuhr herum. Eine Frau mit einem Strohhut auf dem Kopf kam auf sie zu. Ein loser Haarknoten hielt ihre rotgrauen Locken am Hinterkopf zusammen. An den Knien ihrer Latzhose klebte feuchte Erde.

„Betreten Sie immer fremde Grundstücke, ohne zu klingeln?"

Sie erkannte die Frau sofort.

Diese kniff plötzlich die Augen zusammen.

„Kennen wir uns?", fragte die Frau und schlug dann die Hände vor den Mund. „Magdalena?"

Ihre Gesichtszüge entspannten sich augenblicklich.

Lena nickte und ließ ihren Rucksack ins Gras fallen, bevor ihre Großmutter sie fest in die Arme schloss.

„Es war einmal ein kleines süßes Mädchen, das hatte jedermann lieb, der sie nur ansah, am allerliebsten aber ihre Großmutter, die wusste gar nicht, was sie alles dem Kinde geben sollte."

Ein angenehm kühler Luftzug wehte durch das geöffnete Fenster herein und bauschte die Vorhänge, während der schwache Schimmer der Nachttischlampe sich in der abendlichen Dämmerung verlor. Henriette wusste schon gar nicht mehr, zum wievielten Male sie Charlotte das Märchen vorlas, doch die Kleine liebte diese Geschichte über alles, obwohl sie sie schon längst Wort für Wort auswendig konnte. Doch an diesem Abend war Charlotte unruhig und wieder mal von ihrer unendlichen Neugier getrieben.

„Henriette", fragte sie plötzlich, „warum beginnt eigentlich jedes Märchen mit ´Es war einmal ...´?"
Erstaunt blickte Henriette auf. Darüber hatte sie tatsächlich noch nie nachgedacht. Dabei sah sie Charlotte an, deren aufmerksames Kindergesicht von roten Locken umrahmt wurde, die sich auf dem weißen Damastkopf-kissen wellenartig ausbreiteten. Der Anblick des kleinen Mädchens rührte sie, aber dennoch antwortete sie mit einer leichten Ungeduld.

„Ich weiß es nicht. Soll ich nun wieder vorlesen, oder willst du mir noch weitere Löcher in den Bauch fragen?"
Ohne Charlottes Antwort abzuwarten, blickte sie wieder in das Buch.

„Einmal schenkte sie ihm ein Käppchen von rotem Samt, und weil ihm das so wohl stand, und es nichts

anders mehr tragen wollte, hieß es nur das Rotkäpp-
chen.“

Als Henriette sah, dass die Kleine eingeschlafen war,
klappte sie das Märchenbuch zu und erhob sich. Sie
prüfte noch einmal, ob das Kind auch richtig zugedeckt
war und ging zum Fenster. Unten im Hof war es vollkommen still, und erneut wurde Henriette von einer
trübsinnigen Stimmung übermannt, die sie schon den
ganzen Abend lang gequält hatte. Sie musste an ihren
Vater denken, der an diesem Tag Geburtstag gehabt
hätte. Er war Stallknecht auf einem Gut bei Königsberg
gewesen, wo Henriette geboren worden war. Ihr Vater
hatte dort eine starke Position innegehabt und das Gesinde so gut es ging vor den Schikanen des Gutsherrn
bewahrt. Denn der Baron war ein herrischer Kerl gewesen, der gern seine Wut am Gesinde ausgelassen hatte.
Doch ihren Vater hatte er respektiert und gut bezahlt.
Deshalb hatte sie sogar die Schule besuchen können
und Lesen und Schreiben gelernt. Aber im letzten
Kriegswinter hatte die spanische Grippe ihre Eltern geholt, und sie war mit einem Schlag auf sich allein gestellt
gewesen. Dem Gutsherrn, der ihr hemmungslos nach-
stellte, war sie von da an schutzlos ausgeliefert gewesen,
und nur mit knapper Not hatte sie verhindern können,
dass er sich an ihr verging. Sie musste immer auf der
Hut sein, und wenn er es gerade mal nicht auf sie abgesehen hatte, dann wurde sie vom Sohn des Gutsherrn
in die Enge getrieben, der ständig auf der Suche nach
einem Abenteuer war.

Henriette fröstelte bei der Erinnerung an diese Zeit.
Sie zog ihre Strickjacke fester um sich und schloss das

Fenster. Im Spätsommer nach Kriegsende hatte sie Glück im Unglück gehabt. Eine Magd hatte ihr die Adresse einer Bekannten in Berlin gegeben, doch Henriette hatte damals kein Geld für eine Reise mit dem Zug gehabt. Also hatte sie ihre spärlichen Habseligkeiten zusammengepackt und sich zu Fuß auf den langen Weg gemacht. Nach zwei Wochen auf der Landstraße hatte sie eine Mitfahrgelegenheit auf einem Fuhrwerk ergattert und war Ende September in Berlin eingetroffen. Dort hatte sie die ihr genannte Adresse aufgesucht, wo sie die Anstellung bei den Petersens bekommen hatte. Nun war sie nicht nur das Dienstmädchen der Familie Petersen, sondern auch das Kindermädchen der kleinen Charlotte.

Sie zog die Gardinen zu und blieb noch einen Augenblick an Charlottes Bett stehen. Sie liebte die Kleine abgöttisch und dankte ihrem Schicksal jeden Tag dafür, dass sie den Mut gehabt hatte, das Gut in Ostpreußen zu verlassen. Zart küsste sie Charlotte auf die Stirn und löschte das Licht. Auf Zehenspitzen verließ sie das Kinderzimmer, um in den Salon hinüberzugehen. Ihr Dienstherr sah auf, als sie den Raum betrat.

„Charlotte schläft. Benötigen Sie noch etwas?"
Oskar Petersen schüttelte den Kopf. „Nein, du kannst ruhig schlafen gehen. Gute Nacht!" Obwohl sie in Gedanken an ihren Vater viel zu aufgewühlt war, um schlafen zu können, so war sie doch körperlich so erschöpft, dass sie sich augenblicklich hinlegte und froh war, ihre schmerzenden Glieder unter der wärmenden Decke ausstrecken zu können.

Oskar Petersen war ein hochgewachsener Mann. Seine zarten Gesichtszüge und sein rotgelocktes Haar passten auf den ersten Blick so gar nicht zu seiner kräftigen Statur. Er kleidete sich immer korrekt mit hochgeschlossenem Kragen und in gedeckten Farben. Seine elegante und dennoch stämmige Erscheinung umgab stets der harzige Zedernholzgeruch edler Zigarren, gemischt mit einer leichten Seifennote. Er hatte eine Schwäche für schwarzen Tee, besonders für die ostindischen Mischungen, die er wegen ihres kräftigeren Aromas den milden chinesischen Sorten vorzog. Während des Krieges war es schwierig gewesen, an Tee heranzukommen. Aber inzwischen war der Handel mit Ostindien wieder erlaubt, und Petersen gönnte sich nun täglich morgens und abends wieder mehrere Tassen. Als Inhaber einer Fabrik für Druckfarben hatte er es zu einem beträchtlichen Vermögen gebracht und konnte sich diesen Luxus leisten. Teetrinken betrachtete er als ein Privileg seiner gesellschaftlichen Klasse, und mit Argwohn registrierte er den zunehmenden Import russischer Teesorten, die nicht nur als modern galten, sondern auch für das einfache Volk erschwinglich waren. Er selbst konnte dem rassigen Geschmack russischen Tees nichts abgewinnen, den er nur für trinkbar hielt, wenn man Unmengen Zucker hineinrührte. Das aber war seiner Ansicht nach primitiv und entsprach so gar nicht seinen Vorstellungen von Teegenuss. Außerdem wollte er keinesfalls mit den Menschen aus den niederen Gesellschaftsschichten auf eine Stufe gestellt werden. Nach der zweiten Tasse an diesem Abend nahm er sich eine Zigarre aus der Holzschatulle, die auf der Anrichte stand. Er knipste die

Spitze ab und riss ein langes Streichholz an. Rauchschwaden stiegen auf, als er kräftig an der Zigarre zog.

„Immer musst du im Salon die Luft verpesten", schimpfte seine Frau Luise, die gerade zur Tür hereinkam.

„Warum kannst du dieses Kraut nicht drüben in der Bibliothek rauchen?", setzte sie nach, während sie ein Fenster aufriss. „Ich rufe Henriette, sie soll dir das Teetablett hinübertragen."

„Henriette ist schon zu Bett gegangen", sagte Petersen und öffnete die Flügeltür zur Bibliothek. Seine Frau Luise seufzte.

„Also gut, dann trage ich es dir hinüber." Sie ging zum Tisch, nahm das Tablett samt Tasse und Teekanne und brachte es nach nebenan.

Luise Petersen ließ keine Gelegenheit aus, sich über den Zigarrenrauch ihres Mannes zu beschweren. Der Geruch war ihr unangenehm, und sie verabscheute diese abendliche Angewohnheit. Doch ihr Gatte hatte auch seine Vorzüge. Er war ein geschätztes Mitglied des gutsituierten Berliner Industriellenkreises. Das wiederum tröstete sie über so manche negative Seite hinweg. Denn sie legte großen Wert auf gesellschaftliches Ansehen. Sie gehörte zu jenen Frauen, die ihr Mieder immer noch so eng schnürten, dass ihnen nur eine flache Brustatmung möglich war. Damit erhielt sie sich auch jetzt noch ihre schlanke Silhouette, obwohl sie die Dreißig längst überschritten hatte. Die Nachkriegsmode mit ihren gerade geschnittenen Kleidern aus leichtem Jerseystoff, die ihrer Meinung nach alles daran setzte, die weiblichen Formen zu negieren, war ihr zutiefst zuwider, auch wenn sie insgeheim zugeben musste, dass sie wohl nicht nur um einiges bequemer war, sondern auch mehr Bewegungsfreiheit bot. Doch Luises Art, der präzise Ruck, mit dem sie in der Lage war, ihre Handschuhe in einer einzigen Bewegung auszuziehen, hatte etwas Militärisches, und man hätte meinen können, sie wolle die unterarmlangen Bekleidungsstücke anschließend als Peitsche verwenden. Sie war eine über jeden Zweifel erhabene Industriellengattin, die zuweilen etwas Furchteinflößendes an sich hatte.

Doch an diesem Abend, als sie nun endlich allein im Salon war, gönnte sie sich einen Moment der Entspannung. Sie schloss das Fenster wieder und streckte sich auf der Chaiselongue aus. An diesem Tag hatte sie ihre Tochter Charlotte selbst betreuen müssen, weil Henriette ihren freien Nachmittag gehabt hatte. Das Kind stellte ununterbrochen Fragen, und sie war nun ganz erschöpft von der Anstrengung, sich auf alles eine Antwort überlegen zu müssen. Sie schloss die Augen und versank in einen leichten Halbschlaf. Im Gegensatz zu ihrem Gatten sah sie die Wissbegierde ihrer Tochter mit gemischten Gefühlen.

Charlotte erhielt eine streng wilhelminische Erziehung. Seit Kriegsende veränderten sich zwar die Erziehungsmethoden, und neben Deutsch und Algebra wurde in der Schule neuerdings mehr Wert auf Leibesertüchtigung gelegt. Doch sie selbst bevorzugte Disziplin, und Gehorsam war für sie das oberste Gebot. Charlotte musste sich gegenüber Erwachsenen, auch gegenüber ihren Eltern, höflich und mit der angebrachten

Zurückhaltung benehmen. Doch Henriette, das Dienstmädchen, ließ Charlotte so einiges durchgehen. Luise Petersen betrachtete das mit großem Missfallen, aber Henriette war ja selbst noch sehr jung und hatte keine Ahnung, wie man ein kleines Mädchen aus gutem Hause erzog. Aber sie liebte das Kind, was Luise Petersen sehr zu schätzen wusste, denn dadurch konnte sie sich auf Henriette zu hundert Prozent verlassen. Und das war ihr wichtig, denn sie brauchte das Dienstmädchen zu ihrer Entlastung, um ihren gesellschaftlichen Verpflichtungen nachzukommen.

*

Eine davon war das alljährliche Gartenfest der Familie Hinze, zu dem die Petersens anderntags eingeladen waren, ein wichtiges gesellschaftliches Ereignis, bei dem sie keinesfalls fehlen durften. Wilhelm Hinze und Oskar Petersen waren Geschäftspartner, und im Laufe der Jahre war aus der rein geschäftlichen Beziehung eine enge Freundschaft zwischen den Männern geworden. Auch Luise Petersen hatte sich mit Mathilde, Wilhelm Hinzes Ehefrau, inzwischen angefreundet. Sie bewunderte Mathilde geradezu, die in ihren Augen eine großartige Gastgeberin war.

Die Sommervilla der Familie Hinze am Scharmützelsee war ein prachtvolles Haus mit elegantem Interieur. Sie lag direkt am Seeufer inmitten eines großen eindrucksvollen Gartens. Insgeheim beneidete Luise Petersen die Familie Hinze um dieses Anwesen, obwohl sie selbst lieber in der Stadt lebte, aber Sommerfeste wie dieses konnte man eben nur auf dem Land genießen.

Als sie das Anwesen erreichten, brannte die Mittagssonne bereits vom Himmel, und nach einem kleinen Imbiss zogen sich die Damen zu einem Ruhestündchen zurück, während sich die Männer in der Bibliothek niederließen.

„Die Papiere sind fertig, das Geschäft ist perfekt." Wilhelm Hinze bot Oskar Petersen eine Zigarre an und bediente sich anschließend selbst. „Nächsten Monat kannst du das Haus beziehen", sagte er und reichte seinem Freund den Zigarrenabschneider.

„Wunderbar!" Oskar knipste die Zigarrenspitze ab und gab Wilhelm das kleine Utensil zurück. „Dann können wir noch diesen Sommer mit den Renovierungsarbeiten beginnen." Er trat zu Wilhelm ans Fenster, entzündete die Zigarre und nahm einen kräftigen Zug. „Ich danke dir, mein Freund!"

„Hast du es Luise schon gesagt?", fragte ihn Wilhelm. Oskar grinste. „Das hebe ich mir für morgen auf. Denn das ist unser Hochzeitstag, und da würde ich sie gerne mit dieser wunderbaren Neuigkeit überraschen", antwortete er und stellte sich schon das Gesicht seiner Frau vor, wenn sie erfuhr, dass er ihr ein Sommerdomizil am See gekauft hatte.

„Das Geld ist jedenfalls gut angelegt, mein Lieber." Wilhelm setzte sich in einen der bequemen Ohrensessel.

„Ich sage dir, Immobilien sind neben Gold und Kunstgegenständen immer noch die sicherste Anlagemöglichkeit. Wenn die Geldentwertung so weitergeht, werden wir bald mit einer unangenehmen Inflation zu kämpfen haben."

Mit einem Seufzer ließ sich Oskar in dem Sessel gegenüber nieder und runzelte nachdenklich die Stirn.

„Ich befürchte, dass du da Recht behalten könntest", sagte er und griff nach einem der beiden Whiskygläser, die auf einem kleinen Holztisch zwischen ihren Sesseln standen. „Dann erheben wir die Gläser auf unsere gut gehenden Geschäfte, in der Hoffnung, dass diese noch lange ertragreich sein werden." Dumpf klirrten die schweren Gläser, als die beiden Männer miteinander anstießen.

Als Luise und Oskar Petersen am darauffolgenden Nachmittag nach Berlin zurückfuhren, gab Petersen seinem Chauffeur Paul schon nach wenigen Minuten die Anweisung, von der Landstraße abzubiegen. Und so fuhren sie, statt der Hauptstadt entgegen, eine von prächtigen Platanen gesäumte Allee entlang.

„Hier ist es, bitte halten Sie an, Paul." Petersen stieg aus und half seiner überrascht dreinschauenden Frau Luise aus dem Wagen.

„Gefällt es dir?", fragte er und deutete mit einer ausladenden Armbewegung auf das Anwesen am Ende der Allee.

„Wieso fragst du mich das?", gab Luise verwundert zur Antwort.

„Weil ich es dir gern zu unserem heutigen Hochzeitstag schenken möchte."

„Du schenkst mir ein Sommerhaus?"

Petersen bemerkte den Unmut in ihrer Stimme und ließ seinen Arm kraftlos wieder sinken.

„Nun, in erster Linie ist es natürlich eine Geldanlage. Aber du kannst hier schalten und walten, wie du es gerne möchtest."

Luise Petersen ließ schweigend ihren Blick schweifen, und was sie sah, erfreute sie keineswegs. Ein verwilderter Garten, umgeben von einem morschen Zaun und wild wuchernden Hecken, die das Grundstück zur Straße hin abgrenzten. Ein dichtes Blätterdach verschattete das Anwesen und ließ es düster erscheinen. Im hinteren Teil des Gartens konnte Luise Petersen ein Holzhaus mit schief hängenden Fensterläden erkennen, von denen die Farbe abblätterte. Sie kniff die Augen zusammen. Am Horizont glitzerte in der Sonne der Scharmützelsee.

„Eine Geldanlage? Ich bin nicht sicher, ob das hier eine gute Wahl ist.

„Wie bitte?", rief Oskar Petersen aus und stellte sich neben sie.

„Sieh doch nur, in welch katastrophalem Zustand das Gebäude ist. Es hat ganz den Anschein, als würde es jeden Moment zusammenfallen." Missbilligend schüttelte sie den Kopf, trat an den Zaun und hob unwillig eine Latte an, die daraufhin prompt von ihrem rostigen Nagel in das hohe Gras fiel.

„Du weißt doch, ich bin ein Stadtmensch. Was soll ich den ganzen Sommer über in dieser Einöde hier? Marmelade einkochen?"

„Aber ich bitte dich, Luise", wandte Oskar ein, „das hier ist Teil einer Künstlerkolonie, und im Sommer finden hier jede Menge Ausstellungen und Freiluftkonzerte statt – die beste Lage, die derzeit rund um Berlin zu bekommen ist."

Luise Petersen kickte mit der Fußspitze gegen die herabgefallene Zaunlatte. „Künstler?", fragte sie in einem verächtlichen Tonfall, „meinst du etwa diese Verrückten, die vor dem Krieg die nackten Mädchen im Wald gemalt haben? Mein lieber Oskar, das entspricht doch nun wirklich nicht unserem Niveau."

Petersen war sichtlich bemüht, die Contenance zu wahren, obwohl er nicht nur wütend, sondern auch zutiefst enttäuscht und traurig über die Reaktion seiner Frau auf dieses Geschenk war. Was für eine böse Überraschung, in mehrerlei Hinsicht, dachte er, während er darum bemüht war, wieder eine aufrechte Haltung einzunehmen.

„Wie auch immer, ich habe das Grundstück gekauft – und damit basta", stieß er zwischen zusammengebissenen Zähnen hervor und ging zurück zum Wagen. „Du verstehst eben nichts von Immobiliengeschäften, ich hätte es wissen müssen." Damit stieg er, ohne seine Frau weiter zu beachten, in den Wagen und knallte die Tür hinter sich zu, während Chauffeur Paul Luise auf der anderen Seite in das Automobil half. Auf der gesamten Rückfahrt fiel kein einziges Wort.

Luise Petersen schmollte. Wie konnte er das Familienvermögen in eine derart heruntergekommene Immobilie investieren? Ihren Hochzeitstag hatte sie sich nun wirklich anders vorgestellt. Warum hatte er das Geld nicht für den schönen Sommermantel ausgegeben, den sie ihm erst kürzlich beim Flanieren auf der Tauentzienstraße in den Auslagen des KaDeWe gezeigt hatte? Eine Holzhütte im brandenburgischen Hinterland! Damit würden sie ganz sicher keinen Staat machen.

Ein paar Tage darauf trafen sich Luise Petersen und Mathilde Hinze zu ihrem allwöchentlichen Nachmittagstee im Café Kranzler, wo sie für gewöhnlich Sachertorte aßen. Doch Luise Petersen beließ es diesmal bei einer Tasse Tee, denn sie hatte ein ungutes Gefühl in der Magengegend. Und prompt folgte, wovor sie sich so sehr gefürchtet hatte: Mathilde Hinze sprach sie auf den Kauf des Anwesens am Scharmützelsee an.

„Sicher bist du sehr stolz auf eure Neuerwerbung", meinte die Freundin leichthin, während sie einen Löffel Schlagsahne auf ihr Tortenstück gab. Luise überkam eine neue Welle der Übelkeit, doch weniger wegen der Schlagsahne, als vielmehr wegen der Peinlichkeit, auf diese Fehlinvestition ihres Mannes angesprochen zu werden. Hoffentlich hatte es nicht schon die Runde gemacht, dass sie ein baufälliges Sommerhaus auf dem Land gekauft hatten. Was für ein entsetzlicher, nicht wiedergutzumachender gesellschaftlicher Schaden daraus entstehen mochte, wollte sie sich in diesem Augenblick gar nicht vorstellen. Verlegen rührte sie in ihrem Tee, obwohl sie diesen selbstverständlich ohne Zucker trank.

"Wir waren ja erst einmal dort, und ich habe es, ehrlich gesagt, noch gar nicht so genau angeschaut", wich sie aus. Mathilde plauderte unbeirrt weiter.

„Meine Liebe, ich freu mich schon so, wenn ihr erst den Sommer dort verbringt. Dann können wir uns noch viel öfter treffen."

„Eigentlich bin ich ja ein Stadtmensch", gab Luise ein-silbig zurück.

„Ach was", erwiderte Mathilde unbekümmert, das Stadtleben ist doch nur etwas für den Winter. Aber das Moorheilbad sorgt den ganzen Sommer über für einen regen Kurbetrieb. Und außerdem trifft sich dort die gesamte Berliner Kunst- und Filmszene, und dann erst noch das Schachturnier! Du glaubst ja nicht, wie aufregend das ist, wenn das internationale Publikum anreist." Schach interessierte Luise nun wirklich nicht, doch sie zog es vor, das für sich zu behalten.

„Und die Sommerfeste", schwärmte Mathilde weiter.

„Es ist gar nicht so einfach zu entscheiden, wo man hingeht und wo man absagt, so zahlreich sind die Einladungen."

Luise legte den kleinen Löffel auf die Untertasse zurück und trank endlich den ersten Schluck ihres Tees. Je mehr ihre Freundin ins Schwärmen geriet, desto mehr trat der verwahrloste Zustand des Grundstückes vor ihrem inneren Auge in den Hintergrund. Stattdessen stellte sie sich nun prachtvolle Gesellschaften und Empfänge vor, sonnige Nachmittage bei gepflegter Unterhaltung im Gartenpavillon, abendliche Streichkonzerte auf der Terrasse und Diners im Kerzenschein. Das Landleben erschien ihr plötzlich in einem anderen Licht. Sie stellte die Teetasse ab und kramte das Portemonnaie aus ihrer Handtasche.

„Bitte verzeih", sagte sie geistesabwesend, „aber ich muss los. Ich habe noch so viele Erledigungen zu machen."

„Nanu, so plötzlich?", fragte Mathilde verwundert, aber da hatte sich Luise schon erhoben, küsste die Freundin eilig auf die Wangen, und weg war sie. Draußen nahm sie sich eine Droschke und fuhr auf direktem Weg zu Oskar in die Fabrik. Der wusste nicht, wie ihm geschah, als Luise an diesem Nachmittag in sein Büro gerauscht kam.

„Ich habe mir die Sache mit dem Sommerhaus noch einmal durch den Kopf gehen lassen", sagte sie mit fester Stimme.

„Und deswegen kommst du hierher?", gab Oskar ironisch zurück. Natürlich freute er sich insgeheim über den Besuch seiner Frau, die den Weg selten genug in sein Büro fand. Wie er sein Geld verdiente, interessierte Luise nicht. Es kam lediglich darauf an, dass genug davon da war. Doch allzu leicht wollte Oskar es seiner Frau nach dem letzten Streit auch wieder nicht machen.

„Hat das nicht Zeit bis heute Abend?", fragte er und wies dabei auf die vielen Papiere, die sich auf seinem Schreibtisch häuften.

„Ich wollte dir nur sagen, dass ich mich selbstverständlich deiner Entscheidung fügen werde", beeilte sich seine Frau zu sagen. „Und es war dumm von mir zu zögern. Dieses Haus ist nämlich eine ganz wunderbare Idee."

Oskar zog die Augenbrauen hoch und fragte sich, woher der plötzliche Sinneswandel seiner Frau wohl kommen mochte. Doch diese ließ sich von seinem skeptischen Blick nicht weiter irritieren.

„Vielleicht habe ich sogar Freude daran, den Garten zu bewirtschaften, wenn mir Henriette zur Hand geht", fügte Luise hinzu und sah ihn erwartungsvoll an.

„Es freut mich, das zu hören", erwiderte Petersen, obwohl er noch nicht ganz überzeugt davon war, dass seine Frau tatsächlich ihre Meinung geändert hatte. Doch dann entschloss er sich, die Chance zu nutzen.

„Dann können wir ja gleich nächste Woche mit den Sanierungsarbeiten beginnen", sagte er und griff zum Telefonhörer. „Ich werde sofort meinen Sekretär anweisen, die Handwerker zu bestellen. Wenn Du mich jetzt entschuldigen würdest, meine Liebe, ich habe zu arbeiten."

Oskar Petersen war kein nachtragender Mensch. Und seine Frau fügte sich, das genügte ihm. Und schon rauschte sie so schwungvoll aus dem Büro, wie sie gekommen war.

\*

Für Charlotte war das Sommerhaus am Scharmützelsee das Paradies auf Erden. Während ihre Mutter von einem Teenachmittag zum nächsten ging und stundenlang Konzerten lauschte, tobte Charlotte über das Anwesen, nur beaufsichtigt von Henriette, die liebevoll versuchte, ein wenig Struktur in den Tagesablauf des Kindes zu bringen. Ihre Mutter sah Charlotte nur zu den Mahlzeiten, bei denen sie dieser immer wieder versicherte, wie gewissenhaft Henriette ihrer Aufsichtspflicht nachkam. Das war ihr Part bei dem unausgesprochenen Pakt, den sie mit Henriette geschlossen hatte.

Denn in Wahrheit war Henriette derart mit Haus und Garten beschäftigt, dass sie sich, wann immer ihr danach war, davonstehlen konnte, um allein durch die Wälder zu streifen. Im Gegenzug deckte Henriette all ihre Eskapaden, wann immer sie diese bemerkte.

Auf einem ihrer Streifzüge kam sie eines Nachmittags an einer Pferdekoppel vorbei. Ein braunes Fohlen wurde auf sie aufmerksam und trottete zu ihr an den Koppelzaun.

„Na, mein Kleines." Charlotte ließ das Tier an ihrer Hand schnuppern, um ihm dann über die Stirn zu streicheln. „Schade, aber ich habe nichts zum Naschen für dich dabei."

„Er hätte es ohne Zögern verschlungen." Erschrocken fuhr Charlotte herum. Vor ihr stand ein ungefähr gleichaltriges Mädchen mit blonden Zöpfen in einem ausgewaschenen Kleid mit Blumenmuster, aus dem sie bereits herausgewachsen war, und darüber hatte sie eine grüne Schürze gebunden. Ihre strumpflosen schmutzigen Füße steckten in derben Sandalen, und in einer Hand hielt sie einen alten blechernen Eimer. Sie hatte zahlreiche Sommersprossen auf der Nase und blinzelte Charlotte aus blauen Augen an.

„Bist wohl eine von den Sommerfrischlern aus der Stadt?" Charlotte hob den Kopf. In ihrem blauen Sommerkleid und den blütenweißen Sandalen fühlte sie sich dem ärmlich aussehenden Mädchen überlegen.

„Was geht dich das an?", erwiderte sie und schaute auf das Mädchen herunter, das einen halben Kopf kleiner war als sie.

„Na, du siehst so aus, in deinem schicken Kleid und dem Schleifchen im Haar. Aber was soll´s." Das Mädchen stellte den Eimer auf den Boden, wischte sich die Finger an ihrer Schürze ab und streckte Charlotte ihre Hand entgegen.

„Bin die Inge", sagte sie.

„Ich bin Charlotte aus Berlin." Sie wollte schon die ihr entgegengestreckte Hand ergreifen, doch als sie sah, wie schmutzig sie war, zögerte sie.

„Hast wohl Angst um dein schönes Kleidchen?" Entschlossen ergriff Charlotte Inges Hand.

„Ich doch nicht." Da mussten beide lachen.

„Wohnst du da unten auf dem Hof?" Charlotte deutete mit dem Kopf in Richtung eines Hauses, das dicht am Waldrand stand.

„Unsere ganze Familie wohnt dort. Meine Eltern, Großeltern, Tante und Onkel, mein Bruder und meine Vettern. Wir haben auch einen Hund, zwei Katzen, ein paar Kühe und Hühner, und letzte Woche hat unsere Sau zehn kleine Ferkel geworfen."

Nach Inges Redeschwall schüttelte Charlotte ihre roten Locken und überlegte schnell, was sie zu bieten hatte. Doch ihr fiel nichts Vergleichbares ein.

„Du hast aber eine große Familie. Ich habe nur einen Vater und eine Mutter, und wir haben ein Dienstmädchen und einen Chauffeur. Manchmal kommt noch ein Gärtner."

„Na, da ist es bei euch ja richtig aufregend, so ohne Hund und Katzen, aber dafür mit Gärtner?" Wieder lachten sie.

Zuhause erzählte Charlotte begeistert vom Bauernhof ihrer neuen Freundin, und ihre Mutter wollte natürlich augenblicklich genau wissen, mit wem sie da ihre Zeit verbrachte. Als Charlotte Inge eines Nachmittags mit nach Hause brachte, hob Luise Petersen kritisch die Augenbrauen. Das war also das Bauernmädchen, das ihre Tochter so ins Herz geschlossen hatte. Inge knickste und grüßte höflich. Wenigstens hatte das Mädchen Manieren. Und sie war sauber, wenn auch einfach gekleidet. Und ihre gepflegte Aussprache ließ auf ein solides Elternhaus schließen. Luise Petersen war zufrieden, auch wenn der Umgang mit einem einfachen Bauernmädchen ihrer Ansicht nach nicht standesgemäß war. Doch was konnte man hier auf dem Land schon erwarten? So duldete sie die Freundschaft der Mädchen und war im Grunde genommen froh, dass Charlotte Anschluss gefunden hatte.

*

„Bin wieder da." Charlotte sprang die Stufen zum Hauseingang hoch, ihre roten Locken waren noch feucht vom Baden. Der Sommer war so heiß, dass sie und Inge jede freie Minute am See verbrachten. Nachdem der Chauffeur Paul ihr einige Schwimmzüge beigebracht hatte, übte Charlotte fleißig im flachen Wasser und wurde mit jedem Tag eine bessere Schwimmerin.

„Henriette?", rief sie, als niemand antwortete, doch im Haus blieb es still. Sie sah in der Küche nach. Auf dem Herd standen Töpfe, und es roch nach einem würzigen Essen. In diesem Moment hörte sie eine Tür klappern. Als Henriette die Küche betrat, erschrak Charlotte.

Henriette war ganz bleich, und kleine Schweißperlen standen ihr auf der Stirn. Aus ihrem Haarknoten hatte sich eine Strähne gelöst.

„Siehst du grün aus!", sagte Charlotte. „Geht es dir nicht gut?"

Henriette winkte ab. „Alles in Ordnung." Geschickt steckte sie die lose Haarsträhne wieder fest und strich ihre Schürze glatt.

„Wasch dir die Hände und lass uns essen."

Während sie aßen, stürzte Henriette plötzlich ins Badezimmer.

„Meinst du nicht, wir sollten den Arzt kommen lassen?", fragte Charlotte besorgt. Henriette schüttelte den Kopf und straffte ihren Körper. „Das ist nicht nötig. Das wird schon wieder. Iss jetzt auf!"

Nach dem Essen schickte Henriette Charlotte zu Inge auf den Hof.

„Um fünf bist du wieder zu Hause! Sei bitte pünktlich, ich will keinen Ärger mit deiner Mutter bekommen. Und bring Eier und eine Kanne frische Milch mit!"

Das ließ sich Charlotte nicht zweimal sagen und machte sich sofort auf den Weg.

Um viertel nach fünf trug Charlotte vorsichtig die Papiertüte mit den Eiern und die Kanne Milch nach Hause. Sie hatte Henriettes Unwohlsein längst vergessen, doch als sie das Automobil des Arztes vor dem Haus stehen sah, erschrak sie. Es musste etwas passiert sein.

„Geht es Henriette schlechter?", fragte sie ihre Mutter, die ihr im Flur entgegenkam.

„Wo in Gottes Namen bist du gewesen?", fragte diese und kam mit erhobener Hand auf sie zu. Es schien, als wäre sie kurz davor, Charlotte zu ohrfeigen.

„Ich muss mehr Strenge walten lassen. Da kommt man ahnungslos nach Hause, Henriette liegt ohnmächtig auf den Dielen im Wohnzimmer, und du bist unauffindbar!"

„Aber ich war doch nur bei Inge, um Eier und Milch zu holen."

„Wie kannst du dich ganze Nachmittage lang irgendwo herumtreiben?"

„Aber Henriette hat mich doch gebeten, ihr zu helfen."

„Sei jetzt still!" Drohend erhob ihre Mutter noch einmal die Hand. Charlotte schwieg und verschwand in der Speisekammer, um Milch und Eier wegzuräumen. Anschließend setzte sie sich zu ihrer Mutter ins Wohnzimmer. Während ihre Mutter nervös mit den Fingern auf die Armlehne ihres Korbsessels trommelte, tickte die große Standuhr aus dunklem Eichenholz ungewöhnlich laut, und die Minuten fühlten sich an wie Stunden. Charlotte wagte nicht, sich zu bewegen und starrte aus dem Fenster. In der weißen Häkelgardine hatte sich eine Wespe verfangen und surrte. Wäre es anders gekommen, wenn sie nicht zu Inge gegangen wäre? Aber sie hatte doch nur getan, was Henriette ihr aufgetragen hatte. Gut, sie war mit Inge noch ein wenig im Stall bei den Hühnern gewesen, und sie hatten die süßen Küken gestreichelt. Wäre sie doch nur früher nach Hause gegangen!

Schließlich erschien der Arzt mit besorgtem Blick in der Wohnzimmertür.

„Dürfte ich Sie wohl einen Augenblick allein sprechen, gnädige Frau?"

Charlotte verließ auf Anweisung ihrer Mutter den Raum, und Luise Petersen wies auf den Korbsessel ihr gegenüber.

„Bitte, Herr Doktor, setzen Sie sich doch!"

Der Arzt stellte seine Tasche auf den Boden und ließ sich in den Sessel fallen. Die bestickten Kissen waren weich, und er lehnte sich einen Moment zurück. Er atmete hörbar ein und wieder aus und überlegte, wie er das Gespräch beginnen sollte. Frau Petersen war eine resolute Frau, und er wusste, was dem Hausmädchen blühte, wenn die Wahrheit herauskam. Die junge Frau tat ihm leid. Dennoch kam er nicht darum herum, die Wahrheit anzusprechen. „Fräulein Henriette bekommt ein Kind." Der Arzt nahm seine Brille ab und rieb sich mit Daumen und Zeigefinger die Nasenflügel, während Luise Petersen ihn entsetzt ansah.

„Herr Doktor, wie kann das sein?"

Doktor Assmann schmunzelte und fuhr dann ungerührt fort.

„Die Schwangerschaft verläuft normal. Ich nehme an, Fräulein Henriette ist unverheiratet?" Als Luise Petersen nickte, setzte er die Brille wieder auf. „Sie sollten mit ihr ein ernstes Wort reden."

„Diese Situation ist mir äußerst unangenehm. Fräulein Henriette ist eine verlässliche Angestellte. Haben Sie eine Vorstellung, wie schwer es ist, gutes Personal zu finden?"

Der Arzt blieb unbeeindruckt. So waren sie, die reichen Industriellen, dachten immer nur an sich. Was ging es ihn an, wie Frau Petersen ihr Personal organisierte? Er beugte sich vor und nahm sein Terminbuch aus der Tasche. Er blätterte die Seiten durch und zählte die Wochen. Dann sah er wieder auf.

„Gnädige Frau, lassen Sie uns ganz offen reden. Fräulein Henriette befindet sich etwa im vierten Monat. Das Kind wird noch vor Weihnachten zur Welt kommen."

Luise Petersen kannte den Doktor nur flüchtig, wollte aber nichts unversucht lassen, um dieses Problem diskret aus der Welt zu schaffen. Sie sah sich um, um sicherzugehen, dass niemand ihr Gespräch mit anhören konnte. Dann stand sie auf und schloss die Tür zur Terrasse, für den Fall, dass Charlotte womöglich vor dem Haus herumlungerte und sie belauschte. Dann setzte sie sich wieder und beugte sich vor.

„Was haben wir denn für Möglichkeiten, wenn Sie verstehen, was ich meine?"

Vor dieser Frage hatte sich der Arzt gefürchtet. Es war klar, dass die anderen Umstände des Hausmädchens für die Hausherrin ein peinliches Problem darstellten. Und er war sich nicht sicher, welche Rolle der Hausherr in diesem Zusammenhang spielte. Fräulein Henriette machte auf ihn nicht den Eindruck, leichtfertig mit ihrer Jugend umzugehen. So lag der Verdacht nahe, dass sie nicht ganz freiwillig in diese Lage geraten war. Doktor Assmann nahm seine Brille wieder ab. Er überlegte, und Luise Petersen wartete geduldig. Schließlich gab er eine klare Antwort.

„Gnädige Frau, bitte verstehen Sie mich nicht falsch, aber so etwas mache ich nicht!" Um seinen Entschluss zu unterstreichen, schüttelte er den Kopf. „Damit möchte ich nichts zu tun haben." Er setzte die Brille wieder auf und erhob sich. „Bitte entschuldigen Sie mich, ich habe noch einige Hausbesuche zu erledigen." Er nahm seine Arzttasche und schickte sich zum Gehen an.

In diesem Moment erkannte Luise Petersen, dass sie zu weit gegangen war und versuchte, sich wieder ins rechte Licht zu rücken.

„Das war nur so ein Gedanke, wie dumm von mir, so etwas auch nur zu überlegen."

Der Arzt lächelte. „Ist gut, ich verstehe Sie durchaus, gnädige Frau, aber ich habe nun mal meine Prinzipien."

Luise Petersen begleitete den Arzt noch zum Gartentor, dann ging sie zurück ins Haus und stieg die schmale Wendeltreppe ins Dachgeschoss hinauf. Am Ende des Ganges klopfte sie an Henriettes Zimmertür und trat ein, ohne eine Antwort abzuwarten.

„Mein liebes Kind, was machst du nur für Sachen?" Sie setzte sich auf den einzigen Stuhl im Zimmer.

Henriette lag auf dem schmalen Bett unterhalb der Dachschräge. Sie sah blass aus. Dennoch richtete sie sich auf und ordnete ihre Kleider. Luise Petersens milder Tonfall ermutigte sie, denn die Hausherrin schien Verständnis für ihre Situation zu haben. Doch diese kam ohne weitere Umschweife zur Sache.

„Ich will sofort wissen, wer der Vater des Kindes ist!"

Henriette war klar, dass die Wahrheit sie ihre Anstellung kosten würde. Ihre Entlassung, ein uneheliches Kind ... Wovon sollte sie leben?

Als sie schwieg, fuhr Luise Petersen ungerührt fort.

„Du wirst ihn heiraten, das ist dir klar. Und sieh mir gefälligst in die Augen, wenn ich mit dir spreche."

Henriette hob den Kopf und knetete ihre Hände vor dem Bauch. Dann strich sie ihre Schürze glatt und sagte leise.

„Das geht nicht, gnädige Frau. Der Vater weiß nichts von dem Kind."

Luise Petersen hob streng die Augenbrauen.

„Also wer ist es? Ich höre ... " Sie lehnte sich zurück und verschränkte die Arme vor der Brust.

Henriette wusste, dass sie ihrer Herrin die Antwort nicht schuldig bleiben durfte. „Er ist bereits verheiratet", sagte sie und senkte den Blick.

„Er ist verheiratet? Ja, bist du denn von allen guten Geistern verlassen?" Luise Petersen erhob sich.

„Aber was hätte ich denn tun sollen?", sagte Henriette flehentlich, doch Luise Petersen ließ nicht zu, dass ihr Dienstmädchen als Unschuldige aus dieser verhängnisvollen Situation hervorging.

„Wie kannst du es wagen?", schrie sie. Das war eine ungeheuerliche Blamage. Das Hausmädchen schwanger und dann auch noch von ... Nein, diesen Gedanken konnte sie nicht einmal denken, geschweige denn aussprechen. Sie packte Henriette hart an den Schultern.

„Wage es ja nicht, irgendjemandem davon zu erzählen, hörst du?! Kein Wort! Zu niemandem!", beschwor sie Henriette und ließ sie wieder los. „Das ist also der

Dank dafür, dass wir dich aufgenommen haben." Es war ihr unmöglich, weiterzusprechen.

„Ich hatte keine Wahl", schluchzte Henriette und vergrub ihr Gesicht in den Händen. Doch das machte Luise Petersen nur noch wütender. Jetzt spielte sie auch noch die Hilflose. Sie warf den Kopf zurück und lachte affektiert. „Ich glaube, ich höre nicht richtig."

Fieberhaft dachte sie nach, was zu tun war. Sie musste ihr Gesicht wahren. „So lasse ich mich nicht von dir kompromittieren. Ab sofort werde ich alle weiteren Entscheidungen treffen, und du wirst dich fügen." Noch einmal trat sie dicht vor ihr Hausmädchen. „Ich bin zutiefst enttäuscht von dir."

Mit diesen Worten rauschte sie aus dem Zimmer und ließ Henriette allein zurück.

Als Oskar Petersen zum Wochenende aus Berlin anreiste, erwartete ihn die drückende Schwüle eines heißen Juliabends und eine gereizte Ehefrau. Erschöpft saß er nach dem Abendessen auf der Terrasse und rauchte. Nicht einmal seine geliebte Berliner Morgenpost hatte er angerührt. Unbewegt lag der See in der Abendsonne, und vom Ufer gegenüber schallte Tanzmusik herüber.

Seine Frau saß neben ihm und stickte Monogramme in weiße Damastservietten.

„Himmel noch eins, jetzt ist der Faden schon wieder gerissen. Dieses Garn ist wahrhaft nicht von guter Qualität", schimpfte Luise.

Petersen blies eine Rauchwolke aus und wandte sich ihr zu. „Du hast doch etwas auf dem Herzen? Nun mal raus mit der Sprache!"

Da fiel seiner Frau der Fingerhut in den Schoß, und sie stach sich mit der Sticknadel in die Fingerkuppe.

„Verflixt." Sie steckte den Finger in den Mund und legte den Stickrahmen auf den Tisch. Durch die um ihren Finger geschlossenen Lippen sagte sie: „Es geht um Henriette."

„Henriette?" Oskar hob die Augenbrauen.

Luise nahm den Finger aus dem Mund und betrachtete die Einstichstelle. „Sie ist schwanger, das Kind kommt im Dezember." Der vorwurfsvolle Ton in ihrer Stimme war unüberhörbar. „Dass sie den Kindsvater nicht ehelichen kann, wird dir ja wohl bewusst sein", fügte sie hinzu und verschränkte die Arme vor der Brust.

Petersen sah sich um, um sicherzugehen, dass weder Henriette noch Charlotte in der Nähe waren.

„Beherrsche dich bitte und mäßige deinen Ton!"

„Keine Sorge", erwiderte seine Frau. „Mir musst du nicht erklären, dass unser guter Ruf gefährdet ist. Aus diesem Grund habe ich Henriette ausdrücklich verboten, mit irgendjemandem darüber zu sprechen."

Sie ließ den Blick über den See schweifen und zischte wütend: „Mit deinem Verhalten ruinierst du uns noch alle."

Petersen erhob sich.

„Also, mehr Contenance, meine Liebe!"

Luise Petersen sah zu ihrem Mann hoch und hatte sichtlich Mühe, ihre Gefühle im Zaum zu halten. Er tut, was er will, dachte sie, und mich ermahnt er, Haltung zu bewahren. Hatte er denn überhaupt keine Skrupel? Sie holte einmal tief Luft und atmete langsam wieder aus.

Dann sagte sie betont sachlich: „Henriette wird das Kind bekommen, wir haben keine andere Wahl."

Petersen ging die Terrasse auf und ab. „Für eine andere Lösung ist es zu spät?" Er zog kräftig an der Zigarre und musste husten.

„Ich habe ein geeignetes Frauenhaus gefunden, welches das Kind nach der Geburt an Adoptiveltern vermitteln wird. Die offizielle Version für Henriettes Abwesenheit wird sein, dass sie sich um eine entfernte Verwandte kümmert. Und wir ... nun, wir werden eine Vertretung für sie einstellen müssen."

Luise hatte alles genau durchdacht, doch ihr Mann hörte ihr gar nicht mehr zu. *Das Kind* hallte es in ihm nach. *Das Kind.*

Er legte seine Zigarre in den Aschenbecher, der auf dem Tisch stand. Wie sehr hatte er sich ein weiteres Kind gewünscht. Doch Charlotte war ein Einzelkind, und es sah nicht danach aus, als würde sich das noch ändern. Noch dazu war sie ein Mädchen, und er würde ihr sicher nicht eines Tages die Fabrik übergeben können. Er konnte nur hoffen, dass sie eine gute Partie machte und sein zukünftiger Schwiegersohn Interesse an der Fabrik zeigte.

Aber ... was, wenn Henriette nun einen Jungen erwartete? Vielleicht war das seine Chance, doch noch einen Erben zu bekommen? Wieder griff er nach seiner Zigarre. Dicke Rauchwolken stiegen auf, als er mehrmals hektisch daran zog.

„Hör mir zu!", sagte er zu Luise, schob den Sessel zu ihr herum und setzte sich wieder. „Wir könnten das

Kind doch annehmen, wir wollten doch immer noch einen Sohn?" Petersen griff nach Luises Hand. „Das wäre doch eine gute Gelegenheit, was meinst du?"

Luise Petersen glaubte ihren Ohren nicht zu trauen. Was hatte er da eben gesagt? Er wolle das Kind annehmen? Das konnte doch nicht sein Ernst sein! Sie sollte seinen Bastard großziehen? Abrupt entzog sie ihm ihre Hand und schnappte nach Luft.

„Bist du jetzt völlig von Sinnen? Weißt du, was du da von mir verlangst?"

Oskar Petersen lehnte sich zurück. „Dann hätte ich einen Nachfolger für die Fabrik." Er seufzte. „So wie es aussieht, wirst du mir ja keinen Erben mehr schenken."

Panik stieg in Luise hoch, und sie sprang auf. Mit aschfahlem Gesicht rief sie schrill: „Ich tue alles, um unseren guten Ruf zu retten, und du willst mir diesen Bastard unterschieben? Wie kannst du es wagen?"

Petersen zog gelassen an seiner Zigarre.

„Ich verstehe deine Aufregung nicht! Damit wäre doch auch dir geholfen."

Das war unverschämt, geradezu dreist. Ihr Puls raste, und sie starrte ihren Mann mit weit aufgerissenen Augen an. Sie hatte sehr genau verstanden, was er ihr sagen wollte. Jetzt, da Henriette schwanger war, schien für Oskar die Frage nach der Ursache für ihre ausbleibende zweite Schwangerschaft geklärt, und Luise gestand sich ein, dass er möglicherweise Recht hatte. Es lag vermutlich an ihr. Aber das gab Oskar nicht das Recht, von ihr zu verlangen, das Kind des Dienstmädchens großzuziehen? Aus der Panik wurde Verzweiflung, und Luise fächelte sich mit der flachen Hand Luft zu. Sie spürte, gleich würden ihre Beine nachgeben. Sie schwankte kurz und sackte schluchzend zusammen.

Sich mit beiden Händen auf dem Tisch abstützend, wimmerte sie: „Wie kannst du mir das antun?"

Oskar hatte sie an ihrer empfindlichsten Stelle getroffen. Entgegen ihrem eigenen Verlangen ließ sie es über sich ergehen, wenn Oskar des Nachts die Erfüllung ihrer ehelichen Pflichten einforderte und sie zuweilen grob penetrierte. Es bereitete ihr wahrhaftig kein Vergnügen, doch sie hatte immer gehofft, dass sich dabei die langersehnte Schwangerschaft einstellen würde. Ihr Körper schien sich dem zu verweigern. Und nun hatte er das Dienstmädchen geschwängert, und ihre eigene Unfähigkeit trat deutlicher denn je zutage. Das war abstoßend und erniedrigend zugleich. Schlagartig wurde ihr klar, dass sie ihre Position behaupten musste, doch dafür das fremde Kind annehmen? Wäre das nicht ein Eingeständnis ihres persönlichen Versagens als Ehefrau? Wie erniedrigend! Blieb ihr denn gar nichts erspart? Sie richtete sich auf und zog ihr Taschentuch hervor, um sich zu schnäuzen und beschloss, keine weitere Demütigung hinzunehmen.

„Schlag dir das aus dem Kopf", sagte sie mit fester Stimme. „Ich werde diesen Bastard auf keinen Fall als mein Kind annehmen."

Und dann tat sie etwas, was sie noch nie zuvor gewagt hatte. Nicht nur, dass sie sich ihrem Mann widersetzte, nein, sie vergaß für einen Augenblick sogar ihre gute Erziehung. Sie griff nach der Teetasse, die auf dem Tisch stand, und schüttete ihm den gesamten Inhalt ins Gesicht. Anschließend spuckte sie aus und blitzte ihn wütend an.

„Du widerst mich an!", zischte sie und stellte die Tasse wieder auf den Tisch. „Anscheinend genüge ich dir nicht, aber glaub ja nicht, dass ich noch einmal die Schenkel für dich breit machen werde." Ohne ein weiteres Wort verließ sie den Raum.

Petersen schäumte vor Wut. Es stand ihr nicht zu, derart über ihn zu urteilen. Er griff nach einer Serviette und trocknete sich notdürftig das Gesicht. Entschlossen, sie zur Räson zu bringen, lief er ihr nach. Sie war schon auf dem Weg nach oben, als er sie auf der Treppe einholte.

„So nicht! Du bist immer noch meine Ehefrau und tust, was ich dir sage", zischte er sie an.

„Ach ja, und was willst du jetzt machen? Mich zwingen?" Luise lachte abfällig.

„Fordere mich nicht heraus!", drohte er ihr.

Sie sah die Wut in seinen Augen und wusste, sie wäre ihm nicht gewachsen, wenn er tatsächlich handgreiflich würde. Doch ihre Schwäche einzugestehen, kam für sie nicht in Frage. Lieber setzte sie ihre ganze Existenz aufs Spiel.

„Wenn du das tust, werde ich unsere Ehe annullieren lassen, und es ist mir egal, wenn ich dabei in der Gosse lande."

Petersen stutzte. War doch Luise um jeden Preis auf den Erhalt ihrer gesellschaftlichen Position bedacht. Dass sie bereit sein sollte, ihren luxuriösen Lebensstil samt aller damit verbundenen Privilegien aufzugeben und sich durch eine Scheidung in den gesellschaftlichen Ruin zu stürzen, konnte er kaum begreifen.

Luise nutzte dieses Überraschungsmoment, riss sich los und raffte ihr Kleid zusammen.

„Lass mich! Dieses Gespräch hat nie stattgefunden." Damit stieg sie die Treppe hinauf und verschwand im Schlafzimmer. Er konnte hören, wie sie von innen den Schlüssel umdrehte und die Tür abschloss.

Es war weit nach Mitternacht. Der Mond glänzte auf der Wasseroberfläche des Sees, der wie ein großer schwarzer Spiegel in der Dunkelheit lag. Petersen saß auf der Veranda, und mehrere Gläser Whisky vernebelten mittlerweile seinen sonst so messerscharfen Verstand. Das eheliche Schlafzimmer würde ihm verschlossen bleiben, und er würde auf der Chaiselongue im dunklen Wohnzimmer nächtigen, bis sich die Wogen geglättet hatten. Lächerlich, sich derart zu echauffieren, dachte er. Dieses kleine Techtelmechtel mit Henriette hatte doch nichts zu bedeuten, schließlich diente es nur dazu, sein körperliches Verlangen zu befriedigen. Wenn Luise sich ihm gegenüber nicht so oft verweigern würde, wäre es gar nicht erst so weit gekommen. Henriette dagegen wehrte sich nicht, wenn er sie aufsuchte, und diese kurzen Augenblicke sexueller Ekstase waren eine willkommene Abwechslung zur nächtlichen Ehetristesse.

Schwerfällig erhob er sich und leerte sein Glas. Langsam und ein wenig schwankend stieg er die Treppe in den ersten Stock hinauf und lauschte an der Schlafzimmertür. Nichts, alles still. Vorsichtig drückte er die Klinke. Die Tür war noch immer verschlossen. Er seufzte leise und ging den Flur entlang zum letzten Zimmer.

Henriettes Kammer war unverschlossen, und leise betrat er den Raum. Henriette schlief, das konnte er an ihren regelmäßigen Atemzügen hören. Dennoch zögerte er nicht, seinem inneren Verlangen nachzugeben. Mit wenigen Handgriffen öffnete er seine Hose. Schnell stieg er zu Henriette ins Bett, die erschrocken zurückzuckte, als sie bemerkte, wie er unter ihre Decke schlüpfte. Noch bevor sie ein weiteres Stück von ihm abrücken konnte, hatte er sie fest im Griff und flüsterte ihr ins Ohr.

„Still! Keinen Mucks will ich hören. Du willst doch nicht, dass die Herrin wach wird?"

Er roch nach Alkohol, und Henriette starrte mit weit aufgerissenen Augen in die Dunkelheit, als er ungeduldig die Decke vom Bett warf, sie mit einem groben Handgriff auf den Bauch drehte und an den Hüften packte. Rasch zog er ihr Gesäß zu seinen Lenden hinauf und zögerte keinen Augenblick. Ein schmerzhafter Stoß durchzuckte Henriettes Körper, und sie presste heftig die Lippen aufeinander, um keinen Laut von sich zu geben. Seine Bewegungen, begleitet von seinem keuchenden Atmen, wurden bald heftiger, und Henriette presste ihr Gesicht fest in ihr Kopfkissen. Beim nächsten Stoß hob Henriette die Hände und stützte sich gegen die Wand an ihrem Kopfende, um nicht ungebremst dagegen geschleudert zu werden. Ihr Schoß krampfte sich zusammen, doch das schien ihn nur noch mehr zu reizen. Und ihre Furcht, von ihrer Herrin in dieser Situation erwischt zu werden, nahm zu, und diesmal betete sie nicht nur um ihrer selbst willen, dass er hoffentlich bald fertig sein würde. Da gruben sich seine Finger in ihr Hüftfleisch, und dann war es schlagartig ganz still. Henriette spürte ihn in sich zucken. Erleichtert atmete sie auf. Sein fester Griff begann sich zu lockern, und er atmete schwer.

Einen Augenblick später zog er sich langsam aus ihr zurück. Henriettes sank auf die Matratze, und warme Flüssigkeit sickerte zwischen ihren Beinen auf das Laken.

Petersen stieg von ihr herunter und verließ wortlos ihre Kammer. Nebenan lag Luise Petersen. Hellwach.

∗

„Henriette, wir reisen ab!", verkündete Luise Petersen Anfang September. „Das nasse Wetter macht mir zu schaffen, und ich möchte nach Berlin zurück. Wo ist Charlotte? Immer muss man dieses Kind suchen."

Die sommerliche Idylle war empfindlich gestört, und Luise Petersen fand an diesem Ort keine Ruhe und erst recht keine Erholung mehr. Seit sie in jener Nacht hatte mitanhören müssen, wie ihr Mann das Dienstmädchen bestiegen hatte, ertrug sie weder Henriette noch ihn. Zum Glück schien sich Henriette mit fortschreitender Schwangerschaft ihrem Herrn zu verweigern und verschloss nun des Abends ebenfalls ihre Kammer, wenn sie zu Bett ging.

Oskar respektierte das wohl und schlief im Erdgeschoss. Sie wurde unterdessen von grausamen Träumen geplagt, in denen Henriette ihr das Kind in den Arm legte und sie lauthals auslachte. Luise machte sich immerzu Gedanken, wie man Henriettes Schwangerschaft verbergen konnte, doch deren Bauch wölbte sich mehr und mehr, und sie entschied, dass Henriette nicht mit nach Berlin zurückkehren, sondern gleich nach Thüringen aufbrechen sollte. An ihrer Stelle wurde Fräulein Gertrud als Vertretung eingestellt.

*

Eine Woche vor Weihnachten, draußen fiel in dicken Flocken der Schnee, klingelte das Telefon und Luise Petersen nahm ab.

„Gnädige Frau, hier spricht Henriette."

„Meine Liebe, wie geht es dir?", säuselte Luise und sah sich vorsichtig um, ob jemand ihr Gespräch belauschte.

„Uns geht es gut", sagte Henriette am anderen Ende der Leitung.

„Was ist es denn?", fragte Luise, der neugierige Unterton in ihrer Stimme war nicht zu überhören.

„Es ist ein Junge."
Beide schwiegen sie einen Augenblick, und nur das Knacken der Telefonleitung war noch zu hören.
Dann sagte Henriette: „Am 23. komme ich zurück."

„Gut", erwiderte Luise Petersen abwesend, „dann kannst du dich gleich um die Weihnachtsvorbereitungen kümmern."
Sie hatte kurz darüber nachgedacht, Henriette doch noch zu entlassen, weil sie sich nicht vorstellen konnte, die tägliche Gegenwart des Hausmädchens zu ertragen. Doch was nützte es, ein neues Dienstmädchen würde bei ihrem Mann vermutlich genauso herhalten müssen, es sei denn, es handelte sich um eine alte Schachtel wie Fräulein Gertrud. Doch im Grunde genommen konnte

Luise Henriettes Rückkehr kaum erwarten, denn sie ertrug Fräulein Gertrud schon längst nicht mehr. Diese passte einfach nicht in die Familie, und Luise hegte die stille Hoffnung, dass Henriette sich auch in Zukunft den nächtlichen Besuchen ihres Mannes verweigern würde. Einen weiteren Bastard wollten sie sicher alle nicht riskieren.

„Dann sehen wir uns nächste Woche." Luise legte auf und blieb mit der Hand auf dem Hörer im Flur stehen, als ihr Mann aus der Bibliothek kam.

„Wer war das?"

„Henriette. Sie kommt nächste Woche zurück."

„Das Kind? Was ist es?"

Luise hatte befürchtet, dass Oskar genau diese Frage stellen würde und in den vergangenen Monaten war ihr zunehmend klar geworden, dass es nur eine Antwort darauf geben würde. Sie nahm die Hand vom Hörer und drehte sich zu ihm um.

„Nur ein Mädchen", sagte sie.
Dann sah sie ihn abfällig an. „Du siehst, deine Bemühungen waren völlig umsonst. Und nun ist es meinem vorausschauenden Handeln zu verdanken, dass uns eine weitere Blamage erspart bleibt."

Mit gerecktem Kinn ging sie in Richtung Salon und drehte sich noch einmal um.

„Ich hoffe doch sehr, dass du dich in Zukunft besser beherrschen kannst."

Die Salontür fiel sanft ins Schloss.

Petersen blieb im Flur stehen. Nur ein Mädchen ...

Unter diesen Umständen musste er Luise Recht geben. Ein Mädchen nützte gar nichts. Doch seit ihrer sommerlichen Auseinandersetzung war ihre Ehe nur noch eine Farce. Luise verwehrte ihm jegliche körperliche Annährung, und die Chance auf einen Erben schwand mit jedem Tag mehr. Auch Henriette würde er in Zukunft nicht mehr für seine Zwecke nutzen können, zu groß war die Gefahr einer erneuten Schwangerschaft. Er würde sich mit einem Leben in Beherrschung arrangieren oder hin und wieder ein entsprechendes Etablissement aufsuchen müssen.

Einen Tag vor Weihnachten kam Henriette zurück. Sie bezog ihr altes Zimmer und stürzte sich in die Weihnachtsvorbereitungen. Gertrud blieb noch über den Jahreswechsel, um ihr zur Hand zu gehen, und die Feiertage zogen vorüber, als wäre nichts gewesen. Niemand verlor ein Wort über das, was vorgefallen war, und Henriette verdrängte jeden Gedanken an das Kind, um über den Verlust hinwegzukommen. Sie hatte den Jungen einmal halten dürfen. Seine graugrünen Augen und der rotblonde Flaum auf seinem Köpfchen waren die einzigen Erinnerungen, die ihr blieben. Nie hätte sie geglaubt, dass es ihr so schwerfallen würde, das Kind in die Obhut fremder Menschen zu geben. Doch ihre Herrin hatte entschieden, und Henriette fügte sich.

Die Fotos lagen zwischen Teetassen, Zuckerdose und Keksteller verstreut auf dem Tisch. Lena griff nach einer Aufnahme und drehte sie um: Juli 1922. Sie zeigte eine Frau im spitzenbesetzten Kleid mit Strohhut, die auf einer Bank am Ufer des Sees saß.

„Ist das Luise?" Lena hielt ihrer Großmutter das Foto hin, und Charlotte setzte ihre Brille auf.

„Ja, das ist meine Mutter. Eine sehr zierliche Person, immer gut gekleidet. Sie legte viel Wert auf ein gepflegtes Äußeres", sagte sie und schob Lena das Fotoalbum über den Tisch, das sie gerade durchblätterte.

„Sieh her, hier ist sie nochmal ganz gut getroffen." Lena betrachtete das Foto, auf das Charlotte zeigte. Luises erhabene, preußische Strenge war geradezu körperlich spürbar, obwohl das Bild schon ziemlich vergilbt war. Lena blätterte um und tippte auf eine Aufnahme, die eine junge Frau mit einem Hund zeigte.

„Und wer ist das?" Sie schob das Album wieder zu Charlotte hinüber, und als diese das Bild sah, huschte ein Lächeln über ihr Gesicht. „Das ist Henriette mit unserem damaligen Nachbarshund." „Sie scheint noch sehr jung gewesen zu sein", sinnierte Lena.

„Gerade mal achtzehn. Sie war fast wie eine große Schwester für mich, obwohl wir natürlich offiziell den nötigen Abstand wahren mussten. Schließlich war sie unser Dienstmädchen."

„Was ist aus ihr geworden? Lebt sie noch?"

„Oh ja, und wie. Sie wohnt keine fünf Minuten von hier, auf der anderen Straßenseite in einem kleinen Holzhaus. Du wirst sie schon noch kennen lernen."

„Hat sie je eine Familie gegründet?"

„Nein, nie. Wir waren ihre Familie."

Lena blickte aus dem Fenster in den trüben Frühlingstag. Seit ihrer Ankunft zwei Tage zuvor regnete es ziemlich oft, und so verbrachten sie die meiste Zeit im Haus. Charlotte hatte ihr im ersten Stock das Gästezimmer hergerichtet, und trotz der fremden Umgebung fühlte sie sich dort ganz wohl.

„Irgendwie stimmt das ja auch, oder?" Lena sah zu Charlotte hinüber. „Wann hast du erfahren, was damals wirklich geschehen ist?"

„Als folgsames Hausmädchen hat sie den Anstand gewahrt und gewartet, bis meine Eltern beide gestorben waren. Erst dann hat sie mir irgendwann einmal die ganze Geschichte erzählt." Charlotte goss sich noch etwas Tee ein.

„Hat sie je nach ihrem Sohn gesucht?" Lena schob ihre Tasse über den Tisch, damit Charlotte auch ihr noch einmal nachschenken konnte.

„Nein. Sie war der Meinung, das wäre aussichtslos, sie hatte ja keinerlei Anhaltspunkte. Ich glaube, sie hat es ganz einfach verdrängt."

„Und deine Eltern haben niemals etwas dazu gesagt?"

„Nein, sie haben die Geschichte mit ins Grab genommen. Das einzige, woran ich mich bewusst erinnere, ist, dass meine Mutter Zeit ihres Lebens sehr reserviert mit meinem Vater umgegangen ist. Ich hielt das für normal, preußische Erziehung eben, verstehst du? Aber ich glaube, sie hat ihm nie verziehen."

Der Regen trommelte gegen die Fenster, und das Feuer in dem kleinen Kachelofen knisterte leise. Lena fand die Geschichte faszinierend.

„Eigentlich bedeutet das, dass da draußen womöglich noch ein Halbbruder von dir herumläuft."

„Darüber habe ich mir nie Gedanken gemacht", erwiderte Charlotte knapp. „Was würde es schon ändern?"

Sie stützte die Unterarme auf den Tisch und sah zu Lena hinüber. „Viel wichtiger ist doch, dass du den Weg zu mir gefunden hast."

Lena nickte und hoffte, dass Charlotte jetzt keine unangenehmen Fragen stellen würde. Sie wollte nicht darüber reden, warum sie den weiten Weg nach Brandenburg auf sich genommen hatte, geschweige denn darüber, was in Wien vorgefallen war. Sie schwieg also, und Charlotte besaß genug Feingefühl, um sie nicht zu drängen. Obwohl sie zu gern gewusst hätte, was der Auslöser für Lenas unangemeldeten Besuch war, lehnte sie sich wieder zurück und wartete.

„Ich würde gern noch ein paar Tage bleiben, wenn ich darf."

Charlotte begann, die Teetassen auf das Tablett zu räumen.

„Bleib, so lange du willst. Wir haben viel nachzuholen."

„Ich hab es geschafft!" Charlotte stürmte die Treppe in den zweiten Stock hinauf, nahm dabei zwei Stufen auf einmal und schwenkte ihre braune Ledertasche hin und her. Sie trug ein gelbes Sommerkleid, und ihre roten Locken waren zerzaust. An diesem Tag nahm sie nicht den Dienstboteneingang, wie sie es sonst immer tat, wenn sie von der Schule nach Hause kam. Diesmal betrat sie die Berliner Wohnung durch den Vordereingang und rief laut in den Korridor hinein. „Ich hab es endlich geschafft!"

Aus der Küche am Ende des Flures trat Henriette. Die Hände an ihrer Schürze abtrocknend, wollte sie Charlotte zur Räson bringen, doch diese hatte bereits die Tür zum Salon aufgerissen.

„Gnädige Frau Mutter, ich hab es geschafft!", strahlte Charlotte.

„Darf ich dich an deine gute Erziehung erinnern?"

Luise Petersen lag auf der Chaiselongue und blätterte in ihrem Modeheft.

„Bitte keif hier nicht herum wie der Pöbel von der Straße. Schließ die Tür und setz dich!" Luise zeigte auf den großen Ohrensessel, der am Fenster stand.

Charlotte ließ sich in den Sessel fallen und warf ihre Tasche achtlos zu Boden.

„Endlich Ferien, und dann...", sie setzte sich aufrecht hin, „nie wieder die Schulbank drücken!"

Dies war ihr letzter Schultag gewesen. Ihr Vater hatte großen Wert daraufgelegt, dass sie einen besseren Abschluss als denjenigen an der Volksschule erlangte und sie deshalb auf eine Schule für höhere Töchter geschickt. Doch die Zwänge und Konventionen, die dort herrschten, hatten Charlotte schwer zu schaffen gemacht. Nur mit Mühe hatte sie die Zeit dort zu Ende gebracht und war nun froh, dass diese hinter ihr lag. Sie streifte ihre Sandalen ab, zog die Knie an und umschlang mit den Armen ihre Unterschenkel.

„Jetzt kann ich endlich das tun, was ich schon immer wollte."

Luise Petersen missbilligte die Sitzhaltung ihrer Tochter und zog die rechte Augenbraue hoch. Sie ahnte, was nun folgen würde, und tatsächlich fing Charlotte auch schon wieder an, von ihren Theaterplänen zu schwärmen. Sie stellte die weißbestrumpften Füße auf den Boden zurück und rutschte auf dem Sessel nach vorn.

„Auf der Schauspielschule wird alles anders. Da muss ich nicht den ganzen Tag brav in der Bank hocken, da kann ich mich bewegen und schauspielern – endlich!"

„Woher hast du nur diesen Unsinn?", wandte Luise Petersen ein und schüttelte den Kopf.

„Aber Mutter, das ist doch kein Unsinn", protestierte Charlotte.

„Ich diskutiere nicht mit dir, und schon gar nicht über dieses Thema. Geh in die Küche und lass dir von Henriette ein Mittagessen zubereiten. Danach packen wir, ich möchte morgen ganz früh los."

Mit einer Handbewegung winkte sie ihre Tochter aus dem Salon.

Dieses Mädchen, was für eine Traumtänzerin, dachte sie, als Charlotte die Salontür hinter sich schloss. Seit einem Jahr redete sie von nichts anderem mehr. Schauspielerin! Das war doch kein Beruf für ein junges Mädchen aus gutem Hause.

Sie erhob sich und öffnete ein Fenster. Doch statt frischer Luft, die sie so dringend brauchte, schlug ihr die hereinströmende Mittagshitze wie eine Wand entgegen. Sie blinzelte in die Sonne. Warum musste Charlotte überhaupt einen Beruf erlernen? Sie hätte es vorgezogen, ihre Tochter zu verheiraten und sah in Rudolf Hinze schon eine geeignete Partie. Rudolf sollte in naher Zukunft den Betrieb seines Vaters übernehmen, und eine Heirat würde die geschäftliche Verbindung zwischen ihren beiden Familien noch mehr festigen. Doch auch sie musste einsehen, dass sich die Zeiten änderten, und so hatte sie sich von ihrem Mann davon überzeugen lassen, dass Charlotte mit ihren sechzehn Jahren noch zu jung zum Heiraten war. Ab dem kommenden Herbst würde sie für zwei Jahre die höhere Handelsschule besuchen.

„Eine solide Ausbildung", hatte Oskar gesagt. „Für eine Heirat ist danach immer noch Zeit."

Luise sah hinunter auf die Straße, wo um diese Tageszeit reger Betrieb herrschte. Die stickig heiße Luft nahm ihr fast den Atem, und nicht der leiseste Windhauch brachte die ersehnte Abkühlung.

Sie schloss das Fenster wieder und zog energisch die schweren Gardinen zu, sodass der Salon in dämmrigem Licht versank. Wie sehr freute sie sich auf ein laues Lüftchen in ihrem Garten am See.

Charlotte saß in der Küche und ließ sich ihr Essen schmecken. Henriette hatte Hühnerfrikassee gekocht, und zum Nachtisch gab es Wackelpudding mit Himbeergeschmack. Charlotte erzählte kauend von ihrem erfolgreichen letzten Schultag, und Henriette hörte aufmerksam zu. Als Charlotte aufgegessen hatte, legte sie das Besteck neben den Teller.

„Kann ich noch einen Nachschlag bekommen?"

Während sie die zweite Portion aß, redete sie munter weiter. „Jetzt werde ich den Sommer richtig genießen, und im Herbst gehe ich auf die Schauspielschule."

„Das ist doch kein Beruf für dich", sagte Henriette, die mit dem Rücken zu Charlotte an der Spüle stand und Töpfe und Schüsseln abwusch.

Charlotte sah von ihrem Teller auf. „Das ist der einzige Beruf für mich, der in Frage kommt."

Henriette drehte sich zu ihr um. „Dein Vater wird das nicht erlauben, das kann ich dir versichern."

„Ich werde ihn schon überzeugen", meinte Charlotte unbeeindruckt und aß weiter.

Henriette wendete sich wieder ihren schmutzigen Töpfen zu. Es war zwecklos. Charlotte war besessen von der Idee, zum Theater zu gehen, und Henriette musste sich eingestehen, dass sie daran nicht ganz unschuldig war.

\*

Es musste nun etwa vier Jahre zurückliegen: Ihre Freundin Martha hatte damals als Dienstmädchen im Haushalt einer Schauspielerin gearbeitet. Sie hatte ihre Herrin immer die Grande Dame genannt. Dass diese Dame nur über ihre Bühnenerfolge zu ihrem doch beträchtlichen Vermögen gekommen war, hielten sie beide eher für unwahrscheinlich, zumal sie häufiger Besuch von einem gutaussehenden älteren Herrn erhalten hatte und dann immer für Stunden mit diesem in ihren Gemächern verschwunden war, wo sie auf keinen Fall gestört werden wollte. Aber sie hatte Martha einen guten Lohn bezahlt und war immer sehr gut zu ihr gewesen.

Henriette hatte Charlotte ein paar Mal mitgenommen, wenn sie sich mit Martha zum Kaffeeplausch traf. Dann saßen sie in der Küche im hinteren Trakt der Wohnung und tauschten Neuigkeiten aus, während Charlotte auf dem Fensterbrett zum Innenhof saß und aufmerksam lauschte. Charlotte war fasziniert von dem Leben, das die Grande Dame führte.

„Wenn ich erwachsen bin, will ich auch eine Grande Dame werden", hatte sie Henriette einmal erklärt, als sie nach einem ausgiebigen Kaffeenachmittag über die hintere Dienstbotentreppe das Haus verließen.

„Wehe, du erzählst etwas davon zu Hause", hatte Henriette sie gewarnt. „Dann nehme ich dich nie wieder mit."

Charlotte verschwieg die nachmittäglichen Ausflüge den Eltern gegenüber und freute sich jedes Mal aufs Neue, wenn sie Henriette begleiten durfte.

Eines Nachmittags hatte sie sogar das unwahrscheinliche Glück gehabt, der Grande Dame leibhaftig zu begegnen.

„Was haben wir denn da für ein rotes Hühnchen? Oh, wie herzallerliebst!" rief die Grande Dame und Charlotte blieb wie angewurzelt stehen. Sie hatte sich unbemerkt aus der Küche davongestohlen und schlich neugierig durch den Korridor.

„Ich wollte nur …", stotterte sie und senkte den Blick. Die Grande Dame trug schneeweiße Pantoffeln mit großen lilafarbenen Federbüscheln. Sie schob Charlotte den rechten Zeigefinger unter das Kinn und drückte es nach oben.

„Lass dich doch mal ansehen", sagte sie, während sie Charlottes Kinn hin- und herschob. „Wirklich ganz zauberhaft." Dann lächelte sie und kniff Charlotte in die Wange. Ihre Fingernägel waren rot lackiert, und sie trug einen breit eingefassten Aquamarin am rechten Ringfinger.

Charlotte nahm all ihren Mut zusammen. „Ich geh besser zurück in die Küche, Henriette und Martha werden sich bestimmt schon wundern, wo ich stecke."

Die Grande Dame warf den Kopf in den Nacken und lachte. Dabei wackelte ihr großer Busen unter dem seidenen Morgenmantel, den sie lose mit einer Kordel um die üppigen Hüften gebunden hatte. „Ach was, die beiden plauschen bei Kaffee und Kuchen, und wir zwei werden uns jetzt auch ein bisschen amüsieren. Komm!" Und schon schob sie Charlotte quer durch den Korridor in ihren Salon hinüber.

Als Charlotte das Zimmer betrat, blieb sie wie angewurzelt stehen. Meterhohe, weißgelackte und mit Büchern bestückte Regale reichten fast bis unter die Zimmerdecke. Ein großer Flügel glänzte schwarz auf einem weißen Teppich, und in fast schwindelerregender Höhe, umrahmt von üppigem Stuck, hing ein riesiger kristallener Lüster. Auf dem Fensterbrett lag eine fette weiße

Katze, die zusammengerollt schlief. Durch eine geöffnete Flügeltür konnte Charlotte in ein Schlafzimmer sehen. Das Bett war zerwühlt, und weiß bezogene Damastkissen lagen wild durcheinander. In der hinteren rechten Ecke stand ein Paravent mit achtlos darüber geworfenen Negligés aus weißer Seide und roter Spitze. Charlotte war fasziniert.

„Setz dich doch!", sagte die Grande Dame und wies auf eine ebenfalls mit weißer Seide bezogene Chaiselongue.

„Liest du gern?"

Charlotte nickte stumm, noch immer ganz hingerissen von diesem eleganten Interieur.

„Hast du Lust, mit mir eine Ballade zu lesen?" Die Grande Dame ging zum Regal und nahm einen kleinen Gedichtband heraus. „Sicher hast du schon etwas von Schiller gehört?"

Charlotte schüttelte den Kopf, und als die Grande Dame sich neben sie setzte, nahm sie das schwere Parfum wahr, das diese umgab. Die Grande Dame blätterte in dem kleinen Buch, bis sie fand, wonach sie gesucht hatte. Dann erhob sie ihre Stimme.

„Vor einem Löwengarten, das Kampfspiel zu erwarten, saß König Franz. Und um ihn die Großen der Krone und rings auf hohem Balkone, die Damen in schönem Kranz." Charlotte lauschte reglos, wie die Grande Dame ihre Stimme hob und senkte, während sie rezitierte, bis sie am Ende des Gedichtes angekommen war. „Aber mit zärtlichem Liebesblick – er verheißt ihm sein nahes Glück – empfängt ihn Fräulein Kunigunde."
Die Grande Dame hob den Blick und sah Charlotte mit

theatralischer Strenge an. „Und er wirft ihr den Handschuh ins Gesicht. Den Dank, Dame, begehr ich nicht! Und verlässt sie zur selben Stunde."

Die Worte verloren sich im Salon, während die Grande Dame das Buch in ihren Schoß sinken ließ.

„So etwas Wunderschönes habe ich noch nie gehört", flüsterte Charlotte.

Die Grande Dame klappte das Buch zu und erhob sich.

„Hast du alles begriffen?"

„Ich glaube schon."

„Du musst wissen, diese Ballade erzählt eine wahre Geschichte. Zum Ende des Mittelalters bestieg Franz der Erste in Frankreich den Thron. An seinem Hofe soll sich diese Geschichte zugetragen haben."

Die Grande Dame ging zum Fenster, legte das Buch ab und nahm die fette weiße Katze auf den Arm.

„Es geht um den Missbrauch einer Liebe. Die gute Kunigunde hat die Liebe des Ritters Delorges zu sehr strapaziert, und am Ende verschmäht er sie."

Sie versenkte ihr Gesicht im buschigen Fell der Katze und hielt sie dann weit von sich. „Man muss geschickt sein, wenn man sich die Männer zu Nutze machen will, nicht wahr, Esmeralda."

Dann setzte sie die Katze auf das Fensterbrett zurück, kam zu Charlotte und hockte sich vor sie hin.

„Merk dir das, mein Kind." Noch einmal kniff sie Charlotte in die Wange, als jemand an die Tür klopfte.

„Ja bitte?", fragte die Grande Dame und erhob sich. Eine aufgeregte Henriette kam herein, natürlich auf der Suche nach Charlotte.

„Bitte entschuldigen Sie vielmals, gnädige Frau", sagte sie, denn es war ihr unendlich peinlich, dass ihnen das Kind ausgebüchst war.

Doch die Grande Dame beschwichtigte sie und sagte, sie hätten sich beide hervorragend amüsiert. Charlotte sei eine dankbare Zuhörerin, und sie wünsche das Kind von nun an immer zu sehen, wenn es im Haus sei.

Es war nicht einfach für Henriette und Charlotte, die neue Bekanntschaft zur Grande Dame geheim zu halten. Doch zumindest einmal in der Woche, wenn Luise ihren Teenachmittag mit Mathilde Hinze verbrachte, konnten sie sich zum Kaffeeplausch treffen. Henriette genoss die Zeit mit Martha, und Charlotte verbrachte diese Nachmittage bei der Grande Dame im Salon. Diese zeigte ihr, wie man sich auf einer Bühne bewegte, indem sie ihr ein Buch auf den Kopf legte und sie durch den Salon schreiten ließ. Das Buch durfte auf keinen Fall zu Boden fallen. Auch lehrte die Grand Dame sie das freie Sprechen, und Charlotte lernte mit großem Eifer heimlich die Texte, die ihr die Grand Dame aufgab. Dabei wusste diese sehr wohl, dass die Kleine einem Industriellenhaushalt entstammte und ihre Eltern die Bekanntschaft mit einer Schauspielerin ganz sicherlich nicht gutheißen würden.

Und Henriette wusste das auch. Doch sie spürte genau die verborgene Leidenschaft, die die Grand Dame in dem Mädchen zu entfachen verstand. Charlotte die Stunden mit der Grand Dame zu ermöglichen – das war in gewisser Weise Henriettes heimliche Rache dafür, dass ihr selbst kein frei bestimmtes Leben vergönnt war.

Charlotte legte das Besteck auf den Teller und riss Henriette aus ihren Gedanken.

„Du bist die beste Köchin der Welt", sagte sie und gab Henriette einen Kuss auf die Wange. Beim Verlassen der Küche rief sie noch, den Tonfall ihrer Mutter nachäffend: „Henriette, lass uns packen, ich möchte morgen ganz früh abreisen." Henriette musste lächeln. Charlotte war tatsächlich eine gute Schauspielerin.

*

„Hallo, mein Schöner!" Sanft strich Charlotte dem Hengst über die Stirn. Den angebotenen Apfel ließ er sich schmecken und stupste sie dann freundlich an.

„Ist ja schon gut." Sie hielt ihm noch eine Karotte hin.

„Na, na, wer wird denn da unseren alten Herrn mit Süßigkeiten verwöhnen?"

Charlotte drehte sich um zu dem hochgewachsenen jungen Mann mit dem blonden Haar. Er hatte eine verschmutzte graue Arbeitshose an, und ein spitzbübisches Grinsen breitete sich über sein mit Sommersprossen übersätes Gesicht aus.

„Wenn das nicht unsere Sommerfrischlerin ist."

„Peter. Schön, dich zu sehen."

„Seit wann bist du wieder da?"

„Wir sind heute Mittag angekommen. Wie geht es denn Inge?"

„Meinem Schwesterchen geht es gut, sie wartet schon ganz sehnsüchtig auf dich."

Gemeinsam gingen sie zum Hof und setzten ihre muntere Unterhaltung fort. Inge hängte gerade die Wäsche zum Trocknen auf, als sie dort ankamen, und als sie Charlotte sah, lief sie ihrer Freundin mit wehenden Zöpfen entgegen und umarmte sie.

„Da bist du ja endlich. Seit drei Wochen habe ich keinen Brief mehr von dir bekommen."

„Ich hatte einfach keine Zeit zum Schreiben", entschuldigte sich Charlotte und gab Inge einen freundschaftlichen Kuss auf die Wange. „Verzeih mir."

„Schon vergessen", winkte Inge ab und lief ihr voran ins Haus. „Wie wäre es mit einem Glas Limonade? Du bist bestimmt durstig. Und dann musst du mir alles erzählen. Jedes Detail aus Berlin."

„Der Auftritt der Schwarzen Venus im Nelson-Theater, der hat ganz schön für Aufsehen gesorgt", erzählte Charlotte, als sie am Küchentisch saßen.

„Die Schwarze Venus?" Inge schien nicht zu wissen, wer das war, und Charlotte verdrehte die Augen.

„Aber das stand doch in allen Zeitungen – kriegt ihr hier draußen denn gar nichts mit?", sagte sie und knuffte ihre Freundin in die Seite. „Josephine Baker, die schwarze Sängerin aus Amerika, die halb nackt auf der Bühne tanzt. Sie ist nur mit goldenen Bananenröckchen bekleidet."

„Halb nackt?" Inge schlug die Hände vor den Mund und wurde ganz rot vor Scham.

„Überall in Berlin wird jetzt Charleston getanzt. Ich sag´s dir, das ist ein Gehüpfe." Charlotte sprang auf.

„Komm, ich zeig dir, wie es geht." Sie umfasste Inge an der Taille und brachte ihr die Tanzschritte bei. „Siehst du, es ist ganz einfach." Lachend wirbelten die Mädchen durch die Küche.

„Ich kann nicht mehr", rief Inge, und Charlotte amüsierte sich.

Peter hatte die ganze Zeit am Küchentisch gesessen und ihnen schweigend zugesehen.

„Diese Niggerin ist geschmacklos", sagte er plötzlich.

„Und dieser Tanz hat nichts mehr mit unserer deutschen Kultur zu tun. Wenn diese Musik aus Amerika unsere junge Bevölkerung unterwandert, kann das nur in der Anarchie enden. Das gilt es zu verhindern."

Charlotte blieb stehen und sah Peter ungläubig an.

„Was redest du denn da?"

„Ach, lass ihn reden", sagte Inge und zog die Freundin zurück auf einen Küchenstuhl. „Peter ist jetzt bei dieser Gruppe. Sie nennen sich Frontbann und treiben sich überall auf Versammlungen herum."

„Du hast ja keine Ahnung, Schwesterchen. Wir heißen nicht mehr Frontbann, wir heißen jetzt Sturmabteilung, und wir treiben uns nicht herum, sondern sorgen für Ruhe und Ordnung."

„Natürlich! Und dabei trinkt ihr jede Menge Bier und prügelt auf die Leute ein", konterte Inge.

Peter baute sich vor seiner Schwester auf und stemmte die Hände in die Hüften. „Sprich nicht so über Dinge, von denen du nichts verstehst. Wenn wir uns nicht einsetzen, wer dann?"

„Mit euren Schlägereien werden die Preise für Roggen und Kartoffeln auch nicht besser, und wir haben keinen Groschen mehr in der Tasche. Dafür solltet ihr euch einsetzen und nicht für dieses politische Gewäsch."

„Hört auf damit", rief Charlotte. „Wir wollen doch jetzt nicht streiten wegen so einer Kleinigkeit."

„Kleinigkeit?" Peter winkte ab. „Ihr Weiber habt doch keine Ahnung!" Ohne ein weiteres Wort verließ er die Küche, und die Mädchen sahen ihm verdutzt hinterher.

„Wo er Recht hat, hat er Recht", sagte Charlotte. „Von Politik hab ich wirklich keine Ahnung."

Inge schüttelte den Kopf. „Er ist wie besessen davon, manchmal erkenne ich ihn nicht wieder."

Charlotte winkte ab. „Und was gibt es bei dir Neues?" Sie hatte keine Lust, sich über Peter zu ärgern und wollte lieber wissen, wie es Inge ging, die plötzlich sehr bedrückt wirkte.

„Die Preise verfallen immer mehr, und wir wissen nicht, wie wir über den nächsten Winter kommen sollen. Drüben in Belzig sind die Bauern auf die Straße gegangen, doch genützt hat es ihnen nichts. Immer mehr Höfe werden zwangsversteigert, weil die Leute die Zinsen für ihre Kredite nicht mehr zahlen können", berichtete Inge mit ungewöhnlich ernster Miene. „Eigentlich wollte Vater mir endlich das Geld für die Schwesternschule geben. Er hat eingesehen, dass die Zeiten zu unsicher sind. Der Hof wird uns alle nicht auf Dauer ernähren. Aber es reicht hinten und vorn nicht. Also wird´s wohl nichts mit Lernschwester Inge." Sie zuckte mit den Schultern und trank einen Schluck ihrer Limonade. „Wahrscheinlich werde ich einen Bauern aus dem Dorf heiraten und fünf Kinder haben. Oder ich ende als alte Jungfer."

„Unsinn!", widersprach Charlotte. „Bestimmt lernst du im Krankenhaus einen netten jungen Arzt kennen, ihr verliebt euch ganz schrecklich ineinander und werdet glücklich bis ans Ende eurer Tage."

„Ich als Arztfrau? Ich habe ja nicht mal eine ordentliche Mitgift zu bieten, mich nimmt doch kein Studierter."

„Wart es nur ab, das Leben hält so manche Überraschung für uns bereit."

„Für dich vielleicht. Wie steht es denn mit deinen Plänen?"

„Ich werde ab Herbst auf die Schauspielschule gehen. Ich muss nur noch meinen Vater davon überzeugen. Du weißt ja, wie er ist", fügte sie grinsend hinzu.

„Meinst du denn, das ist das Richtige?" Inge bewunderte Charlotte nach wie vor wegen ihrer Herkunft und war der Meinung, dass die Schauspielerei nun wirklich kein anständiger Beruf für sie war. „Mein Leben ist die Bühne, ich liebe das Theater!", rief Charlotte und warf theatralisch die Arme in die Luft. „Komm schon, tanz mit!", forderte sie Inge auf, und sie hielten sich an den Händen und wirbelten erneut durch die ganze Küche.

„Ich muss jetzt wieder an die Arbeit. Vielen Dank für diesen Tanz, gnädiges Fräulein", sagte Inge nach ein paar Runden und machte einen tiefen Knicks vor Charlotte.

„Wir sehen uns wieder, Fräulein Schauspielerin – wie wäre es am späten Nachmittag, wenn ich mit meiner Arbeit fertig bin?"

„Aber gern, gnädiges Fräulein zukünftige Arztgattin. Wie es Ihnen beliebt."

Inge winkte ab. „Lass das, setz mir nicht solche Flausen in den Kopf."

Charlotte grinste. „Ich hab da so eine Idee ... "

„Was für eine Idee?", fragte Inge gespannt.

„Lass dich überraschen." Charlotte winkte elegant, als sie die Küche verließ. „Sie wird dir gefallen, du wirst schon sehen, Fräulein zukünftige Arztgattin!", rief sie im Flur über die Schulter, und Inge schüttelte den Kopf. Verrücktes Hühnchen, dachte sie, aber die beste Freundin, die man sich vorstellen konnte.

*

Als Charlotte am nächsten Morgen zum Frühstück erschien, ließ ihr Vater langsam die Morgenzeitung sinken und sah seine Tochter über die Gläser seiner Brille an.

„Das Fräulein Petersen geruht, sehr spät zum Frühstück zu erscheinen."

„Es sind doch Ferien, Vater", sagte Charlotte und setzte eine unschuldige Miene auf.

„Kein Grund, sich nicht an gewisse Regeln zu halten", erwiderte er.

„Es schickt sich nicht", sprang ihm nun auch ihre Mutter bei und sah sie streng an.

Charlotte griff nach einer Scheibe Brot und bestrich sie mit Butter. Bevor sie hineinbiss, wandte sie sich ihrem Vater zu.

„Inge hat mir gestern erzählt, dass sie Krankenschwester werden möchte."

„Das ist eine vernünftige Entscheidung. Krankenschwestern werden immer gebraucht."

„Aber Inges Vater kann es sich nicht leisten, sie wegzuschicken."

„Da kann man nichts machen", sagte ihr Vater und widmete sich wieder seiner Zeitung.

„Vater", sagte Charlotte, legte das bestrichene Butterbrot auf ihrem Teller ab und atmete tief durch. „Könnten wir Inge nicht unterstützen?"

Erstaunt ließ ihr Vater die Zeitung sinken. „Wie stellst du dir das denn vor?"

„Vielleicht könnte sie die Ausbildung in Berlin machen und währenddessen bei uns wohnen. Ich teile gern mein Zimmer mit ihr. Und Kost und Logis könnte sie abarbeiten, indem sie Henriette bei der Hausarbeit hilft."

„Wir benötigen keine weitere Haushaltshilfe", mischte sich nun ihre Mutter ein.

„Das habt ihr zwei Mädchen euch ja fein ausgedacht", bemerkte ihr Vater.

Da sprang Charlotte auf, kniete sich vor ihm nieder und faltete die Hände wie zum Gebet.

„Bitte, Herr Vater, erlaubt ihr es?" Petersen konnte sich ein Lächeln nicht verkneifen, während Luise ihre Tochter nach diesem theatralischen Kniefall mit strenger Miene zur Contenance aufrief. Charlotte erhob sich und setzte sich wieder. Herzhaft biss sie in ihr Brot.

Petersen faltete nachdenklich seine Zeitung zusammen. Eigentlich fand er die Idee seiner Tochter gar nicht so schlecht. Warum sollte er nicht ein gutes Werk tun und Inge unterstützen? Das Mädchen war gut erzogen und würde ihm sicher keine Scherereien machen. Außerdem konnte er so Charlotte besser im Zaum halten.

„Ich werde darüber nachdenken", sagte er schließlich, woraufhin Charlotte wieder aufsprang und juchzend über die Terrasse hüpfte. Der Vater hatte ihren Vorschlag nicht gleich abgelehnt, das war schon mal was.

„Kind, bitte", ermahnte ihre Mutter sie. „Wo sind nur deine Manieren geblieben?"

„Inges Vater soll in den nächsten Tagen vorbeikommen. Dann können wir die Modalitäten besprechen, und anschließend werde ich entscheiden. Aber ...", sagte Petersen und erhob den rechten Zeigefinger, „selbst wenn ich es erlaube, erwarte ich von euch beiden entsprechenden Gehorsam und Disziplin. Ihr braucht nicht zu glauben, dass ihr in Berlin machen könnt, was euch beliebt, verstanden?"

Charlotte blieb stehen und nickte. „Aber natürlich, Herr Vater."

„Und da wir gerade bei diesem Thema sind: Du wirst ab Herbst die Höhere Handelsschule in Berlin besuchen. Ich habe dich schon angemeldet."

Erschrocken sah Charlotte ihren Vater an, und sie hatte plötzlich das Gefühl, ihr Herz bleibe stehen. „Aber...", stotterte sie und ließ sich auf ihren Stuhl fallen. Kalter Schweiß brach ihr aus. „Ich will doch Schauspielerin werden." Hektisch kaute sie den Bissen Brot, den sie immer noch im Mund hatte, schluckte ihn und tupfte sich anschließend die Lippen mit ihrer Serviette ab.

„Was du willst, mein liebes Kind", sagte ihr Vater streng, „steht hier nicht zu Debatte. Jetzt ist Schluss mit dem Unsinn. Schlag dir das aus dem Kopf. Das ist kein Beruf für dich, ach, was sage ich, das ist überhaupt kein

Beruf. In Zeiten wie diesen musst du etwas Solides beherrschen. Und ich will nie wieder von diesem Theaterunsinn hören. Du tust, was ich dir sage!"

Charlotte stiegen die Tränen in die Augen. Ihr Herz schlug ihr bis zum Hals, und sie knetete die Serviette so stark, dass die Knöchel ihrer Finger weiß hervortraten.

„Charlotte", sagte ihr Vater in einem versöhnlichen Tonfall, „mach es mir doch nicht so schwer. Ich will doch nur dein Bestes."

„Woher wisst ihr schon, was das Beste für mich ist?", presste Charlotte hervor.

„Achte auf deinen Ton, mein Kind! Du sprichst mit deinem Vater", kehrte Petersen den unnachgiebigen Patriarchen heraus. Wütend knallte Charlotte die Serviette auf den Tisch. Dabei traf sie ihre Tasse, und der Tee ergoss sich auf das weiße Tischtuch. Dann stieß sie ihren Stuhl zurück. „Das werde ich euch nie verzeihen!" Mit diesen Worten drehte sie ihren Eltern den Rücken zu und verließ den Frühstückstisch.

„Das Kind hat ein Temperament, das wir ihr unbedingt austreiben müssen", seufzte Luise und sah ihrer Tochter nach. „Wir müssen hart bleiben, sonst entgleitet sie uns."

Petersen nickte. „Es ist an der Zeit, dass ich ein Machtwort spreche. Charlottes Verhalten ist inakzeptabel, und ich werde dieser Spinnerei vom Theater ein für alle Mal ein Ende setzen." Er leerte seine Teetasse, erhob sich und ging die Terrasse auf und ab. Dann blieb er stehen und starrte auf den See.

„Du hättest schon viel früher eingreifen müssen", warf Luise ihm vor.

„Ich habe gehofft, sie kommt von selbst zur Vernunft."

„Sie hat einen starken Charakter", erwiderte Luise.

„Aber sie untersteht immer noch mir, und ich werde nicht zulassen, dass sie sich meiner Entscheidung widersetzt."

Oskar setzte sich wieder an den Tisch und hielt Luise seine Teetasse hin, damit sie ihm nachschenken konnte.

„In zwei Jahren wird sie Rudolf Hinze heiraten, und wir können uns ganz entspannt zurücklehnen", sagte Luise und reichte ihrem Mann seine Tasse Tee.

Charlotte rannte durch den Garten. Ohne darüber nachzudenken, wo sie hinwollte, verließ sie das Grundstück und lief die Platanenallee entlang. Dort war es schattig und kühl. Ein schwerer Geruch von Rosen hing in der Luft. Doch Charlotte war das alles egal, sie war wütend. Der Tag hatte so wunderbar begonnen, und jetzt diese Katastrophe. Aus irgendeinem Grund war sie davon ausgegangen, ihren Vater von ihrem Berufswunsch überzeugen zu können. Dass er streng war, das wusste sie, aber dass er so unerbittlich war, überraschte sie doch. Sie hatte es so satt, die gehorsame Tochter zu mimen. Immer das zu tun, was ihr vorgeschrieben wurde, widerte sie an. Sie wollte endlich ihre eigenen Entscheidungen treffen.

An der nächsten Kreuzung bog Charlotte in den Wald ab. Dort war es noch kühler, und sie knöpfte ihre Strickjacke zu. Sie lief immer schneller und schneller, und sie wollte nur noch weg, weit weg. Erst als sie den Hang zum Friedhof hinter sich hatte, gönnte sie sich eine Verschnaufpause und ging langsam durch die Gräberreihen, bis sie zu ihrem Lieblingsplatz unter einer großen Eiche kam. Erschöpft ließ sie sich auf die Bank dort fallen und streckte die Beine aus. Ihr Kleid war feucht von ihrem Schweiß, und sie atmete schwer. Sie schloss die Augen, und langsam mischte sich unter ihre Wut eine unsägliche Traurigkeit. Tränen bahnten sich den Weg unter ihren geschlossenen Lidern hervor und rannen über ihr Gesicht. Überwältigt von ihren Gefühlen weinte sie hemmungslos.

Wie sollte sie sich wehren, wie konnte sie dieses Schicksal abwenden? Auf die Handelsschule gehen zu müssen, war ihr eine grausame Vorstellung. Sie würde sich dort zu Tode langweilen. Zwei Jahre, zwei lange Jahre, und danach ewige öde Büroarbeit. Das würde sie nicht überleben.

Es dauerte eine ganze Weile, bis sie sich wieder beruhigt hatte. Irgendwann kramte sie ein Taschentuch aus ihrer Rocktasche und putzte sich geräuschvoll die Nase. Dann ließ sie den Blick schweifen. Von hier aus konnte sie über die Koppeln bis zum See sehen. Für einen Moment keimte der Gedanke an Flucht in ihr auf. Egal wohin, ich stehle mich davon, dachte sie. Ich könnte zur Grande Dame fliehen, aber wahrscheinlich wäre die Grande Dame nicht sehr begeistert, wenn ihr rotgelocktes Hühnchen plötzlich vor der Tür stehen würde. Und dann war da auch noch die Abmachung mit Inge. Schließlich hatte Charlotte vor, sie mit nach Berlin zu nehmen. Wenn sie jetzt verschwinden würde, dann wäre Inge für alle Zeiten dazu verdammt, auf dem Hof zu bleiben. Nein, das ging auf gar keinen Fall. Doch was war die Alternative? Bevor ihr wieder die Tränen in die Augen schossen, stand sie auf und stieg auf die Bank. Sie hangelte nach der eckigen Keksdose in einem großen Astloch in der Eiche. In dieser bewahrte sie ihren wertvollsten Schatz auf, Hefte, die ihr die Grande Dame geschenkt und die Charlotte ganze Nachmittage lang verschlungen hatte. So hatte ihr Traum vom Theater begonnen. Es waren ihre Lieblingsstücke – Schillers Balladen, Kabale und Liebe, Maria Stuart, Shakespeares Sommernachtstraum. Auch Jane Austens Stolz und Vorurteil.

„Das ist nicht nur eine Liebesgeschichte, das ist ein Blick in die Gesellschaft", hatte ihr die Grande Dame erklärt. „Du kannst viel daraus lernen."

Stundenlang konnte sich Charlotte darin vertiefen, die Szenen immer wieder lesen und sich dabei vorstellen, wie sie selbst auf der Bühne stand. Doch jetzt nahm sie Fontanes Gedichtband aus der Keksdose und schlug ihn auf. Sie suchte nach etwas ganz Bestimmtem.

Du darfst missmutig nicht verzagen,
In Liebe nicht noch im Gesang,
Wenn mal ein allzu kühnes Wagen,
Ein Wurf im Wettspiel dir misslang.

Wes Fuß wär' niemals fehlgesprungen?
Wer lief nicht irr' auf seinem Lauf?
Blick hin auf das, was dir gelungen,
Und richte so dich wieder auf.

Vorüber ziehn die trüben Wetter,

Es lacht aufs neu der Sonne Glanz,
Und ob verwehn die welken Blätter,
Die frischen schlingen sich zum Kranz.

Charlotte blickte auf und sah noch einmal zum See hinüber. Leichter gesagt als getan, dachte sie und las das Gedicht wieder und wieder. In der Ferne schlug die Kirchturmuhr, doch Charlotte war so vertieft in das Gedicht, dass sie nichts mehr um sich herum wahrnahm.

„Dachte ich mir doch, dass ich dich hier finde."

Inge war unbemerkt den Weg heraufgekommen und setzte sich neben sie auf die Bank.

„Ich war bei deinen Eltern, um dich zum Schwimmen abzuholen, denn mein Vater hat mir den Tag heute frei gegeben. Du warst nicht da, aber Henriette hat mir erzählt, was passiert ist."

„Ich werde nie zum Theater gehen." Abermals begann Charlotte zu weinen und lehnte den Kopf an Inges Schulter. Diese streichelte ihr sanft über die Wange.

„Deinem Vater hab ich gesagt, dass ich deine Idee mit meiner Ausbildung in Berlin nicht so gut finde. Schließlich möchte ich nicht, dass er glaubt, ich wolle auf seine Kosten leben."

Charlotte hob den Kopf. „Du hast mit meinem Vater gesprochen?"

Inge reckte stolz das Kinn. „Ich habe all meinen Mut zusammengenommen. Er wirkte überrascht, aber er hat mir zugehört. Ich dachte, vielleicht erlaubt er dir die Schauspielschule deswegen nicht, weil ich mit nach Berlin gehen möchte, und wenn ich ihm klarmache, dass ich verzichte."

„Und? Was hat er gesagt?" Charlotte wischte sich mit beiden Händen die Tränen aus dem Gesicht.

„Er hat gesagt, das eine habe mit dem anderen nichts zu tun. Er schickt dich in jedem Fall auf die höhere Handelsschule."

Charlotte sank wieder in sich zusammen. „Das habe ich mir gedacht."

Inge stupste sie an. „Daraufhin hab ich ihn ganz höflich gefragt, ob er möglicherweise doch darüber nachdenken könnte, mich nach Berlin mitzunehmen."

„Du hast was?" Charlotte traute ihren Ohren nicht.

„Ich dachte, wenn du schon deine Theaterpläne verschieben musst, dann können wir wenigstens ein bisschen Spaß zusammen haben", erklärte Inge.

„Und?", fragte Charlotte.

Inge strich über ihre Schürze. „Er hat geantwortet, möglicherweise könne er schon darüber nachdenken."

Charlotte schöpfte Hoffnung. „Wenigstens hat er es nicht gleich abgelehnt. Aber …", jetzt erst wurde Charlotte bewusst, was Inge eigentlich gesagt hatte, „was meinst du denn mit verschieben?"

Inge verdrehte die Augen.

„Charlotte, überleg doch mal! Wenn wir mit der Ausbildung fertig sind, kannst du immer noch zum Theater gehen."

Inge lehnte sich zurück und verschränkte die Arme. „Wir sind sechzehn, was sind schon zwei Jahre?"

So hatte Charlotte das noch gar nicht betrachtet. Wenn sie auf die Handelsschule ginge, würde der Vater erst mal Ruhe geben. Und in zwei Jahren konnte viel passieren.

Schniefend nickte sie. „Du hast Recht – aufgeschoben ist nicht aufgehoben."

„Ist doch ein guter Plan, oder?" Inge grinste.

Sieh mal einer an, dachte Charlotte, zu was die brave Inge so fähig ist. Sie sprang auf, zog Inge von der Bank und umarmte sie. „Du bist die Beste!"

Inge befreite sich aus der Umklammerung. „Jetzt müssen wir nur noch hoffen, dass dein Vater zustimmt und ich mitkommen darf."

Charlotte nickte und begann, ihre Hefte zusammenzusammeln. Gemeinsam versteckten sie die Dose wieder in der Eiche.

„Der Tag kommt, da werde ich euch brauchen", sagte Charlotte laut, und Inge konnte ihr ansehen, dass sie die Hoffnung nicht aufgeben würde. Dann gingen sie den Weg zum See hinunter.

Der vor ihnen liegende Sommer hatte mit einem Mal eine ganz andere Bedeutung bekommen, denn beiden war klar, dass es der letzte Sommer in unbeschwerter Freiheit sein würde.

*

Einige Wochen später, am Abend vor ihrer Rückreise nach Berlin, fand das alljährliche Sommerfest im Dorf statt. Luise war ganz und gar nicht begeistert davon, dass Charlotte auch auf dieses Fest gehen wollte.

„Da treibt sich allerlei Pöbel herum. Und wenn diese Bauern erst mal zu viel getrunken haben … Ach nein, mir ist das wirklich gar nicht recht, Charlotte."

„Mutter, bitte, wir trinken nur Limonade, versprochen, und ich gehe mit Inge dorthin. Ihr Bruder Peter wird auf uns aufpassen. Was soll denn schon passieren?"

Nun mischte sich ihr Vater ein.

„Luise", nickte er seiner Frau aufmunternd zu, „lass sie gehen. Es ist ihr letzter Abend, und die Inge kommt aus einem anständigen Haus. Wenn der Bruder dabei ist, wird schon nichts passieren." Auch wenn er es nicht zugab, so fiel es ihm doch schwer, mitanzusehen, wie seine Tochter unter dem Gedanken litt, die Handelsschule besuchen zu müssen. Und so wollte er seiner Tochter wenigstens noch diesen einen lustigen Abend gönnen. Luise dagegen sah ihren Mann vorwurfsvoll an. Wie konnte er ihr nur so in den Rücken fallen, oder hatte er am Ende tatsächlich ein schlechtes Gewissen, weil er Charlotte die Schauspielerei verbot?

„Also gut", sagte Luise schließlich leicht verschnupft, „du darfst gehen, aber um neun Uhr bist du spätestens wieder zu Hause. Und wenn nicht, dann …"

Sie hob drohend den Zeigefinger, doch sie konnte nicht zu Ende sprechen. Charlotte fiel ihr um den Hals und gab ihr einen Kuss auf die Wange.

„Danke, Mutter, ich werde pünktlich zurück sein. Ich verspreche es." Damit stürzte sie ins Haus, um sich umzuziehen. Luise schüttelte den Kopf.

„Ich möchte mal wissen, warum dieses Kind so ein Wildfang ist. Woher hat sie das nur?"

Petersen ließ die Zeitung sinken und sah über den Brillenrand zu seiner Frau hinüber.

„Na von dir, meine Liebe."

Oben in ihrem Zimmer kleidete Charlotte sich um. Sie zog ihr gelbes Sommerkleid an und steckte die schulterlangen Locken zu einem Knoten hoch. Wegen der feuerroten Farbe, die ihre Haare hatten, war sie als Kind oft von ihren Mitschülern gehänselt worden. Doch inzwischen hatte sich die Farbe in ein glänzendes Kastanienrot verwandelt. Charlotte setzte ihren Hut auf und steckte ihn mit Haarnadeln fest. Dann betrachtete sie ihr Gesicht im Spiegel. Die zahlreichen Sommersprossen auf der Nase ließen sie manchmal noch ein wenig kindlich erscheinen, doch ansonsten wirkte sie mit ihrem blassen Teint schon sehr erwachsen. Ihre Mutter betonte immer wieder, wie wichtig es sei, nie ohne Hut und Jacke das Haus zu verlassen. „Du willst doch nicht so braun werden wie eine Bäuerin, die den ganzen Tag auf dem Feld arbeitet, nicht wahr? Noble Blässe zeugt von guter Herkunft, mein Kind." Charlotte drehte sich vor dem Spiegel. Dann schlüpfte sie in ihre Schuhe und griff nach der Strickjacke. Ein letzter prüfender Blick stimmte sie zufrieden. Sie verließ das Haus mit einem kurzen Abschiedsgruß und lief durch den Garten zum Tor. Paul, der Chauffeur, saß dort in der Abendsonne und genoss seine Pfeife. Als Charlotte an ihm vorbei ging, um auf die Straße zu treten, sah er ihr mit einem bewundernden Blick hinterher. Aus dem kleinen Mädchen war eine erwachsene, junge Dame geworden. Charlotte drehte sich noch einmal um und winkte ihm zu. Er lüftete seine Mütze und fragte sich, ob sie wirklich in diese feine Gesellschaft passte, die ihre Eltern für sie vorgesehen hatten. Charlotte trug das Herz auf der Zunge und sprach aus, was sie dachte. Das würde ihr noch viel Ärger im Leben bringen, denn die feine Gesellschaft mochte keine ehrlichen Frauen.

Charlotte lief zum Hof hinüber, um Inge abzuholen. Diese trug ein blaues Sommerkleid mit weißer Blumenstickerei. Auch sie hatte ihren Strohhut aufgesetzt, und ihr blondes Haar fiel ihr seidig über die Schultern. Die Mädchen gingen zum Dorfplatz, wo schon ein paar andere junge Mädchen aus dem Dorf versammelt waren, und auch Peter war mit einigen Freunden da. Gemeinsam tranken sie Erdbeerlimonade und tanzten ausgelassen. Als es dunkel wurde, zündete man rund um den Dorfplatz Fackeln an. Als die Kapelle einen langsamen Walzer spielte, kam Peter auf Charlotte zu und verbeugte sich ganz förmlich.

„Darf ich bitten, gnädiges Fräulein?"

„Aber selbstverständlich. Es ist mir eine Ehre." Charlotte hielt ihm die Hand entgegen, und er deutete einen Handkuss an.

„Gnädiges Fräulein belieben zu scherzen", entgegnete er mit einem Grinsen, „die Ehre ist ganz meinerseits."

Sie gingen auf die Tanzfläche, und er legte den Arm um ihre Hüften. Sie spürte seinen muskulösen Körper und lehnte den Kopf an seine Brust. Ihre Körper bewegten sich im Rhythmus der Musik. Peter zog Charlotte noch fester an sich und genoss ihre Nähe. Sie war so anders als die Mädchen im Dorf. Die kicherten immer nur herum und himmelten ihn an, wenn er vorbeiging. Aber Charlotte hatte Klasse, sie war eben eine echte Städterin. Einmal hatte er seinem Freund Hartmut gegenüber angedeutet, dass er Charlotte verehrte, doch dieser hatte nur gelacht.

„Mein Lieber, die ist eine Nummer zu groß für dich."

„Traust du mir das nicht zu?"

„So ein Mädchen aus der Stadt, vergiss es. Diese Art von Frauen werden wir nie glücklich machen. Die wollen Luxus, die wollen Spaß, kein Leben mit Kuhstall ausmisten und harter Feldarbeit. Denk nicht mal dran!"

Und nun tanzte er hier mit dem Mädchen seiner Träume. Vielleicht war es einen Versuch wert, und er sollte ihr sagen, was er empfand? Es war seine vorerst letzte Chance, denn anderntags reiste sie ab.

Als der Walzer endete und alle klatschten, standen sich Charlotte und Peter wie benommen gegenüber. Peter versuchte, die Verlegenheit zu überspielen.

„Darf ich Ihnen wohl noch ein Glas Erdbeerlimonade anbieten, gnädiges Fräulein?"

„Oh, das wäre zu freundlich von Ihnen." Charlotte hakte sich bei ihm unter, und sie gingen zum Stand hinüber. Peter kaufte zwei Gläser, und sie setzten sich auf eine Bank, die ganz in der Nähe unter einer großen Kastanie stand. Ein seltsames Schweigen trat zwischen sie. Nach einer Weile, in der sie das lustige Treiben beobachtet hatten, sagte Charlotte: „Ich glaube, ich muss mich langsam auf den Heimweg machen."

„Ich bringe dich nach Hause", sagte Peter, stand auf und bot ihr seinen Arm. Charlotte verabschiedete sich von den anderen. Dann schlenderten die beiden untergehakt die Hauptstraße hinunter.

„Du bist so still heute Abend", sagte Peter.

„Du weißt ja, mein Vater schickt mich auf die höhere Handelsschule, damit ich einen vernünftigen Beruf lerne. Übermorgen geht es los, und mir graut davor."

Peter blieb stehen.

„Ich verstehe nicht, wo das Problem liegt? Du bist ein deutsches Mädel, und du erfüllst deine Pflicht, wenn du einen anständigen Beruf lernst."

„Red nicht so, Peter. Du weißt, dass mich die Politik nicht interessiert. Ich will zum Theater. Und außerdem", fügte sie seufzend hinzu, „werde ich das freie Leben hier draußen sehr vermissen." Sie blickte ihn von der Seite an.

„Und du gehst jetzt tatsächlich nach Thüringen?", fragte Charlotte in der Hoffnung, von ihm nicht in ein Gespräch über Politik verwickelt zu werden, das in aller Regel mit irgendwelchen Hetzparolen endete, die sie nicht hören wollte.

„Die Tischlerlehre ist genau das richtige für mich. Ich glaube, es ist wichtig, noch etwas anderes zu lernen, denn der Hof wird uns auf Dauer nicht alle ernähren. Dann werde ich mir etwas Eigenes aufbauen."

„Das ist eine gute Idee", bestärkte ihn Charlotte. Da waren sie auch schon an der Platanenallee angelangt und nach wenigen Schritten am Ziel.

„Also dann", sagte Charlotte zum Abschied und öffnete das Gartentor.

„Warte", sagte Peter hielt sie am Arm fest. „Charlotte, ich muss dir etwas sagen, bevor du abreist." Charlotte nahm die Hand von der Klinke und drehte sich zu ihm.

Da griff Peter nach ihren beiden Händen und küsste sie.

„Wenn ich erst meine eigene Existenz aufgebaut habe, kann ich dir eine ganze Menge bieten. Du sollst jedenfalls wissen, dass ich sehr viel für dich empfinde."

Charlotte begriff überhaupt nicht, was er da sagte. Ratlos schaute sie ihn an.

„Ich möchte mein Leben mir dir verbringen, Charlotte, und ich wollte dich fragen, ob du dir das vorstellen kannst. Bitte sag ja!", sagte er flehentlich und drückte ihre Hände.

War das etwa ein Heiratsantrag? Verwirrt entzog sie ihm ihre Hände und wusste gar nicht, was sie sagen sollte. Wie hatten ihr seine Gefühle für sie nur so entgehen können?

Peter spürte sofort, dass sich Charlotte von ihm entfernte, und das wollte er auf keinen Fall zulassen. Mit einer schnellen Bewegung trat er einen Schritt auf sie zu und zog sie an sich, um sie zu küssen. Doch Charlotte wehrte sich und stieß ihn mit einer heftigen Bewegung zurück.

„Lass das! Was fällt dir ein?", zischte sie und rang nach Luft. Sie musste sich einen Moment sammeln, doch da war es schon zu spät.

„Bin ich dir etwa nicht gut genug?" ´Die ist eine Nummer zu groß für dich´, hämmerte es in Peters Kopf.

„Nein, Peter, das ist es nicht", stammelte Charlotte. „Ich … ich bin nur so überrascht."

Doch ihre Worte halfen nichts. Sie konnte zusehen, wie sich Peters Züge verhärteten, und sie hörte ihn verächtlich schnaufen.

„Peter, lass es mich erklären, bitte."

„Ich weiß schon", sagte er und stemmte die kräftigen Arme in die Hüften, „ihr Mädchen aus der Stadt glaubt alle, ihr seid was Besseres, Luxusweibchen und so. Hartmut hatte Recht, ihr seid alle gleich." Dann machte er ein paar Schritte rückwärts, hob den Arm und deutete mit dem Finger auf sie.

„Aber du, du wirst schon sehen, was du ausschlägst. Das wirst du noch bereuen!" Er ließ den Arm sinken und spuckte auf die Straße. „Auf Frauen wie dich pfeif´ ich. Die Zeiten werden kommen, da man euch von eurem hohen Ross herunterholen wird. Und dann Gnade euch Gott." Damit drehte er sich um und ging mit schnellen Schritten davon.

Wie angewurzelt blieb Charlotte vor dem Gartentor stehen, unfähig, sich zu bewegen. Was sollte das denn? War er jetzt verrückt geworden? Sie sah ihm nach, wie er in der Dunkelheit verschwand.

\*

Was bildete Charlotte sich eigentlich ein? Je länger Peter darüber nachdachte, umso mehr steigerte er sich in den Gedanken hinein, dass Charlotte eine hochnäsige Person war. Irgendwann, wenn sie sieht, was aus mir geworden ist, werde ich sie eiskalt observieren, dachte er. Der Tag wird kommen, da dieses reiche Pack auf Menschen wie mich angewiesen sein wird und ihr Vermögen nichts mehr zählt. Und dann wird sich das Blatt wenden. Er rannte fast zurück zum Dorfplatz, und seine Wut wurde immer größer.

„Was ist los?", fragte Inge, als sie die finstere Miene ihres Bruders sah.

„Lass mich in Ruhe, ich brauch jetzt ein Bier", knurrte er und schob sie zur Seite.

Inge stemmte die Hände in die Hüften und schüttelte den Kopf. „Was ist dir denn für eine Laus über die Leber gelaufen?"

Peter winkte ab. „Weiber!", zischte er, drehte sich um und ließ seine Schwester stehen.

„Hast du dich etwa mit Charlotte gestritten, als du sie nach Hause gebracht hast?", hakte Inge nach, und Peter drehte sich plötzlich ruckartig zu ihr um. Sein Gesicht war wutverzerrt, und vor seinem Mund bildeten sich kleine Spuckefäden, als er sprach.

„Ich kann nicht verstehen, wie du mit diesen Leuten nach Berlin gehen kannst." Ohne ein weiteres Wort ging er zum Bierausschank, verlangte ein Pils, das er in einem einzigen Zug leerte und kam zu ihr zurück.

„Ich sage dir, wenn du dich auf dieses arrogante Pack einlässt, bist du nicht mehr meine Schwester, verstanden?"

Inge wedelte mit der Hand vor seinem Gesicht herum. „Bist du jetzt total verrückt geworden?", rief sie. Doch sie kannte ihn gut genug, um zu wissen, dass in diesem Moment mit ihm nicht mehr zu reden war. Also ließ sie ihn ziehen. Morgen geht's auf nach Berlin, dachte sie, und ich werde den Hof hinter mir lassen – und Peters Launen auch.

\*

Am nächsten Morgen wachte Charlotte sehr früh auf. Sie hatte unruhig geschlafen, und die Auseinandersetzung mit Peter ging ihr immer noch im Kopf herum. Was hatte er sich nur dabei gedacht?

Sie zog sich die Decke über den Kopf, als ob sie den gestrigen Abend damit auslöschen könnte. Und an diesem Tag stand auch noch die Rückreise nach Berlin an, und dann würde sie ihr freies Landleben gegen einen öden Alltag in der Handelsschule eintauschen müssen.

Ihr graute vor dieser trostlosen Aussicht. Wieder etwas tun müssen, was sie nicht wollte, wieder die Schulbank drücken! Würde das denn nie ein Ende haben? Und überhaupt: War alles im Leben so kompliziert, wenn man erwachsen wurde? Charlotte seufzte und blinzelte unter der Decke hervor.

Draußen schien die Sonne, und sie konnte das morgendliche Geschnatter der Enten über den See schallen hören. Mühsam hievte sie die Beine aus dem Bett und schlüpfte in ihren Badeanzug. Ein letztes Mal schwimmen, dachte sie, ein letztes Mal in das frische, kühle Wasser eintauchen. Leise schlich sie aus dem Haus und lief die Holztreppe zum See hinunter, nahm Anlauf und sprang kopfüber ins Wasser.

Als sie auftauchte, schwamm sie mit weit ausholenden Armbewegungen hinaus und drehte sich dann auf den Rücken. Die Sonne wärmte ihr Gesicht, und sie blinzelte in den blauen Himmel. Die Schwalben flogen hoch, es würde ein herrlicher Spätsommertag werden.

Charlotte schloss die Augen und ließ sich treiben. Tu es für Inge, hämmerte es in ihrem Kopf. Wenigstens sie soll ihre Ausbildung zur Krankenschwester machen können. Das war die Mühe wert, und es würde schon gehen, es waren doch nur zwei Jahre, zwei lange Jahre.

April 1990

„**D**u hast also deinem Vater gehorcht und die Handelsschule besucht?"

Lena und Charlotte saßen immer noch beim Frühstück, und wieder einmal hatten sie die Zeit vergessen. Es war bereits später Vormittag, die leeren Teller standen noch auf dem Tisch, und der Kaffee war längst kalt geworden.

„Was blieb mir anderes übrig? Innerlich habe ich natürlich rebelliert, aber sich der Entscheidung des eigenen Vaters zu widersetzen war unvorstellbar damals. Ganz abgesehen davon, dass ich nicht die finanziellen Mittel hatte, meinen eigenen Weg zu gehen." Charlotte beugte sich vor und sah Lena direkt in die Augen. „Manchmal muss man eben einen Umweg gehen, um ans Ziel zu kommen."

Lena nickte. „Aber diese Umwege sind ganz schön nervenaufreibend, und man weiß oft genug nicht, ob man jemals ankommen wird."

„Man braucht Geduld und verflixt viel Energie, aber wenn du dir selbst dabei treu bleiben kannst, dann lohnt es sich immer."

Charlotte sah auf die Uhr. „Meine Güte, so spät schon." Sie begann, das Frühstücksgeschirr auf das Tablett zu räumen. „Heute ist Freitag, und der Kühlschrank ist ziemlich leer. Ich muss dringend einkaufen." Lena half ihr, das Geschirr in die Küche zu bringen.

„Du könntest mich begleiten und dir den Ort ansehen", schlug Charlotte vor, während sie zusammen die Küche aufräumten.

„Warum eigentlich nicht?", sagte Lena, die seit ihrer Ankunft noch nicht vor die Tür gekommen war.

Charlotte griff nach dem Autoschlüssel, der am Schlüsselbrett hinter der Küchentür hing.

„Dann lass uns fahren."

Sie holperten mit dem alten Trabant über das Kopfsteinpflaster. Der Motor knatterte erbärmlich, und Lena amüsierte sich. „Lange hält der aber nicht mehr durch."

„Wenn du dich da mal nicht täuschst", meinte Charlotte. „Dreizehn Jahre lang habe ich auf die Zuteilung dieses Autos gewartet, und werde ihn fahren, bis er auseinanderfällt. Jedenfalls kann er mir nicht unterm Hintern wegrosten, ist ja nur ein Pappkarton mit vier Rädern dran."

Sie parkten vor der Kaufhalle. Lena hatte ein verlassenes Dorf erwartet, aber im Zentrum herrschte reges Treiben. Ein herrschaftlich anmutender Bahnhof im Jugendstil, der immer noch an die goldenen Zeiten der Künstlerkolonie erinnerte, ein Bäcker, eine Fleischerei und ein Friseur, und natürlich das Rathaus prägten die Ortsmitte. Nur ein paar hässliche hohe Plattenbauten der Kaufhalle gegenüber passten so gar nicht zur übrigen Idylle, eben so wenig wie einige Gebäude, die von einem hohen, blickdichten Zaun umgeben waren.

„Das ist das Kasernenareal der Russen. Sie haben nach dem Krieg den Kurpark besetzt und völlig abgeriegelt. Dort wollten sie unter sich sein, und Deutsche hatten keinen Zutritt. Die Offiziere wohnten in den Jugendstilvillen da drüben, siehst du?", sagte Charlotte und zeigte auf ein paar heruntergekommene schmutzige gelbe Häuser.

Dann wies sie auf die hohen Plattenbauten. „Die einfachen Soldaten mit ihren Familien haben sie dort untergebracht. Inzwischen ist der Park wieder frei zugänglich, aber es ist kein schöner Anblick. Leider ist alles sehr heruntergekommen. Die Armee hat sich die schönsten Plätze herausgesucht, aber nichts für deren Erhalt getan. Willst du dich allein etwas umsehen?"

„Nein, ich begleite dich." In der Kaufhalle streifte Lena an den Regalen entlang und war fasziniert von der beschränkten Auswahl, die den Menschen hier allerdings zu genügen schien. Eine Sorte Bier, eine Sorte Milch, eine Sorte Joghurt. Ergänzt wurde das überschaubare Produktsortiment von einer Theke, an der es frische Wurst und Käse zu kaufen gab. Preise und Produkte zu vergleichen war hier völlig überflüssig, und so war der Einkauf schnell erledigt.

An der Kasse hielt Charlotte mit der Kassiererin ein Schwätzchen.

„Wir haben noch viel zu tun vor der Währungsumstellung", erzählte die Frau, während sie die Waren eingab. „Stellen Sie sich das mal vor, in zwei Monaten haben wir Westgeld. Wer hätte das vor einem Jahr gedacht?" Lena hörte schweigend zu. Für die Leute hier schien erst mit der Einführung der D-Mark die wahre Freiheit ins Land zu kommen. Während sie die Frau schwatzen hörte, wurde ihr klar, dass sie im Grunde nichts von dem Leben wusste, dass die Menschen hinter dem Eisernen Vorhang geführt hatten. Aber ihr fiel auf, dass die Menschen hier einander alle grüßten, und dass jeder jeden zu kennen schien.

„Ohne Beziehungen geht hier gar nichts", erklärte Charlotte. „Für mich ist das gar nicht so einfach. Schließlich habe ich außer Geld nichts zu bieten."

„Wie meinst du denn das?"

„Hier funktioniert der Alltag über Tauschhandel. Hast du was zu reparieren, musst du das nötige Material dazu von jemandem besorgen, doch die Reparatur erledigt dann ein anderer. Oder du kennst jemanden, der wieder jemanden kennt. Allein mit Geld ist das schwierig, denn dafür kann man sich hier ja nichts kaufen, wie du siehst."

„Das wird sich bald ändern", sagte die Kassiererin. „Dann können wir zwar alles kaufen, aber haben nicht mehr das Geld dafür. Wenn der Umtausch wirklich mit eins zu zwei gemacht wird, bleibt nicht viel übrig von unserem Vermögen", sagte sie und schüttelte den Kopf. „Sind wir dafür auf die Straße gegangen?"

Charlotte kramte ihr Portemonnaie aus der Handtasche und sah auf.

„Also, ich bitte Sie, das kann man doch nicht vergleichen."

„Frau Landauer, sie sind Künstlerin, da ist natürlich klar, dass sie das anders sehen. Ihresgleichen hat ja schließlich auch den Mauerfall erkämpft", erwiderte die Kassiererin mit schnippischem Unterton. „Aber ich bin eine einfache Frau vom Land. Was nützt mir die Freiheit, wenn ich sie nicht bezahlen kann?"

„Wollen Sie damit etwa sagen, dass die friedliche Revolution umsonst gewesen ist?", gab Charlotte zurück.

„Natürlich nicht, aber Sie müssen doch zugeben, dass unser Leben früher viel einfacher war. Uns wurden viele

Entscheidungen abgenommen, und wir haben ruhiger gelebt."

Charlotte ließ die Münzen, die die Kassiererin ihr herausgegeben hatte, in ihr Portemonnaie fallen.

„Also wirklich, mein ganzes Leben lang konnte ich mich nicht frei bewegen, und Sie wollen mir nun weismachen, dass diese Unfreiheit uns ein einfacheres Leben beschert hat. Da kann ich ja nur lachen."

Hastig stopfte Charlotte ihre Einkäufe in einen Beutel und verließ die Kaufhalle grußlos und so schnell, dass Lena ihr kaum folgen konnte. Auf der Heimfahrt im Wagen platzte sie vor Wut. „Unglaublich, wie einfältig manche Leute sind. Das ist doch nicht zu fassen."

Lena sah ihre Großmutter von der Seite an. „Diese Leute haben vermutlich einfach nur Angst vor der ungewissen Zukunft."

Charlotte schlug mit der flachen Hand auf das Lenkrad, ohne dabei den Blick von der Straße abzuwenden. „Meine Güte, na und? Nach dem Krieg ging es uns doch auch nicht anders. Nur haben wir noch mit viel weniger auskommen müssen und es trotzdem geschafft. Man muss sein Leben schon selbst in die Hand nehmen, wenn etwas daraus werden soll." Sie drückte das Gaspedal ganz durch, und der Motor heulte auf, als sie mit Schwung die nächste Kurve nahm.

Lena krallte sich an ihrem Sitz fest. „Nicht jeder kann das, sein Leben in die Hand nehmen."

Charlotte lachte auf. „Mein liebes Kind, ich bitte dich, mir hat auch niemand gezeigt, wie das geht, und trotzdem habe ich es geschafft."

„Deine Wahrheit ist wohl immer die Richtige, was?", bemerkte Lena, die von der Selbstgefälligkeit ihrer Großmutter zunehmend genervt war.

Charlotte fuhr in die Einfahrt vor der Garage, würgte unsanft den Motor ab und zog energisch die Handbremse an.

Beim Aussteigen zeigte sie auf den Garten und das Haus. „Glaubst du, dass alles hier gäbe es noch, wenn ich in den entscheidenden Augenblicken meines Lebens gezögert hätte?"

Lena warf die Beifahrertür ins Schloss. „Ja, ja", seufzte sie nur.

Charlotte, die längst erkannt hatte, dass Lena nicht unbedingt ihre Tatkraft und Entschlossenheit geerbt hatte, blieb unerbittlich.

„Nenn es, wie du willst, aber eines sage ich dir: Du wirst lernen müssen, Entscheidungen zu treffen! Schließlich wird das alles eines Tages dir gehören. Und ich will sicher sein, dass mein Erbe einmal in den richtigen Händen liegt."

Lena stockte der Atem. Was hatte ihre Großmutter da gerade gesagt? Das alles sollte einmal ihr gehören?

Ihr bisheriges Leben hatte sie in einer ganz anderen Welt verbracht – und Wien war immer noch ihr Zuhause. Wie konnte Charlotte nur auf so eine Idee kommen? Doch als Lena den Blick ihrer Großmutter suchte, sah sie darin nichts anderes als unerschütterliche Entschlossenheit. Was für Lena nur ein altes Haus an einem See war, bedeutete für Charlotte viel mehr, vielleicht sogar alles in ihrem Leben. Es war ihr persönliches Vermächtnis.

In diesem Moment beneidete Lena ihre Großmutter, denn die wusste, worin der Sinn ihres Lebens bestand, während sie selbst immer wieder erneut danach suchen musste. Doch dass Charlotte nun von ihr erwartete, sich für den Erhalt des Familienbesitzes ebenso aufzuopfern, wie Charlotte selbst das jahrzehntelang getan hatte, ängstigte sie. Hatte sie nicht schon genug Ärger am Hals? Wenn sie auch nur für einen Moment an den heftigen Streit mit ihrem Vater und ihre darauffolgende überstürzte Abreise aus Wien dachte, dann wurde ihr ganz anders. Obwohl sie schon einige Nächte darüber geschlafen hatte, wühlte sie der Streit immer noch sehr auf. Und sie hatte immer noch nicht die nötige Ruhe gefunden, um darüber nachzudenken, wie es nun weitergehen sollte.

So spannend und interessant ihre erste Begegnung mit ihrer Großmutter und das Eintauchen in die Familiengeschichte ihrer Mutter auch waren, für einen Streit über familiäre Verpflichtungen war sie nun wirklich nicht in der richtigen Verfassung. Schwungvoll nahm sie ihrer Großmutter den Einkaufsbeutel ab.

„Das geht mich nun wirklich nichts an, das ist dein Problem."

Mit einem kräftigen Ruck schloss Charlotte den Kofferraum. „Wie kannst du nur so denken? Du bist doch schließlich ein Teil dieser Familie. Deine Mutter wäre niemals so undankbar gewesen."

Lena blitzte ihre Großmutter an und spürte, wie ihr kindlicher Trotz in Wut umschlug. „Was soll das? Lass Mama aus dem Spiel, okay? "

Charlotte stand noch immer hinter dem Auto. „Elisabeth hat das hier geliebt und immer gewusst, was für eine Verpflichtung das bedeutet."

Lena ließ den Einkaufsbeutel fallen. Glas klirrte, und auf den Steinplatten breitete sich ein größer werdender feuchter Fleck aus.

„Genau. Wahrscheinlich hat sie sich deshalb all dem hier entzogen und ist zu Papa in den Westen abgehauen."

Nun wurde Charlotte auch wütend. „Das war etwas ganz anderes", sagte sie in einem harschen Tonfall. „Dein Vater hat ihr damals was vorgemacht, hat mit einer großen Karriere gewinkt und sie damit in sein Bett gelockt. Und dann wurde sie schwanger. Was hätte sie da schon anderes tun sollen?"

„Woher soll ich das wissen", gab Lena genervt zurück. Dass Charlotte nun auf ihre Mutter zu sprechen kam, hatte ihr gerade noch gefehlt.

"Ich weiß nur eines", sagte sie in der Hoffnung, das Thema damit zu beenden, „meine Mutter ist gestorben und hat mich ganz allein zurückgelassen."

Charlotte spürte, dass sie bei ihrer Enkelin soeben einen empfindlichen Nerv getroffen hatte und bemühte sich um einen versöhnlichen Tonfall.

„Aber deine Mutter ist doch nicht freiwillig gegangen", sagte sie einlenkend.

Doch der Schuss ging offensichtlich nach hinten los. „Das Ergebnis ist dasselbe", schimpfte Lena. „Verdammt, du hast ja keine Ahnung, wie es sich anfühlt, wenn man glaubt, keinen einzigen Menschen mehr auf dieser Welt zu haben." Lenas Augen wurden feucht.

„Ich war fünf Jahre alt, Mama war plötzlich weg und Papa", Lena schluckte, „alles Lüge."

„Dein Vater hat schon immer nur an sich gedacht", beeilte sich Charlotte zu sagen.

Lena verzog das Gesicht zu einem gequälten Lächeln. „Ich weiß schon, du konntest ihn nie leiden. Aber ich …", Lena schlug sich mit der flachen Hand auf die Brust, „ich war auf ihn angewiesen und …", sie stockte, bevor sie weitersprach, „ich hab ihm vertraut."

Charlotte trat dicht an Lena heran und sah ihr tief in die Augen. „Was ist passiert? Bist du deshalb hierhergekommen?"

Für einen winzigen Augenblick hatte Lena das Gefühl, sich ihrer Großmutter anvertrauen zu können. Doch dann schüttelte sie den Kopf und blinzelte in die Sonne, die gerade hinter den Wolken zum Vorschein kam.

„Ich will jetzt nicht darüber reden", sagte sie und wandte Charlotte den Rücken zu. „Ich glaube, ich geh lieber eine Runde spazieren. Du musst mit dem Essen nicht auf mich warten."

*

Lena erreichte den Waldrand im Laufschritt. Unter ihren Füßen knackten Kiefernzapfen, als sie den schmalen Pfad den Hang hinauf nahm. Ein heftiger Kopfschmerz pochte an ihren Schläfen, doch sie behielt ihr schnelles Tempo trotzdem bei. Erst als sie restlos außer Atem stehen bleiben musste, kam sie langsam wieder zu sich. Sie stützte die Hände auf ihren Oberschenkeln ab und atmete kräftig ein und aus. Dann richtete sie sich auf, schloss die Augen und rieb sich die Schläfen mit den Fingerkuppen, bis der Schmerz etwas nachließ.

Die Suche nach einem Platz, an dem sie sich für eine Weile verkriechen konnte, hatte sie hierher nach Brandenburg verschlagen. Sie hatte gehofft, hier in aller Ruhe nachdenken zu können und sich so über Einiges klar zu werden. Doch nun schien das Chaos in ihrem Innern noch größer als zuvor zu sein. Als sei der Ärger mit ihrem Vater nicht genug, musste Charlotte auch noch die Erinnerungen an ihre Mutter Elisabeth aufleben lassen. Dazu auch noch dieses Haus, dieses Erbe, das Elisabeth offenkundig ausgeschlagen hatte, indem sie in den Westen gegangen war. Ob ihre Mutter sich damals ebenso unter Druck gesetzt gefühlt hatte wie sie selbst noch vor wenigen Augenblicken? Lena atmete tief die feuchte Waldluft ein, die nach Kiefernnadeln roch.

Es war kurz vor ihrem fünften Geburtstag gewesen, als Elisabeth ihr eines Nachmittags ein Buch auf den Kopf legte und zeigte, wie man sich über eine Theaterbühne bewegte.

„Du musst dich immer aufrecht halten, aber das darf nie angestrengt aussehen. Deine Bewegungen sollen fließen." Elisabeth war mit dem Buch auf dem Kopf durch den Raum geschwebt und hatte sie aufgefordert, es ihr gleichzutun.

„Lächle, dann geht es leichter."

Lena hatte gelacht und immer wieder das Gleichgewicht verloren. Mehrmals fiel das Buch mit einem lauten Knall auf den Dielenboden. Irgendwann hatten sie aufgegeben und nur noch herumgealbert. Elisabeths helles Lachen hatte sich in den hohen Decken der Altbauwohnung verfangen und war als Echo von den Wänden zurückgeworfen worden.

Lena erinnerte sich gut daran, wie sehr ihr dieses Lachen nach Elisabeths plötzlichem Tod gefehlt hatte. Es war so still in der riesigen Wohnung gewesen, in der Lena so viele Stunden allein verbrachte und immer wieder mit dem Buch auf dem Kopf durch die hohen Räume schlich. Doch ihre Mutter war einfach nicht mehr da, um mit ihr zu lachen. Sie war fest davon überzeugt gewesen, dass ihre Mutter sie mit Absicht verlassen hatte.

Doch tatsächlich war es ihr Vater David gewesen, der es versäumt hatte, ihr zu erklären, was wirklich passiert war. Viel zu sehr mit sich selbst beschäftigt und tief verzweifelt über den Tod seiner Frau hatte er seinen Kummer im Whisky ertränkt, sich von einer Affäre in die nächste gestürzt und nach langen Drehtagen im Studio immer wieder fremde Frauen mit nach Hause gebracht, mit denen er sich hemmungslos betrunken und vergnügt hatte. Es waren schreckliche Monate gewesen, und erst als sie ihn eines Abends völlig betrunken in der Badewanne fand und sich weinend darum bemühte, ihn aus dem Wasser zu ziehen, wurde ihm wohl klar, wie unverantwortlich er sich ihr gegenüber benahm.

Sie hatte geheult, er dürfe sie nicht verlassen, er dürfe nicht wie Mama sterben, denn sonst wolle sie auch sterben. Irgendwie schien ihre kindliche Verzweiflung ihn damals in seinem Delirium erreicht und aus seiner seelischen Taubheit gerissen zu haben. Von da an wurden sie und ihr Vater zu einer unzertrennlichen Einheit, und er setzte alles daran, ihre eine glückliche Kindheit zu bieten.

Seit damals vertrauten sie einander blind, und niemand in ihrem Leben hatte ihm seinen Platz streitig machen können. Jeder Mann, in den sie sich verliebt hatte, war einem Vergleich mit ihrem Vater unterzogen worden, und keiner hatte diese Prüfung je bestanden. Bis in der Woche zuvor Josh in ihr Leben getreten war.

Der Waldweg machte eine Biegung, und als die Erinnerung an die Szene im Café wieder vor ihrem inneren Auge auftauchte, musste sie stehen bleiben. Ihre Knie gaben nach.

„Ich möchte dir jemanden vorstellen."

Lena erinnerte sich noch genau an die Nervosität ihres Vaters, die so untypisch für ihn war. Seine Stimme hatte förmlich gezittert, als er dem jungen Mann eine Hand auf die Schulter gelegt und ihn sanft in ihre Richtung geschoben hatte. Und sie hatte dem jungen Mann mit dem ungewöhnlichen Namen die Hand gereicht und war sofort in seine Augen eingetaucht wie in einen unergründlichen Moorsee. Die Wärme seiner Hand übertrug sich direkt auf die ihre und schien durch ihren rechten Arm hindurch bis zu ihrem Herzen vorzudringen. Als sie dann seine dunkle Stimme vernahm, war ihr, als jage ein tropischer Schauer über ihren Rücken.

So überhörte sie beinahe die Erklärung ihres Vaters, dass Joshua Eckstein nicht nur ein Schüler von ihm sei. Es war nicht ungewöhnlich, dass er ihr junge Nachwuchstalente vorstellte, doch in aller Regel waren es Schülerinnen. Sie himmelten ihn an, und er sonnte sich in ihrer Verehrung. Lena war davon überzeugt, dass ihr

Vater sich zuweilen näher auf eine der jungen Frauen einließ, und sie gönnte ihm diese Abenteuer. Sie war sich des ersten Platzes im Herzen ihres Vaters absolut sicher und ging davon aus, dass diese jungen Frauen lediglich die erotischen Bedürfnisse eines alternden Mannes befriedigten.

Doch als sie an diesem Nachmittag in Joshs Augen blickte und die Worte ihres Vaters schließlich zu ihr durchdrangen, hatte sie das Gefühl, dass ihre heile Welt mit einem Schlag zusammenfiel wie ein Kartenhaus im Luftzug eines geöffneten Fensters. Joshua war nicht Davids harmloser Schüler. Er war auch nicht der Mann, dessen erotische Ausstrahlung Lena für einen Augenblick komplett aus der Bahn geworfen hatte. Als ihr Vater den Arm um die Schultern des jungen Mannes legte und ihr zu verstehen gab, dass er hoffte, sie würden einander gut verstehen, da wusste sie, dass sie ihren Vater nie wieder für sich allein haben würde. Im Gegenteil. Sie hatte ihn all die Jahre teilen müssen, ohne davon zu wissen. Und was noch viel schlimmer war: Wie sollte sie ihrem Vater je wieder vorbehaltlos vertrauen?

Sie hatte Joshuas Hand schlagartig losgelassen, als hätte sie sich an einer heißen Herdplatte verbrannt, und ihrem Vater einen entsetzten Blick zugeworfen. „Das ist jetzt nicht dein Ernst?"

„Bitte, versteh mich doch", stammelte der, während er sich von Joshua löste und ihr seine Hände auf die Schultern legte. „Ich wollte es dir schon lange sagen, aber ich wusste einfach nicht, wie."

„Fass mich nicht an, nie wieder!", schrie sie und wich zwei Schritte zurück. „Du bist ja übergeschnappt! So was verschweigt man doch nicht ein Leben lang, und schon gar nicht seiner eigenen Tochter."

Ihr Vater faltete die Hände vor der Brust wie zum Gebet. „Bitte, lass es mich dir erklären."

„Was gibt es da zu erklären?", rief sie. „Ich kann es einfach nicht fassen. Mein Vater ein elender Lügner, ein Blender. Mit mir machst du auf heile Welt, und in Wahrheit", sie zeigte auf Joshua, „lebst du ein Doppelleben?"

Sie wich noch ein Stück weiter zurück, als könne sie seine Nähe nicht mehr ertragen. Es war, als tue sich ein unüberwindlicher Graben zwischen ihnen auf.

„Dass du so feige bist", zischte sie, während ihr Vater sich langsam auf sie zubewegte wie ein Jäger, der seine Beute nicht in die Flucht schlagen wollte. „Ich hatte solche Angst, du würdest mich nicht verstehen."

Sie ging rückwärts weiter in Richtung Tür und fixierte ihren Vater, ohne zu bemerken, wie die anderen Kaffeehausgäste langsam auf sie aufmerksam wurden und sie anstarrten. Lass das nur einen bösen Traum sein, dachte sie. Bitte, gleich wache ich auf, und alles ist vorbei. „Er ist so alt wie ich, nicht wahr?", fragte sie mit einem Kopfnicken in Joshuas Richtung.

„Ein halbes Jahr älter." Sie schlug sich mit der flachen Hand auf die Stirn und fuhr sich durch das Haar. „Meine Güte, dass du dich nicht schämst. Hat Mama davon gewusst?"

Ihr Vater seufzte. Was sollte er seiner Tochter darauf antworten? Dass ihre Mutter Elisabeth es in der Nacht erfahren hatte, als sie starb? „Ja, sie wusste es", sagte er nur.

Unfassbar, dachte Lena. Mama hätte doch sicher nicht so einfach akzeptiert, dass er fremdging.

„Ich kann nicht verstehen, wie du mir das verheimlichen konntest. Warst du es nicht, der mir ein Leben lang Ehrlichkeit und Aufrichtigkeit gepredigt hat? Wie kannst du selbst all diese Grundsätze so missachten?", fragte sie ihn.

Er hob in einer hilflosen Geste die Hände. „Nach dem Tod deiner Mutter hatten wir doch nur noch uns. Und du hingst so sehr an mir. Ich wollte nicht, dass du denkst, ich würde dich auch noch verlassen."

„Ach, und jetzt ist das anders, oder wie?"

„Jetzt sind wir doch alle erwachsen", seufzte er, „und Joshua gehört nun mal zur Familie, genau wie du."

„Welche Familie denn bitte?", schnaubte sie. „Meinst du etwa uns drei hier?"

„Lena, bitte!", flehte ihr Vater. „Gib uns doch eine Chance."

Sie ließ noch einmal den Blick zu Joshua wandern. Unter anderen Umständen hätte sie sich Hals über Kopf in diesen jungen gutaussehenden Mann verliebt. Bot er doch auf den ersten Blick alles, wonach sie immer gesucht hatte, und es war mehr, viel mehr als sein Äußeres.

Doch jetzt, da sie wusste, wer er wirklich war, sah sie ihm mit einem eiskalten Blick in die Augen. „Ich will nichts mit dir zu tun haben! Wir mögen zwar den gleichen Vater haben, aber das heißt noch lange nicht, dass du zur Familie gehörst, die sowieso keine ist und wohl nie eine war."

Mit diesen Worten stürzte sie aus dem Café und sprang in die nächste Straßenbahn an der Haltestelle gegenüber. Als sie aus dem Fenster einen Blick zurückwarf, sah sie ihren Vater wild gestikulierend mitten auf der Fahrbahn stehen, doch seine Rufe gingen im Reifenquietschen und Hupen der Autos unter.

Laut kreischend erhob sich eine Elster aus einer Baumkrone und riss Lena aus ihren Gedanken an diesen grauenvollen Nachmittag. Sie sah dem Vogel nach und beneidete ihn darum, einfach davonfliegen zu können.

Und wieder stiegen ihr Tränen in die Augen, Bäume und Weg verschwammen, während sie versuchte, ihre Trauer niederzukämpfen. Der sandige Boden unter ihren Füßen gab nach, und sie stolperte einen Hang hinauf, bis sich der Wald lichtete und sie plötzlich vor der Pforte zu einem Friedhof stand. Mit dem Handrücken wischte sie sich über die Augen. Das musste der Waldfriedhof sein, von dem Charlotte erzählt hatte. Das Tor war rostig und quietschte, als sie den Friedhof betrat. Es roch intensiv nach Maiglöckchen, und sie entdeckte einen dichten Blumenteppich unter den Bäumen an der Friedhofskapelle.

Ihre Mutter Elisabeth war immer von Maiglöckchenduft umgeben gewesen. Lena fragte sich, ob sie die Wahrheit gewusst hatte.

Lena beschloss, sich den Friedhof näher anzusehen. Irgendwo musste das Grab ihrer Urgroßeltern sein. Auf der Suche nach einem grauen Granitstein mit weißer Inschrift streifte sie zwischen den von Hecken umsäumten Gräbern umher. Hinter einem üppigen Rhododendron entdeckte sie es endlich und las die eingemeißelten

Namen ihrer Urgroßeltern und den von Charlottes Mann:

| | |
|---|---|
| Oskar Petersen | 1875 - 1949 |
| Marie Luise Petersen | 1881 - 1971 |
| Georg Landauer | 1905 - 1983 |

Ihre Mutter Elisabeth lag in Wien begraben. Als Kind hatte sie fast jede Woche mit ihrem Vater zusammen das Grab besucht und frische Blumen hingestellt. An schönen Tagen saßen sie manchmal eine Stunde auf der kleinen Wiese gegenüber, und ihr Vater erzählte von ihr.

Aus seinen Geschichten sprach die reine Liebe zu seiner Frau Elisabeth, und er schien sie sehr zu vermissen. Oder hatte sie sich das alles nur eingebildet? Die Wunschvorstellung eines Kindes? In diesem Moment empfand sie die damaligen Worte ihres Vaters nur noch als pure Heuchelei.

Sie setzte sich auf die Stufen der kleinen Steintreppe, die zum Familiengrab führte und hob ihr Gesicht der Sonne entgegen, die zwischen den Kiefernwipfeln hindurchschimmerte. Kleine bunte Sterne begannen unter ihren geschlossenen Lidern zu tanzen. Sie verfolgte die Lichtpunkte und überließ sich der farbenprächtigen Illusion, um ihre düsteren Gedanken wenigstens für einen kurzen Augenblick zu vergessen. Ihr Atem wurde ruhiger, und allmählich entspannte sie sich. Wie viel Zeit darüber vergangen war, realisierte sie nicht, als plötzlich jemand ihre Schulter antippte.

„Hab mir schon gedacht, dass du hier oben steckst."

Lena blinzelte in trübe, bebrillte Augen in einem runzligen Gesicht.

„Charlotte macht sich Sorgen, weil du schon so lange verschwunden bist. Sie hat mir von eurem Streit erzählt."

Lena rieb sich die Augen, bis sie wieder klarsehen konnte. Vor ihr stand ein altes Mütterchen in einem verblichenen Wollkleid unter einer übergeworfenen Kittelschürze. Sie hielt einen Korb voll Begonien in der einen Hand und eine Tüte, aus der eine kleine Schaufel hervorlugte, in der anderen. Ihre Füße steckten in ausgetretenen Lederschuhen, die fast zu groß schienen für diese kleine Frau.

„Und wer sind Sie, wenn ich fragen darf?"

Doch die Alte ging nicht auf ihre Frage ein. „Irgendwann landet jeder hier oben", sagte sie und lachte. „Ich meine natürlich zum Nachdenken."

„Es ist schön hier ", stimmte ihr Lena zu.

„So eine Ruhe findet man sonst nur im Tod", fuhr die Frau fort und stellte ihren Korb ab. „Aber dann ist es meist zu spät." Dann musterte sie Lena eingehend und sagte: „Du bist das Ebenbild deiner Mutter." Lena verdrehte aus einem spontanen Impuls heraus die Augen.

„Wer auch immer Sie sind, aber könnten wir bitte das Thema wechseln?"

„Schon gut, ich verstehe. Charlotte hat bestimmt keine einzige Gelegenheit ausgelassen, dich mit Elisabeth zu vergleichen."

„Sie scheinen meine Großmutter ja gut zu kennen."

Während die Alte damit begann, die vertrocknete Wintererika von dem Grab zu entfernen und die Begonien einzupflanzen, nickte sie Richtung hügelaufwärts. „Da oben hängen Gießkannen auf einem Gestänge. Würdest du mir bitte Wasser holen, damit ich die Setzlinge angießen kann?"

Lena tat ihr den Gefallen und kam mit einer gut gefüllten Kanne zurück. Sie goss die Blumen, während die Alte mit dem Daumennagel Moos vom Grabstein abkratzte und ihn anschließend mit einem Lappen polierte.

„Wollen Sie mir nicht endlich verraten, wer Sie sind?"

Die Alte blickte auf. „Na, auf den Mund gefallen bist du jedenfalls nicht." Dann streckte sie Lena ihre erdverkrustete Hand entgegen. „Mein Name ist Henriette Czerny. Ich bin das ehemalige Hausmädchen der Familie Petersen."

Lena ergriff die schmutzige Hand. „Großmutter hat schon einiges von Ihnen erzählt."

Henriette hielt Lenas Hand fest. „Dann hat sie dir sicher auch erzählt, dass mein Leben untrennbar mit der Familie Petersen verbunden ist. Du kannst also ruhig du zu mir sagen. Die Zeiten der Förmlichkeiten sind ja schon lange vorbei."

Lena schüttelte noch einmal Henriettes Hand. „Also dann, Henriette. Freut mich sehr!"

Die Alte räumte ihre Utensilien zusammen, Lena brachte die Gießkanne an ihren Platz zurück, und gemeinsam machten sie sich auf den Heimweg.

„Wir beide, meine Liebe, werden jetzt zurück zu Charlotte gehen und ein schönes heißes Tässchen Tee trinken. Und ihr werdet euren Streit beilegen."

Lena musste grinsen. „Ich glaube nicht, dass es mit einem Tässchen Tee getan sein wird."

„Doch, das wird es", sagte Henriette, „dafür werde ich schon sorgen."

Charlotte hatte Recht. Diese Henriette war wirklich eine resolute Frau. „Was macht dich da so sicher?", fragte Lena sie.

Henriette blieb stehen und sah ihr in die Augen. „Ihr habt gar keine Wahl."

„Man hat immer eine Wahl", konterte Lena.

„Nicht, wenn es um die Familie geht", erwiderte Henriette und hob den rechten Zeigefinger. „Meine liebe Lena: Vieles im Leben kann man sich aussuchen, aber nicht die Familie, in die man hineingeboren wird. Mit der musst du dich arrangieren, ob du willst oder nicht."

Entschlossen ging Henriette weiter in Richtung Dorf, während Lena verdutzt stehen blieb.

Ohne sich umzublicken, winkte ihr Henriette. „Glaub mir, ich weiß, wovon ich spreche. Nun komm schon!"

Herbst 1929

Zwei Jahre waren vergangen, seit Oskar Petersen beschlossen hatte, seine Tochter Charlotte auf die höhere Handelsschule zu schicken. Ihre Freundin Inge wohnte seither in einer winzigen Dienstbotenkammer ihrer Berliner Wohnung. Sie benahm sich vorbildlich, lernte fleißig und ging Henriette im Haushalt zur Hand. Inge hatte Freude an der Pflege von Patienten, während Charlotte sich mühsam durch Stenografie und Buchhaltung quälte. Oft saßen die Mädchen abends nach getaner Arbeit bei Henriette in der Küche, Inge erzählte lustige Geschichten aus dem Krankenhaus, während Charlotte verzweifelt gegen die Langeweile in der Handelsschule ankämpfte. Wie beneidete sie ihre Freundin darum, die Ausbildung machen zu können, die sie sich immer gewünscht hatte!

Sie selbst zählte erst die Monate und später die Wochen bis zu den Abschlussprüfungen und beschloss insgeheim, danach auf gar keinen Fall als Sekretärin zu arbeiten. Unvorstellbar, ein Leben lang Briefe zu tippen und Kassenbücher zu führen.

Im Frühsommer schlossen sie beide ihre jeweilige Ausbildung ab und sahen nun endlich die Möglichkeit gekommen, frei zu entscheiden, wie es weitergehen sollte. Doch es sollte anders kommen. Inges Vater erkrankte so sehr, dass das Mädchen Berlin verlassen und auf den elterlichen Hof zurückkehren musste. Und Oskar Petersen verwehrte seiner Tochter auch weiterhin den Wunsch, eine Schauspielschule zu besuchen.

Stattdessen zwang er sie, in der Druckerei seines Unternehmens zu arbeiten. Dort hatte er sie seiner Sekretärin unterstellt, mit der Anweisung, ihr praktisches Arbeiten beizubringen.

Im Spätherbst desselben Jahres bekam auch er die Folgen der Weltwirtschaftskrise zu spüren, die mit dem Zusammenbruch der New Yorker Börse quasi über Nacht auch die deutsche Wirtschaft an den Rand des Ruins trieb. Das traf ihn hart, zumal auch er einen Großteil seines Vermögens in Aktien angelegt hatte, die nun ins Bodenlose stürzten.

„Wir werden das Haus am See verkaufen müssen", sagte er eines Abends bei Tisch, und seine Frau war fassungslos.

"Niemals, Oskar, du kannst mir das Haus doch nicht einfach so wieder wegnehmen."

„Ich habe keine Wahl, wir brauchen Geld", erwiderte er und legte sein Besteck auf den Teller. Er hatte tatsächlich keinen Appetit mehr. „Soll ich denn lieber alle Leute entlassen und die Fabrik schließen?"

Luise Petersen aß ungerührt weiter. „Das ist mir völlig egal. Du hast uns doch in diese Misere hineinmanövriert. Nun bring das auch wieder in Ordnung, aber das Haus gebe ich auf keinen Fall her!"

„Du gibst mir die Schuld?", schrie Oskar Petersen und schlug mit der Faust so heftig auf den Tisch, dass das Porzellan klirrte. „Ausgerechnet du mit deinem aufwendigen Lebensstil, der uns so viel Geld kostet?"

Luise Petersen lachte schrill. „Willst du mir etwa drohen?" Nun legte auch sie ihr Besteck beiseite und wollte schon zum Gegenschlag ausholen, als ihr Blick auf

Charlotte fiel, die mit eingezogenen Schultern den Streit ihrer Eltern verfolgte.

„Nun", sagte sie daher einlenkend, „wir müssen das hier ja nicht unbedingt vor dem Kind besprechen."

„Bitte, Mutter! Behandelt mich gefälligst nicht wie ein Kleinkind. Ich arbeite schließlich in der Druckerei. Glaubt ihr wirklich, ich bekomme nicht mit, was da gerade passiert?"

Petersen legte seine Serviette auf den Tisch.

„Bitte entschuldigt mich, aber ich werde meine Entscheidung nicht mit euch diskutieren", sagte er und verschwand ohne ein weiteres Wort in der Bibliothek. So weit ist es schon gekommen, dachte er, als er die Tür zum Salon hinter sich schloss, dass sich die Frauen in meine Geschäfte einmischen. Er ging zum Barschrank hinüber, nahm seinen besten Whiskey heraus und schenkte sich großzügig ein. Dann streifte er seine Schuhe ab, feuerte sie geräuschvoll in eine Ecke und lockerte seinen Krawattenknoten. Auf Strümpfen ging er zum Fenster und öffnete es, um die herbstfeuchte Abendluft einzuatmen. Luises Gegenwehr hatte seinen Entschluss ins Wanken gebracht.

Das Haus am See war das Einzige, was nicht nur ihr, sondern auch ihm etwas bedeutete. Es war ihr ganzer Stolz, und wenn er es verkaufte, fühlte sich das an, als gebe er das Herzstück ihres Lebens auf.

Den Blick in den dunklen Himmel gerichtet, nahm er einen Schluck Whiskey, dessen torfiger Geschmack sich wohlig über seine Zunge breitete und seine innere Leere füllte. Die Fabrik zu verkaufen, kam nicht in Frage. Wie sollte er sonst seinen Lebensunterhalt verdienen? Aber er brauchte Geld, sehr viel Geld, und zwar schnell. Nicht nur, um seine Arbeiter zu bezahlen, sondern auch um Waren einzukaufen, damit die Produktion weitergehen konnte. Also doch das Haus am See verkaufen? Warum nur hatte er alles auf eine Karte gesetzt und all sein Geld in Aktien gesteckt? Wie hatte er als erfahrener Geschäftsmann das Risiko nur derart unterschätzen können!

Die ganze Nacht über blieb er in der Bibliothek, und unter den Türspalt hindurch konnte man an seinem Schatten sehen, wie er nervös immer wieder im Zimmer auf und ab ging, wie ein Tiger in einem viel zu engen Käfig.

Auch die Frauen fanden lange keine Nachtruhe, und als Luise gegen drei Uhr morgens aus einem unruhigen Schlaf erwachte, stellte sie fest, dass das Bett neben ihr leer war. Oskar schien noch immer in der Bibliothek zu sein. Sie verließ das Schlafzimmer und traf in der Küche auf Henriette, die am Herd stand und heißen Kakao zubereitete. Charlotte saß, in sich zusammengesunken am Küchentisch und hatte den Kopf auf die Tischplatte gelegt. Wortlos nickte Luise Henriette zu, einer der wenigen Momente, in denen sich die beiden Frauen auf Augenhöhe begegneten. Ging es doch, ganz unabhängig von ihrem jeweiligen gesellschaftlichen Status, um ihrer aller Existenz.

„Kann ich auch eine Tasse bekommen?", fragte Luise und ließ sich auf einen Küchenstuhl fallen. Ganz entgegen ihrer sonst so perfekten Erscheinung sah sie etwas derangiert und erschöpft aus. Mit krummem Rücken saß sie da und nahm dankbar die Tasse entgegen, die

Henriette ihr wortlos reichte. Charlotte bewegte sich nicht. War sie eingeschlafen? Henriette setzte sich nun ebenfalls und schob Charlotte den heißen Kakao über den Tisch. Diese hob den Kopf, und ohne die Ellbogen von der Tischplatte zu heben, zog sie die Tasse zu sich heran. Sie pustete den aufsteigenden Dampf weg und nippte vorsichtig daran.

So warteten sie schweigend, dass die Nacht vorüberging. Im Morgengrauen schlichen sie, von der Müdigkeit übermannt, in ihre Betten zurück. Das Licht in der Bibliothek brannte immer noch.

Gegen sieben Uhr hörte Luise Petersen ihren Mann im Badezimmer rumoren. Eine halbe Stunde später verließ er die Wohnung, und die Tür fiel ins Schloss.

„Hoffentlich macht er keinen Unsinn und lässt uns hier in diesem Schlamassel allein zurück." Entgegen ihrer sonstigen Gewohnheit hatten sich Luise und Charlotte nur ihre Morgenmäntel übergeworfen und die Haare nachlässig aufgesteckt. Es war ungewohnt, in der Küche zu frühstücken, doch Luise Petersen schien über Nacht vergessen zu haben, derlei Dinge als wichtig zu erachten.

„Man hört ja so viel, gnädige Frau", sagte Henriette.

„Was genau meinst du denn damit?", fragte Charlotte nach und registrierte, wie sich Henriette und ihre Mutter bedeutungsschwere Blicke zuwarfen. Als ob sie unschlüssig wären, was sie ihr sagen sollten.

„In der Zeitung liest man jetzt immer öfter, dass Leute sich das Leben genommen haben, weil sie nicht mehr wussten, wie es weitergehen soll."

Charlotte schnappte entsetzt nach Luft. „Selbstmord?"

„Beruhige dich", sagte Luise Petersen und legte ihrer Tochter die Hand auf den Arm. „Dein Vater ist ein besonnener Mann."

Gegen Mittag kehrte Oskar Petersen zurück und fand seine Familie untätig im Salon .

„Was ist denn hier los?", murrte er. „Gibt es heute keinen Mittagstisch? Henriette", rief er, „ich bin hungrig. Willst du nicht endlich das Essen auftragen?"

Plötzlich herrschte Betriebsamkeit. Henriette deckte hektisch den Tisch und trug die Suppe auf. Luise und Charlotte sahen schweigend zu, wie der Herr des Hauses zwei Teller davon löffelte und zwei Scheiben Brot dazu aß. Sie selbst rührten nur lustlos in der Brühe, und Charlotte bröselte ihr Brot hinein.

„Kind, bitte", ermahnte sie Luise Petersen mit einem vorwurfsvollen Blick. Sie schien zu ihrer gewohnten Haltung zurückgekehrt zu sein.

Eilig kehrte Charlotte mit der flachen Hand die Brotkrumen auf dem Tischtuch zusammen und ließ sie in ihrer Serviette verschwinden.

Schließlich war es wieder mal Luise Petersen, die das Schweigen ihres Gatten nicht länger ertrug.

„Nun spann uns doch nicht so auf die Folter. Willst du uns nicht endlich sagen, was du entschieden hast?"

Petersen tunkte hingebungsvoll die Reste der Brühe mit einem Stück Brot auf, und seine Frau sah ihm entsetzt dabei zu. Hatte er angesichts der drohenden Verarmung etwa seine Manieren vergessen? Als sein Teller so sauber wie geleckt aussah, warf er seine Serviette auf den Tisch und ging zum Fenster. Während er minutenlang hinunter auf die Straße sah, wurde sein Rücken von den Blicken seiner Frau und seiner Tochter förmlich durchbohrt.

„Ich hatte heute Vormittag eine lange Unterredung mit Wilhelm Hinze, und wir sind uns einig geworden", sagte er schließlich, drehte sich um und sah in fragende Gesichter. Sein Blick blieb an Charlotte hängen, die das Gefühl nicht loswurde, dass sich etwas Fürchterliches über ihr zusammenbraute.

„Wilhelm hat es nicht so hart getroffen, er ist noch flüssig und ...", Petersen legte eine kleine Pause ein, „er ist bereit, mir zu helfen."

Luise klatschte in die Hände. „Das ist ja wunderbar, dann sind wir also aus dem Schneider?"

„Es sieht ganz danach aus."

„Das ist ja großartig", freute sich Luise und bemerkte darüber gar nicht, wie sich ihr Mann und ihre Tochter unentwegt anstarrten.

„Aber er hat eine Bedingung gestellt, nicht wahr?", sagte Charlotte schließlich bang.

Ihr Vater nickte nur.

„Und sie hat mit mir zu tun?"

Abermals nickte er. „Du wirst dich verloben, noch in diesem Jahr."

Jedes einzelne Wort traf sie wie ein Hammerschlag. Du wirst dich verloben ... noch in diesem Jahr.

Sie schnappte nach Luft. „Wie bitte? Und mit wem?"

„Du wirst Rudolf Hinze heiraten, im kommenden Frühling feiern wir Hochzeit."

„Das ist nicht euer Ernst", rief Charlotte und sprang so heftig auf, dass ihr Stuhl nach hinten fiel.

„Mit dieser Vereinbarung schlagen wir zwei Fliegen mit einer Klappe: Du heiratest standesgemäß, und ich rette unseren Besitz", fuhr ihr Vater ungerührt fort.

„Das heißt, ich kann das Haus am See behalten?" rief Luise erfreut und klatschte begeistert in die Hände.

„Wir werden eine Hochzeit feiern, das ist ja wunderbar, ach Kind, ich freu mich so für dich. Rudolf Hinze, mein Schwiegersohn. Wie großartig!"

Sie erhob sich und wollte Charlotte einen Kuss auf die Wange geben, doch diese schob ihre Mutter grob zur Seite.

„Ihr wollt mich zwangsverheiraten? Wegen eures finanziellen Fiaskos?", presste sie hervor und konnte gar nicht glauben, was ihr Vater da von ihr verlangte.

Luise stockte nur kurz, bevor sie sich wieder in der Gewalt hatte. „Aber das ist doch wunderbar. Rudolf und du, ihr seid doch schon seit eurer Kindheit füreinander bestimmt", flötete sie betont heiter, als könne sie gar nicht verstehen, warum das Kind so entrüstet reagierte.

„Das ist zu unser aller Wohl", sagte Petersen, an dem der Protest seiner Tochter abzuprallen schien.

„Ich will aber nicht heiraten. Ich will Schauspielerin werden", rief Charlotte.

Doch Petersen winkte nur ab. „Papperlapapp, Charlotte, ich bitte dich. Dieses Thema haben wir doch wohl ein für alle Mal beendet."

„Nein, Vater, das haben wir nicht. Vor meiner Ausbildung auf der Handelsschule hast du mir in Aussicht gestellt, dass ich danach auf die Schauspielschule gehen kann. Und jetzt arbeite ich schon seit Monaten in deiner Firma, immer in der Hoffnung, dass du mich doch noch auf die Schule gehen lässt."

„Das ist deine Interpretation. Zu keinem Zeitpunkt hab ich dir in Aussicht gestellt, diese Spinnerei zu finanzieren. Schauspielerin", schnaubte er wütend. „Das ist doch nur etwas für Mädchen von der Straße. Meine Tochter wird jedenfalls keinen Dirnenberuf ergreifen."

Streitlustig verschränkte Charlotte ihre Arme vor der Brust. „Ach, aber heiraten soll ich jetzt, nur damit dein Freund dir finanziell aus der Patsche hilft? Ist das etwa besser, mich auf diese Weise feilzubieten? Ich bin doch keine Hure, die du nach Lust und Laune verscherbeln kannst."

Luise schnappte nach Luft, doch noch bevor sie etwas sagen konnte, gebot ihr Petersen mit erhobener Hand Einhalt. Dann trat er bedrohlich dicht an Charlotte heran.

„Du bist ein verwöhntes, dummes Mädchen und hast überhaupt keine Ahnung, wie es da draußen wirklich zugeht. Mein Leben lang habe ich dir alles geboten, was du für deine Entwicklung gebraucht hast. Und jetzt ist es nun mal deine Pflicht, deinen Anteil daran zu leisten, unsere Familie vor dem Schlimmsten zu bewahren. Und genau das erwarte ich nun von dir. Habe ich mich klar genug ausgedrückt?"

Charlotte spürte, wie sie anfing zu zittern. Was würde wohl als nächstes passieren? Würde ihr Vater die Hand gegen sie erheben? Und ihre Mutter stand steif wie eine Statue da und sagte nichts.

Alles auf eine Karte setzend und darauf hoffend, dass ihr Vater sich in Anwesenheit seiner Frau nicht die Blöße geben würde, sie zu schlagen, löste sie die verschränkten Arme vor ihrer Brust. „Niemals!", schrie sie ihrem Vater hemmungslos entgegen.

Damit hatte Petersen wahrlich nicht gerechnet. Der Schrei seiner Tochter erschütterte ihn bis ins Mark und ließ ihn einen Schritt zurückweichen.

Luise Petersen nutzte diesen Moment der Schwäche.

„Contenance, Charlotte!", zischte sie, doch unbeirrt ging diese zur Tür. Ihre Hand zitterte, als sie die Klinke hinunterdrückte, doch ihre Stimme klang fest.

„Ich fürchte, lieber Herr Vater, Ihr werdet Euch selbst retten müssen. Ich stehe dafür nicht zur Verfügung."

Mit diesen Worten verließ sie den Salon und rannte in ihr Zimmer.

„Charlotte!", rief Luise Petersen ihr nach und wollte ihr schon hinterhereilen, doch ihr Mann hielt sie am Arm fest. Sein Griff war hart und schmerzhaft, und Luise blickte in Augen, in denen kalte Wut geschrieben stand.

„Du wirst ihr auf keinen Fall nachgehen. Ich werde sie schon noch zur Räson bringen, und dann wird sie tun, was ich von ihr verlange. Darauf kannst du dich verlassen."

Frühling 1990

„Urgroßvater hat dich also tatsächlich zu einer Vernunftehe gezwungen?" Eiskalt war es Lena während Charlottes Erzählung den Rücken hinuntergelaufen.

„Sagen wir mal so: Er hat zumindest versucht, mich dazu zu zwingen", erwiderte diese mit einem gewissen Stolz in der Stimme, der vermuten ließ, dass ihr Vater damals den Kürzeren gezogen hatte.

„Also hast du nicht getan, was er von dir verlangt hat?" Lena platzte schier vor Neugier, während Henriette sich mit einem Grinsen erhob und eine Flasche Likör aus dem Schrank holte. Sie nahm drei Gläser aus der Vitrine und füllte sie randvoll.

„Deine Großmutter ist geflohen", sagte Henriette. Lena schluckte. „Du bist tatsächlich abgehauen?"

„Ich weiß es noch, als sei es gestern gewesen. Da sah ich mich schon mit Rudolf Hinze vor dem Traualtar in Ketten gelegt. Ich mochte ihn als Freund, aber ich liebte ihn nicht, und so eine erzwungene Ehe kam mir wie lebenslanges Zuchthaus vor. Ich wollte frei sein. Und wenn Henriette nicht gewesen wäre", sagte sie, griff nach dem Likörglas, prostete ihnen beiden zu und leerte es in einem Zug, „dann hätte ich mich vermutlich aus dem Fenster gestürzt."

„Impulsiv genug warst du jedenfalls", sagte Henriette.

„Aber wir wohnten ja nur im zweiten Stock, das wäre vielleicht schmerzhaft, aber nicht unbedingt tödlich ausgegangen. Prost!"

„Nun macht es doch nicht so spannend", sagte Lena, roch an ihrem Glas und verzog das Gesicht. Aber sie wollte nicht unhöflich sein und leerte es schaudernd in einem einzigen Zug.

Henriette grinste, als sie ihr dabei zusah, wie sie anfing zu röcheln und nach Luft zu schnappen. „Hab ich selbst gemacht, Rosmarin und Fenchel. Verflixt gut, was?"

Charlotte ließ sich ihr Gläschen noch einmal füllen, bevor sie weitererzählte. „Zum ersten Mal hatte ich das Gefühl, wirklich vor dem Abgrund zu stehen. Die Handelsschule, die Arbeit in der Druckerei – das alles kam mir plötzlich wie eine Lappalie vor im Vergleich zu der drohenden Verheiratung."

„Ja", schaltete sich nun Henriette ein, „da saßen wir also ratlos eine Weile auf dem Bett in Charlottes Zimmer und überlegten fieberhaft, was jetzt zu tun sei."

„Gegen Abend", nahm nun Charlotte den Faden wieder auf, „verließen meine Eltern das Haus. Sie waren zu irgendeiner Gesellschaft eingeladen."

„Du siehst furchtbar aus!", äffte Henriette Luise Petersen nach. „So kannst du uns wirklich nicht begleiten. Was sollen denn die Leute denken!"

„Ja, ja, der gute Ruf war immer schon Mutters einzige Sorge gewesen", sagte Charlotte.

„Contenance, mein Kind, Contenance!", flötete Henriette mit einer affektierten Handbewegung.

Die beiden mussten lachen und auf Lena machten sie plötzlich den Eindruck zweier Teenager, die zum ersten Mal Alkohol tranken. Auch sie spürte, wie ihr die Wärme ins Gesicht stieg und begutachtete die Flasche.

„Wie viel Prozent hat denn dieses Gebräu?"

„Vierundfünfzig", kicherte Henriette und fuhr mit der Geschichte fort. „Als die beiden an diesem Abend das Haus verließen, packte Charlotte einen kleinen Koffer mit Wäsche und ein paar Büchern zusammen. Ich diskutierte noch mit ihr, dass sie die Bücher zu Hause lassen sollte, aber sie war schon damals ein Dickschädel und wollte unbedingt auch noch ihre Reclamhefte mitnehmen."

„Die waren mein größter Schatz, mein Heiligtum. Außerdem war ich sicher, dass ich sie brauchen würde. Saubere Wäsche war mir da nicht so wichtig." Charlotte lächelte. „Ich war ein Hitzkopf, ganz eindeutig." Sie lächelte noch einmal, und es schien, als sehnte sie sich in diesem Augenblick noch einmal in die Zeit zurück, nach jenem Hochgefühl, das entstand, wenn man die eigene Furcht besiegt hatte.

„Ich brachte sie also zur Grande Dame und drückte ihr meine gesamten Ersparnisse in die Hand", fuhr Henriette fort.

„Konntest du denn einfach so davonlaufen?", fragte Lena ihre Großmutter, die sie zunehmend für ihren Mut bewunderte.

„Natürlich nicht, aber zumindest in dieser einen Nacht glaubte ich fest daran, mich befreien zu müssen. Das trieb mich an, und über die Folgen dachte ich nicht lange nach." Charlotte wurde ernst. „Die Grande Dame war die einzige Adresse, wo ich untertauchen konnte, ohne dass mich meine Eltern gleich finden würden. Aber wenige Tage später bekam ich dann doch ganz entsetzliche Gewissensbisse. Schließlich hing von meiner Heirat die finanzielle Existenz der Familie ab."

„Ich war gerade in der Küche, als Charlotte zu Hause anrief. Ich hörte den Apparat im Flur klingeln und Luise zum Hörer stürzen. Natürlich lauschte ich aufmerksam hinter der Tür."

„Meine Mutter herrschte mich an, ich solle sofort nach Hause zurückkehren und meiner familiären Verpflichtung nachkommen. Kein Fünkchen Mitgefühl hatte sie, das werde ich nie vergessen." Charlotte atmete hörbar aus und Lena glaubte, die Beklemmung, die ihre Großmutter damals empfunden haben musste, jetzt noch in ihrer Stimme hören zu können.

„Mir wurde klar, dass sie niemals nachgeben würden, und in diesem Moment kam wieder mein ganzer trotziger Freiheitsdrang durch, und ich drückte auf die Gabel. Der Telefonhörer glitt mir aus der Hand, und so fand mich die Grande Dame neben dem Telefontischchen auf dem Boden sitzend, und der Hörer baumelte noch immer neben meinem Ohr."

Charlotte griff nach der Likörflasche und schenkte sich nach, während Henriette ihr Glas über den Tisch schob.

„Die Grande Dame gab mir eine Adresse in Wien, und ich bewarb mich am Max-Reinhardt-Seminar. Alles, was ich dafür brauchte, hatte sie mir ja schon beigebracht."

Erstaunt sah Lena auf. „Du bist nach Wien gegangen?" Jetzt nahm sie selbst die Likörflasche zur Hand, und der scharfe Geruch hielt sie nicht davon ab, sich ihr Glas randvoll zu füllen.

„Ich mietete ein winzig kleines Zimmer unterm Dach in der Fenzlgasse und finanzierte den Schauspielunterricht von Henriettes Ersparnissen. Aber das hätte nicht ewig gereicht, und so kaufte ich eine gebrauchte Reiseschreibmaschine und verdiente mir mit dem Abtippen von Schriftsätzen für einen Rechtsanwalt etwas dazu. Wie du siehst, war die Ausbildung auf der Handelsschule doch noch zu etwas gut gewesen. Es war zwar eine harte Zeit, aber ich war zum ersten Mal in meinem Leben wirklich frei!"

Charlotte prostete Henriette noch einmal zu, und Lena hatte plötzlich den Eindruck, dass die beiden weitaus mehr verband als ihr früheres Leben in einem gemeinsamen Haushalt. Sie kamen ihr eher wie Seelenverwandte vor, verbunden durch ein unsichtbares Band, obwohl sie unterschiedlicher nicht hätten sein können. Henriette hatte Charlotte tatsächlich alles gegeben, was sie hatte, um ihr einen Weg zu ermöglichen, der ihr selbst verwehrt geblieben war. Hut ab vor dieser Frau, dachte Lena.

Aber sie konnte sich nicht vorstellen, dass Oskar Petersen seine Tochter einfach so hatte ziehen lassen. „Und deine Eltern? Die haben das doch sicher nicht widerspruchslos hingenommen?"

„Petersen tobte, aber er wusste ja nicht, wo Charlotte steckte. Von mir erfuhr er jedenfalls nichts." „Und das Haus hat er nicht verkauft?"

„Er belieh es", erklärte Henriette. „Sein Freund Wilhelm Hinze bürgte für ihn."

„Dann war die ganze Aufregung um die Hochzeit also umsonst gewesen?"

„Nicht ganz", meinte Charlotte. „Immerhin kam ich so zu meinem Traumberuf, und ohne diesen Eklat hätte ich diesen Schritt wohl nie gewagt."

„Charlotte schrieb mir regelmäßig", sagte Henriette. „Postlagernd, versteht sich."

„So erfuhr ich auch, dass mein Vater mich enterbt hatte. Er überschrieb das Haus meiner Mutter." Charlotte sah auf den See hinaus, und ihr Blick blieb an einem kleinen Motorboot hängen, das gerade die Bucht vor der gegenüberliegenden Halbinsel durchquerte.

„Mit anderen Worten, du hattest kein Zuhause mehr? Ein ganz schön hoher Preis für die Freiheit."

„Das war mir meine Freiheit wert", sagte Charlotte. „Für seine persönliche Freiheit zu kämpfen, lohnt sich immer, auch wenn man dabei draufzahlen muss und sich nicht nur Freunde macht." Entschlossen leerte sie ihr Glas, und Lena hätte sich nicht gewundert, wenn sie es sich über die Schulter geworfen hätte. Doch sie stellte es entschlossen zurück auf den Tisch.

„Zu diesem Zeitpunkt – damals – war mir noch nicht klar, was ich aufs Spiel setzte. Ich hatte nur eines im Kopf: Theaterspielen." Charlotte zuckte mit den Schultern.

„Meine Güte, ich war kaum neunzehn Jahre alt, und mich den dogmatischen Vorgaben meines Vaters zu widersetzen, machte mich stolz. Was interessierte mich da der Familienbesitz? Die wahre Erkenntnis kam erst Jahre später, während des Krieges."

„Was ist passiert?", wollte Lena wissen.

„Ich erinnere mich an einen Satz, den Max Reinhardt in seiner Rede zur Eröffnung der Schauspielschule 1929 in Wien sagte: ´Wenn Sie gute Komödianten werden wollen, dürfen Sie weder auf der Bühne noch im Leben Komödie spielen. Werden Sie wesentlich´"

Charlotte schob das Glas zur Seite und griff nach Lenas Hand.

„Was du auch tust — konzentriere dich auf das Wesentliche. Wenn man ums Überleben kämpft, so wie wir damals, beginnt man automatisch, sich auf das Wesentliche zu konzentrieren. Jeden Tag hätten wir verhungern, krank werden oder sterben können. Also konzentrierte ich mich aufs Überleben, für mich und später natürlich für mein Kind. Doch ich erkannte auch, das allein war nicht genug. Ich erkannte, dass man einen Platz braucht, an dem die Seele Frieden finden kann, im Leben wie im Sterben."

Mit einem Mal wurde Lena klar, warum ihre Großmutter am Mittag so wütend geworden war, als es um das Grundstück ging. „Du meinst eine Heimat?"

Charlotte nickte.

„Und deine Heimat ist hier?"

Charlotte nickte noch einmal. „Wenn wir jung sind, ziehen wir hinaus in die Welt und lassen alles hinter uns. Das ist gut so und wichtig für die geistige Entfaltung. Erfahrungen kann man nicht von Eltern lernen, Erfahrungen muss jeder selbst machen. Doch dabei darfst du niemals vergessen, wo du hingehörst. So sehr, wie ich meinen Vater damals verachtet habe für das, was er getan hat, so sehr bin ich ihm heute dankbar dafür. Ohne seine Strenge, ohne seine Konsequenz hätte ich nicht erkannt, was mir ganz persönlich wirklich wichtig ist.

Dadurch, dass er mir meine Heimat genommen hat, erkannte ich, was sie mir bedeutete. Im Nachhinein war seine testamentarische Verfügung nur ein Versuch von vielen, mir dieses Haus zu nehmen. Der Krieg, die russische Besatzung, die DDR – alle haben es versucht. Doch ich lasse mir meinen Platz nicht streitig machen, ich werde ihn verteidigen bis zu meinem letzten Atemzug. Auch mein Leben ist vergänglich, nicht aber dieses Stück Erde."

## Herbst 1933

Es goss in Strömen. Kein schöner Herbst, nur nasskalte Tage, dachte Charlotte und war froh, im Warmen und Trockenen zu sitzen. Ihr Pensionszimmer ging auf einen Hinterhof hinaus und erinnerte sie an ihr Mädchenzimmer in Berlin. An schönen Tagen spielten die Kinder aus der Nachbarschaft unten im Hof.

Da jagt man ja nicht mal einen Hund vor die Tür, hatte Henriette immer gesagt, wenn es draußen so schrecklich ungemütlich war wie an diesem Tag. Beim Gedanken an Henriette bekam Charlotte Heimweh. Fast vier Jahre waren vergangen, seit sie von Zuhause weggegangen war, und die Eltern hatte sie seitdem nicht wiedergesehen. Inzwischen hatte sie immerhin sporadisch Kontakt zu ihrer Mutter. In großen Abständen bekam sie Post, die stets mit der Aufforderung endete, endlich nach Hause zurückzukehren. ´Das kann doch nicht ewig so weitergehen´, schrieb Luise, ´komm endlich zurück und versöhne dich mit deinem Vater. Ich habe dir längst verziehen. ´

Doch ihr Vater hüllte sich in eisernes Schweigen, und das verletzte Charlotte zutiefst. Sie wusste, sobald sie nach Hause zurückkehrte, würde die Bevormundung von vorn beginnen. Daher verdrängte sie lieber jeden Gedanken an Berlin und konzentrierte sich wieder auf den Textband, der auf ihrem Schoß lag. Die erste Szene muss ich sicher beherrschen, dachte sie, sonst tobt er wieder.

Georg Landauer, ihr Regisseur, war ein Choleriker und ein schwieriger Charakter. Er schien es regelrecht auf sie abgesehen zu haben und ließ keine Möglichkeit aus, sie zu kritisieren. Mit so viel Widerstand hatte sie nicht gerechnet, als ihr Agent ihr diese Stelle vorgeschlagen hatte.

Das Landestheater Meiningen lag zwar in der thüringischen Provinz, aber es hatte einen sehr guten Ruf. „Jugendlich sentimentale Liebhaberin", das war die Gelegenheit gewesen. Ihr erstes festes Engagement, ihre erste feste Gage. Diese Chance kam wie gerufen, denn sie hätte sonst nicht gewusst, wie es weitergehen sollte.

Sie war finanziell am Ende und hatte sich mühsam mit kleinen Gastauftritten über Wasser gehalten. Doch Wien war teuer, das Geld von Henriette längst aufgebraucht, und sie plagte das schlechte Gewissen. Schließlich hatte sich Henriette jeden Groschen vom Mund abgespart, und irgendwann musste sie ihr alles zurückzahlen. Also war sie nach Meiningen gegangen.

Georg Landauer war gegen ihr Engagement gewesen. Zu jung, zu unerfahren, das Talent nur bedingt ausbaufähig. Sein Urteil war niederschmetternd, doch den Intendanten Loehr hatte sie beim Vorsprechen überzeugen können. Wir brauchen ein junges frisches Gesicht, hatte er gesagt, und sie habe gute Voraussetzungen. Von Loehr protegiert, das passte Georg Landauer ganz und gar nicht. Und nun machte er ihr das Leben auf der Bühne täglich schwerer.

So hatte sie sich ihre künstlerische Freiheit nicht vorgestellt, denn sie glich eher einem geistigen Gefängnis. Doch sie merkte sehr schnell, dass sie die Arbeit auf der

Bühne mehr und mehr faszinierte. Sie lernte täglich dazu, und mit jeder Probe wurde ihr klarer, welche Fähigkeiten in ihr steckten. Das hatte sie auch Georg Landauer zu verdanken. Er war eine Herausforderung, die es anzunehmen galt, und sie wollte ihm zeigen, was in ihr steckte.

Sie richtete ihre Aufmerksamkeit wieder auf das Textbuch, schloss die Augen und ging noch einmal die erste Szene durch. Bis zum nächsten Tag würde sie das ohne große Probleme im Kopf haben. Sie ging noch zwei weitere Szenen durch, und der Text wurde ihr immer geläufiger. Da klopfte es an der Tür.

„Ja bitte!"

Ihre Zimmerwirtin Fräulein Hartmann, eine ältere Dame mit weißem Haar, steckte den Kopf herein.

„Fräulein Charlotte?"

Charlotte stand auf und ging zur Tür.

„Fräulein Charlotte, wir möchten Sie nicht stören, Sie sind immer eine so beschäftigte Person, aber meine Schwester und ich haben uns gedacht", die ältere Dame seufzte kurz, „Sie müssen auch mal etwas essen, Sie sind so schlank. Also wir würden Sie gern, natürlich nur, wenn es Ihnen nichts ausmacht, zum Mittagessen einladen. Meine Schwester hat für eine ganze Kompanie gekocht, und Sie könnten doch sicher etwas vertragen." Dabei bedachte sie Charlotte mit einem kritischen Blick über ihre Brillengläser hinweg und wartete auf eine Antwort.

„Das ist sehr freundlich von Ihnen, Fräulein Hartmann. Ich nehme Ihre Einladung gerne an."

„Gut, dann kommen Sie doch in einer halben Stunde hinunter in die Küche."

Charlotte nickte, und Fräulein Hartmann verschwand so unauffällig, wie sie gekommen war.

Die Schwestern Hartmann waren unverheiratet und führten seit Jahren die kleine Pension, in der Charlotte sich ein Zimmer gemietet hatte. Die beiden Damen waren sehr zurückhaltend und doch unendlich neugierig. Vor allem an Charlottes Beruf waren sie sehr interessiert und fragten sie über jede Kleinigkeit aus.

Schon mehrere Male hatten die Schwestern sie zum Essen eingeladen und Charlotte war dankbar dafür, denn die Theaterkantine gab nicht immer das her, was sie versprach. Auch war sie nach den anstrengenden und oftmals zermürbenden Proben froh, wenn sie bei den beiden älteren Damen ein wenig familiäre Atmosphäre genießen konnte.

Diesmal gab es Königsberger Klopse, und nach dem Essen tranken sie noch eine Tasse Kaffee zusammen. Doch dann musste sich Charlotte auch schon wieder verabschieden. Für den Nachmittag hatte Landauer eine Probe angesetzt. Doch nach dem guten Essen und dem kleinen Plausch fühlte sie sich stark genug, sich der Herausforderung „Georg Landauer" zu stellen.

Eine Viertelstunde vor Probenbeginn betrat sie das Theater durch den Bühneneingang. Sie ging schnellen Schrittes zur Probebühne und stutzte, als sie die Tür zum Probenraum öffnete. Alle Kollegen waren schon da. Georg Landauer dreht sich um und begrüßte sie mit einem übertrieben freundlichen Grinsen.

„Das Fräulein Petersen beehrt uns tatsächlich mit ihrer erlauchten Anwesenheit. Willkommen!", sagte er und machte eine Verbeugung.

Demonstrativ sah Charlotte auf ihre Uhr. „Die Probe war für drei Uhr angesetzt, es ist jetzt viertel vor."

„Verehrtes Fräulein Petersen, ich verschwende ungern wertvolle Probenzeit für andere Unterhaltungen."

Charlotte wollte etwas erwidern, doch Landauer hob abwehrend die Hand.

„Aber ich will mal nicht so streng mit Ihnen sein. Schließlich sind Sie mit den Gepflogenheiten unseres Hauses noch nicht vertraut. Bitte nehmen Sie Platz." Er wies ihr einen freien Stuhl zu, und Charlotte zog es vor zu schweigen. Ärger mit dem Regisseur brachte ihr nur Unmut unter den Kollegen ein.

„Also, Kinder – Kabale und Liebe – Schillers Meisterwerk. Ich habe mir das in etwa so vorgestellt." Landauer sprang, zwei Stufen auf einmal nehmend, auf die Probebühne und stellte seine Regieausführungen vor. Seine Anweisungen klangen ein wenig verworren, doch als er geendet hatte und sich in einen Sessel der Requisite fallen ließ, fragte er fröhlich: „Alles klar?" Die Kollegen nickten, und Landauer sprang wieder auf.

„Also dann, lasst uns anfangen. Heute beginnen wir mit dem vierten Auftritt aus dem ersten Aufzug. Fräulein Petersen, darf ich bitten." Charlotte stieg auf die Bühne.

„Harry, du bist dran", forderte Landauer den Kollegen auf, der den Ferdinand spielte. Dieser kam zur imaginären Zimmertür herein und stürzte auf Charlotte zu, die matt in einem Sessel saß. Beide sahen sich für einen Moment an, dann begann Harry mit seinem Text.

„Du bist blass, Luise?" Charlotte stand auf und fiel ihrem Kollegen um den Hals.

„Es ist nichts, nichts! Du bist ja da. Es ist vorüber!"

„Nein, nein, nein...", unterbrach Landauer die beiden.

„Fräulein Petersen, was hab ich vorhin erklärt?"

„Ich soll aufstehen und ihm um den Hals fallen", erwiderte Charlotte verwirrt.

Landauer schüttelte den Kopf.

„Ja, aber nicht so. Meine Güte, muss ich Ihnen denn die einfachsten Dinge zeigen? So gefällt mir das nicht, die Luise ist ein junges Mädchen aus dem Bürgertum. Unverbraucht, natürlich – verstehen Sie mich?" Landauer stieg auf die Bühne und schob Charlotte zur Seite. „Also gut, ich zeig es Ihnen."

Sie probten zwei Stunden ohne Pause. Landauer bekam einen Wutanfall nach dem anderen, und Charlotte verzweifelte immer mehr. Was sie auch tat, es passte ihm nicht. Irgendwann ließ sie sich in einen Sessel fallen.

„Können wir eine kurze Pause machen?"

„Die Pausenzeiten bestimme ich, Fräulein Petersen."

Landauer sah auf die Uhr und dann in die Gesichter der Kollegen. „Also gut, Kinder, machen wir eine kurze Pause. In einer Viertelstunde geht es weiter. Ich will den ersten Aufzug wenigstens einmal durchspielen heute, klar?" Die Kollegen stöhnten und verließen nach und nach den Probenraum. Charlotte folgte ihnen und war schon an der Tür, als Landauer sie zu sich rief.

Er ging zu einem Fenster und öffnete es, um frische Luft hereinzulassen. Draußen dämmerte es, und die Straßen glänzten regennass. Charlotte verdrehte heimlich die Augen und trat zu ihm ans Fenster. Er hielt ihr ein Päckchen Zigaretten hin, und als sie den Kopf schüttelte, nahm er sich selbst eine.

„Sie rauchen nicht?" Betont gleichmütig zündete er die Zigarette an und blies ihr den Rauch ins Gesicht. Dann ließ er das Zigarettenpäckchen in seiner Brusttasche verschwinden. Charlotte begann zu husten, doch sie hatte nicht vor, sich von ihm provozieren zu lassen.

„Immer schön beherrscht, was?" Er blies ihr nochmal den Rauch ins Gesicht, doch Charlotte blieb ungerührt.

„Sehen Sie, das ist Ihr Problem", fuhr er fort. „Sie sind einfach zu beherrscht."

„Ich will eben alles richtig machen." Charlotte versuchte sich zu verteidigen, doch sie wusste, dass es nur ein kläglicher Versuch war. Gleich würde er wieder losdonnern, wie untalentiert sie sei. Innerlich ging sie schon in Deckung gegen seinen nächsten Angriff. „Das macht es aber nur noch schlimmer", sagte er und schnippte die Asche aus dem Fenster. Dann blies ihr ein drittes Mal den Rauch ins Gesicht. Diesmal ließ sich Charlotte nun doch aus der Reserve locken.

„Was soll das? Können Sie das bitte lassen?" Sie wedelte mit der flachen Hand vor ihrem Gesicht herum, um den Rauch zu vertreiben. Landauer grinste und blies sie ein viertes Mal an.

„Jetzt reicht es mir aber." Charlotte griff nach seiner Zigarette und warf sie aus dem geöffneten Fenster. Im gleichen Augenblick ärgerte sie sich, dass sie sich wieder hatte provozieren lassen. Sie senkte den Blick, doch nichts passierte. Kein cholerischer Anfall, kein Fluchen. Landauer grinste nur.

„Genau", sagte er, „das will ich sehen."

„Was?" Charlotte sah auf, und ihre Blicke trafen sich. Landauer griff nach ihrem Arm und hielt in fest. Wütend blitzte sie ihn an.

„Leidenschaft", sagte und rüttelte an ihrem Arm.

„Verdammt, Sie tun mir weh", rief Charlotte, doch Landauer ließ sie nicht los, sondern zog sie noch näher an sich heran. Sie versuchte sich zu wehren, doch sie konnte sich nicht aus seinem Griff befreien.

„Leidenschaft, Fräulein Petersen. Warum verbergen Sie die Leidenschaft? Verdammt noch mal, lassen Sie sie raus." Er ließ ihren Arm los und nahm ihre beiden Pobacken in seine Hände. Nun drückte er ihr Becken gegen das seine.

„Spüren Sie das?" Sie fühlte seinen festen Griff an ihrem Hintern, und fast meinte sie, eine Erregung bei ihm zu spüren. Was hatte er vor? Er bog ihren Oberkörper ins Hohlkreuz. Dann kam er mit dem Gesicht ganz nah an das ihre heran.

„Schließen Sie die Augen und lassen Sie sich fallen. Vertrauen sie mir?"

„Nein", flüsterte Charlotte und klammerte sich mit beiden Händen an seinen Hemdsärmeln fest aus Angst, jeden Moment rücklings zu fallen.

„Atmen Sie tief durch und vertrauen Sie mir. Ich werde Sie nicht fallen lassen."

„Wie soll ich jemandem wie Ihnen vertrauen? Das ist unmöglich", presste sie hervor und schloss die Augen.

Er lockerte seinen Griff etwas, doch hielt er sie weiterhin gut fest. Charlotte versuchte trotz der unbequemen Haltung, ihre Atmung zu kontrollieren. Sie wusste, sie entkam diesem Mann nicht, wenn sie nicht das tat, was er von ihr verlangte. Langsam entspannte sie sich, und Landauer spürte das.

„Genau." Er klang zufrieden. „So ist es gut. Weiter so."

Sie ließ seine Ärmel los und sank mit ihrem ganzen Gewicht in seine kräftigen Armen. Seinen Atem konnte sie ganz nah an ihrer Wange spüren. Er roch nach Zigarettenrauch, und seinem Hals haftete einen leichte Seifennote an. Landauer wiegte sie sanft, doch er hielt sie fest. Sie ging mit der Bewegung mit und wurde noch schwerer. Als er das spürte, zog er sie langsam wieder hoch und stellte sie zurück auf ihre Füße.

Sie öffnete die Augen und war völlig benommen. Für einen Augenblick hatte sie ihm voll und ganz vertraut und nur seine starken Arme und ihren gleichmäßigen Atem gefühlt.

„Sehen Sie, es geht doch", grinste er triumphierend. „Das war die zweite Lektion – Vertrauen." Er schloss das Fenster, während Charlotte immer noch stehen blieb und leicht hin und her wankte, da sie Mühe hatte, ihr Gleichgewicht wiederzufinden.

„Leidenschaft und Vertrauen. Schalten Sie ihren Kopf aus und lassen Sie sich in Ihre Rolle fallen. Wenn Sie sich dagegen wehren, bleibt Ihr Spiel nur eine billige

Kopie ihrer Vorgängerinnen." Dabei nickte er ihr aufmunternd zu. „Ich hab gesehen, dass Sie das können. Hören Sie auf, es zu unterdrücken. Und jetzt Abmarsch – Sie haben noch fünf Minuten Pause."

Charlotte rannte fast aus dem Probenraum, das Herz klopfte ihr bis zum Hals, und sie konnte spüren, wie seine Blicke ihren Rücken durchbohrten.

Er sah ihr nach und war zufrieden. Sie hat es, dachte er, sie hat diese Leidenschaft, die ich brauche. Ich muss sie nur noch dazu bringen, sie auch auf der Bühne richtig einzusetzen.

*

„Sie kommen spät, Fräulein Charlotte", empfing sie Erika Hartmann. Es schien, als hätte die alte Dame hinter der Küchengardine auf sie gewartet. Charlotte nickte nur und wollte schon die Treppe hinauf in ihr Zimmer gehen.

„Sie sehen aus, als könnten Sie eine Tasse heißen Tee und jemanden gebrauchen, der Ihnen zuhört? Kommen Sie!" Erika Hartmann bat Charlotte in die Küche, und diese wollte nicht unhöflich sein. Die Küche war warm und gemütlich. Bald pfiff der Wasserkessel, und als Erika den Tee aufgoss, roch es im ganzen Raum nach Pfefferminze. Erschöpft ließ sich Charlotte auf die Eckbank fallen und biss herzhaft in das Butterbrot, das Erika ihr auf einem Teller über den Tisch schob.

Erika Hartmann erwies sich als gute Zuhörerin. Charlotte erzählte von ihrem seltsamen Erlebnis mit Landauer, und als sie geendet hatte, fühlte sie sich geradezu erleichtert. Erika rührte in ihrer Teetasse und pustete behutsam die kleine aufsteigende Dampfwolke über der heißen Tasse weg. Nachdenklich nahm sie einen Schluck.

„Ich kenne Herrn Landauer nur von der Bühne. Er ist ein hervorragender Schauspieler, und er hat immer sehr gute Kritiken bekommen."

„Das, was er da heute mit mir gemacht hat, ging eindeutig zu weit. Ich habe mich völlig ausgeliefert gefühlt." Entschlossen griff sie zur Zuckerdose und versenkte drei gehäufte Löffel in ihrem Tee. Sie sah zu, wie sich das weiße Häufchen gelb färbte und in der Flüssigkeit langsam auflöste. Erika schüttelte den Kopf.

„War das ein so schlechtes Gefühl? Ich meine, Sie haben für einen Moment die Kontrolle verloren, aber der Trick scheint funktioniert zu haben, oder?"

"Ich will das aber nicht", entgegnete Charlotte und aß den letzten Bissen ihres Brotes. Anschließend rührte sie energisch in ihrer Tasse. „Ich hab nun mal gern selber die Kontrolle."

„Aber vielleicht ist das Ihre Aufgabe?", sagte Erika nachdenklich. „Genau, Sie sollen lernen, kontrolliert die Kontrolle zu verlieren."

Charlotte musste lachen. „Wie soll das denn gehen?"

„Genauso wie heute." Erika nickte ihr aufmunternd zu. „Kopf hoch, Kindchen! Man muss behutsam mit sich umgehen, wenn man etwas Neues lernt. Haben Sie Geduld!"

Charlotte nahm einen Schluck Tee und verzog das Gesicht, weil er viel zu süß schmeckte. „Ich dachte, ich hätte schon alles auf der Schauspielschule gelernt."

„Oh nein, auf der Schule bestimmt nicht. Wirklich lernen Sie nur im echten Leben."

Schweigend tranken sie ihre Tassen leer, und Erika räumte das Geschirr in die Spüle. „Schlafen Sie eine Nacht drüber, Sie werden sehen, morgen geht´s Ihnen besser."

Charlotte stand auf. „Das war ganz seltsam heute. Für einen Moment dachte ich, Landauer würde mich mögen."

„Ich bin sicher, das tut er. Sonst gäbe er sich nicht solche Mühe", sagte Erika Hartmann im Brustton der Überzeugung.

„Er hat allerdings eine komische Art, seine Zuneigung zu zeigen."

In den folgenden Wochen forderte Landauer Charlotte während der Proben immer wieder heraus, doch sie musste sich eingestehen, dass sie das anspornte. Inzwischen probten sie in Kostümen und waren beim Feinschliff der Inszenierung angelangt. Charlotte spürte, dass Landauer noch immer nicht ganz zufrieden war und bemühte sich umso mehr, ihn nicht zu verärgern. Zumal er langsam nervös zu werden schien, weil ihm die Zeit davonlief. Es waren nur noch wenige Tage bis zur Premiere. Sie probten gerade die Szene, in der die Luise stirbt, als er entrüstet auf die Bühne sprang.

„Harry, so geht das nicht", rief er und schob seinen Kollegen beiseite. „Du liebst diese Frau und du erkennst, dass du ihr Unrecht getan hast, doch du kannst ihren Tod nicht aufhalten. Du bist voller Wut auf deinen Vater, aber eigentlich bist du wütend auf dich selbst, weil du der Frau deines Herzens nicht vertraut hast."

Landauer baute sich auf. „Fräulein Petersen, bitte noch mal von der Stelle `...meine Hand schrieb, was mein Herz verdammte`."

„Dieser Brief – meine Hand schrieb, was mein Herz verdammte – dein Vater hat ihn diktiert", hob sie an.

Landauer sprang sofort mit seiner vollen Konzentration in die Szene, und Charlotte konnte sehen, wie sich jede Sehne in ihm spannte. Er überließ seinen ganzen Körper der Dramatik, bis sie zu der Stelle kamen, als Luise stirbt.

„Sterbend vergab mein Erlöser – heil über dich und ihn." Charlotte brach zusammen, und Landauer fing sie auf und sank mit ihr auf den Boden der Bühne nieder.

„Halt, halt, entspringe mir nicht – Engel des Himmels", sprach er den Text und beugte sich über Charlotte, um sie auf die Stirn zu küssen. Für einen Moment glaubte Charlotte, ihr Herz bliebe stehen, denn Landauer hielt sie fast zärtlich in seinen Armen.

Ihre geschlossenen Lider zitterten, und seine körperliche Nähe verursachte ihr eine unglaubliche Gänsehaut, wie sie das noch nie zuvor in ihrem Leben verspürt hatte. Sie vertraute ihm und ließ sich mit ihrem ganzen Gewicht von seinen Armen tragen, so wie er es ihr einige Wochen zuvor gezeigt hatte.

Plötzlich zog er sie an sich, sein Gesicht nur wenige Millimeter von dem ihren entfernt. Sein Atem kitzelte ihre Lippen, als er den Kuss andeutete.

„Kalt, kalt und feucht! Ihre Seele ist dahin."

Fast schien es, als hielte er sie einen Augenblick zu lang, bevor er sie vorsichtig auf dem Boden ablegte. Sanft strich er ihr mit der Hand über die Wange. „Gott meiner Luise. Gnade, Gnade dem verruchtesten der Mörder."

Charlotte war so ergriffen, dass sie unvermittelt die Augen öffnete und sich ihre Blicke trafen. Landauer sah sie so innig an, als sei das alles kein Spiel, sondern Realität. Für einen Moment glaubte sie, echte Zuneigung in seinem Blick zu erkennen, doch dann fiel er urplötzlich aus der Szene.

„Sie müssen die Augen natürlich geschlossen halten, Fräulein Petersen, Sie sind tot, verflixt nochmal."

„Entschuldigung, ich war … " Charlotte schloss die Augen, doch die Magie des Augenblicks war vorbei. Landauer sprang auf.

„So, Harry, so muss das aussehen, klar?" Er klatschte in die Hände. „Noch mal von vorn, bitte."

Die Probe ging weiter, als sei nichts geschehen, doch Charlotte war innerlich so aufgewühlt, dass sie sich dauernd verhaspelte und sich irgendwann entnervt auf dem Bühnenboden niederließ. Landauer sah ihre Erschöpfung und hatte Erbarmen.

„Okay, Schluss für heute. Wir sind alle ein bisschen nervös. Geht nach Hause, Kinder. Wir sehen uns morgen früh um zehn."

Die Kollegen sammelten ihre Jacken und Taschen zusammen und verließen den Probenraum.

„Fräulein Petersen … " Charlotte blieb mit dem Rücken zu Landauer stehen in der Erwartung, dass er sich gleich wieder beschweren würde, weil sie zuvor so unprofessionell reagiert hatte.

„Kann es sein, dass Sie heute ein wenig unkonzentriert waren?" Sein Tonfall war wider Erwarten gar nicht wütend, und Charlotte fasste ihren Mut zusammen und drehte sich zu ihm um.

„Ich, ich … ", stotterte sie.

„Es lag doch nicht etwa an mir, dass Sie aus dem Konzept gekommen sind?" Landauer zog sein Zigarettenpäckchen aus der Brusttasche und zündete sich eine an.

In diesem Moment verspürte Charlotte einen fast körperlichen Drang, zu ihm hinüberzugehen und ihm um den Hals zu fallen. Sie wollte wissen, wie sich sein Kuss anfühlte, den er vorhin so wirklichkeitsnah angedeutet hatte. Sie wollte wissen, wie sich seine körperliche Nähe anfühlte, wenn sie echt und nicht gespielt war, und sie hätte ihm am liebsten eine Ohrfeige gegeben, weil er es gewagt hatte, sie so zu verunsichern und sie nun auch noch damit aus der Reserve lockte.

Du bist ein arroganter, verrückter und cholerischer Kerl, verdammt noch mal, ich werde mich nicht in dich verlieben, ich werde meinem Drang zu dir nicht nachgeben, du bist mein Regisseur und sonst gar nichts.

Die innere Stimme in ihr flüsterte, mein genialer Regisseur, ich bewundere dich für das, was du kannst, wie du das Stück formst, die Charaktere herausarbeitest, mich herausarbeitest, bis ich mich selbst fast nicht mehr kenne.

Laut sagte sie nur: „Ich bin erschöpft, die Proben gehen mir ziemlich an die Substanz." Fast glaubte sie, Verständnis in seinem Blick zu erkennen, als er von seiner Zigarette aufblickte.

„Das ist ganz normal, so kurz vor der Premiere. Gehen Sie nach Hause und schlafen Sie sich aus. Das ist das Einzige, was hilft. Also dann … " Er nickte ihr zu und ging zum Fenster. „Wir sehen uns morgen."

Charlotte verließ so schnell sie konnte den Probenraum, bevor sie sich doch noch dazu hinreißen ließ, ihren Gedanken Taten folgen zu lassen.

Sie war sich sicher, an diesem Tag zum ersten Mal das Gesicht hinter seiner Maske gesehen zu haben, den wahren Landauer, den leidenschaftlichen Schauspieler, der sein Innerstes nach außen kehrte, wenn er auf der Bühne stand und damit seine Seele Gefahren aussetzte, die nur darauf warteten, ihn zu verschlingen.

*

Zwei Tage später, an einem spätherbstlichen Sonntagnachmittag, draußen schien eine trübe Sonne, verfiel Charlotte in eine depressive Stimmung. Die vergangenen Wochen hatten sie sehr gefordert, und auch zwei Tage Ausschlafen hatten nicht die notwendige Entspannung gebracht.

Energisch klappte sie ihr Textbuch zu und beschloss, einen Spaziergang zu machen. Warm eingepackt in ihren Wintermantel machte sie sich auf den Weg und genoss die frische Luft. Im Stadtpark waren viele Spaziergänger unterwegs. Hunde tollten über die Wiese, Kinder spielten Verstecken. Charlotte beobachtete das Treiben, als sie plötzlich heftiges Heimweh überkam. Ihre Gedanken flogen nach Berlin zu ihren Eltern. Sollte sie ernsthaft in Erwägung ziehen, nach der Premiere endlich mal wieder nach Hause zu fahren? Wie lange war sie nicht mehr im Sommerhaus gewesen. Der See war jetzt sicher schon zugefroren, und das Haus versank im alljährlichen Winterschlaf.

Die Sehnsucht packte sie, eine Sehnsucht nach Wärme und dem Gefühl, nach Hause zu kommen. Alle Freiheit war nichts wert, wenn man keinen sicheren Platz im Leben hatte. So sehr sie die Arbeit am Theater genoss, so stolz sie auf ihre finanzielle Unabhängigkeit war, so sehr vermisste sie dennoch ihr Zuhause.

Sie fröstelte, schlug den Kragen ihres Mantels hoch und zog ihre Wollmütze tiefer in die Stirn. Dann sah sie in ihrem Portemonnaie nach, ob das Budget für eine heiße Schokolade mit Rum reichen würde. Egal, dachte sie, das musste jetzt einfach sein.

Im Café herrschte reges Treiben, dennoch ergatterte sie einen kleinen Tisch mit zwei bequemen Sesseln. Die Bedienung kam, um ihre Bestellung aufzunehmen, und Charlotte lehnte sich in ihrem Sessel zurück und beobachtete die anderen Caféhausgäste. Im Kopf rezitierte sie noch einmal ihren Text, und als sie hängenblieb, kramte sie das Textbuch aus ihrer Tasche.

Da ging die Tür auf, und ein junger Mann, eingehüllt in einen schwarzen Mantel, betrat das Café. Zu seinen Füßen schlüpfte ein kleiner Rauhaardackel durch die Tür. Suchend sah sich der Mann nach einem freien Platz um, während der Hund sein Herrchen an der Leine zielstrebig durch das Lokal zog, bis er Charlottes Tisch erreicht hatte. Dort beschnupperte er interessiert ihre Beine.

„Na, wer bist denn du, kleiner frecher Kerl?", sagte sie und streckte die Hand nach dem Tier aus.

„Also wirklich, Egon, dass du immer gleich so aufdringlich sein musst. Entschuldigen Sie bitte vielmals, gnädiges Fräulein." Der junge Mann zog den Hut vor

Charlotte und deutete eine kleine Verbeugung an. Dann sah er sich weiter um.

„Ach, sagen Sie, gnädiges Fräulein, würde es Ihnen etwas ausmachen, wenn ich mich zu Ihnen setze? Egon und ich sind vollkommen durchgefroren und haben das dringende Bedürfnis nach einem heißen Tee mit Rum."

Charlotte blickte amüsiert auf.

„Bitte, nehmen Sie Platz. Aber ich bezweifle, dass Tee mit Rum das richtige Getränk für Egon ist." Der Mann legte Hut und Mantel ab und nahm Platz. Er gab seine Bestellung auf, während Charlotte sich wieder in ihr Textbuch vertiefte.

„Was lesen Sie denn da, wenn ich fragen darf?", versuchte er eine Unterhaltung mit ihr zu beginnen.

Obwohl ihr eigentlich gar nicht nach einem Gespräch zumute war, wollte sie doch nicht unhöflich sein. „Ein alter Klassiker – Kabale und Liebe", antwortete sie und sah in seine strahlend blauen Augen.

„Schwere Kost für einen Sonntagnachmittag, finden Sie nicht?" Der Mann beugte sich leicht zu ihr vor. „Ich bin ziemlich oft hier, habe Sie aber noch nie gesehen."

„Finden Sie nicht, dass Sie ein wenig zu neugierig sind?"

„Bitte verzeihen Sie!", murmelte er und sah sich verlegen um, als warte er darauf, dass die Bedienung endlich das bestellte Getränk brachte.

Charlotte amüsierte sich insgeheim über den jungen Mann und fand nun doch Gefallen daran, die Unterhaltung fortzusetzen.

„Ich bin noch nicht allzu lange in der Stadt."

„Und? Gefällt es Ihnen hier?"

„Oh ja, sehr gut sogar."

„Darf ich fragen, wo Sie herkommen?"

Charlotte erzählte ihm, dass sie aus Berlin komme und aus beruflichen Gründen in Meiningen sei und lenkte das Gespräch dann auf seine Person, weil sie keine Lust hatte, über das Theater zu reden. Sie erfuhr, dass er als Architekt wegen eines Auftrags in der Stadt war.

„Ich habe sehr gute Kontakte zum Bürgermeister und bekomme immer wieder lukrative Aufträge. Der Wohnungsbau hat Hochkonjunktur, und wir brauchen immer mehr Wohnungen für all die Leute, die vom Land in die Stadt ziehen."

Charlotte nickte, obwohl sie keine Ahnung vom städtischen Wohnungsbau hatte und sich im Grunde genommen auch nicht dafür interessierte.

„Aber diesmal arbeite ich unter erschwerten Bedingungen", fuhr er fort und tätschelte den Hund, der es sich zu seinen Füßen bequem gemacht hatte. „Meine Mutter hat sich das Bein gebrochen und kann sich deshalb nicht um Egon kümmern, also musste ich ihn wohl oder übel mit auf die Reise nehmen."

„Es ist doch schön, nicht allein reisen zu müssen. Da kann man sich wenigstens austauschen", sagte Charlotte.

„Da haben sie Recht. Eine Unterhaltung mit Egon nach einem anstrengenden Arbeitstag ist höchst ergiebig. Er trinkt gern französischen Rotwein dazu, genau wie ich." Er leerte seine Teetasse und sah flüchtig auf seine Uhr.

„Schon so spät!", rief er dann und winkte der Bedienung, um zu zahlen. „Darf ich Sie vielleicht einladen?"

Charlotte nahm die Einladung dankend an, und so bezahlte er für sie beide. Anschließend half er ihr in den Mantel, und gemeinsam verließen sie das Café. Es dämmerte bereits, und vereinzelte Schneeflocken fielen vom dunkel werdenden Himmel.

„Erlauben Sie mir, Sie nach Hause zu begleiten?" Er bot ihr seinen Arm an, und sie hakte sich unter. Auf dem Weg unterhielten sie sich angeregt, bis sie vor der Pension angekommen waren.

„Hier wohne ich", sagte Charlotte, und für einen kurzen Moment standen sie sich unschlüssig gegenüber.

„So gut habe mich schon lange nicht mehr unterhalten. Was meinst du dazu, Egon?"

„Das Vergnügen war ganz meinerseits", erwiderte Charlotte und reichte ihm die Hand. Als er einen Handkuss andeutete, trafen sich ihre Blicke.

„Wenn Sie erlauben, würde ich Sie gern wiedersehen", sagte er und hielt ihre Hand einen Augenblick zu lange fest. Dann sah er ihr tief in die Augen, und Charlottes Herz schlug plötzlich schneller. Ihr Atem beschleunigte sich, und sie hatte Mühe, sich zu konzentrieren. Dieser junge Mann war nicht nur attraktiv, sondern auch charmant und höflich. Er gefiel ihr, und so hielt sie seinem Blick stand.

Doch dann fiel ihr die Premiere ein. Sie musste sich jetzt voll und ganz auf ihre Karriere konzentrieren und durfte sich nicht von derartigen Gefühlsduseleien ablenken lassen. Schnell entzog sie ihm ihre Hand, der Moment verflog.

„Ich bin beruflich im Augenblick sehr eingespannt, und das erfordert meine ganze Konzentration. Ein anderes Mal vielleicht – Guten Abend!" Sie stieg die Stufen zum Hauseingang hinauf und suchte nach dem Schlüssel in ihrer Handtasche.

„Es war mir eine Ehre, und ich werde nicht aufgeben", sagte der junge Mann und lüftete seinen Hut. Charlotte erkannte, dass sie unhöflich gewesen war und drehte sich noch einmal zu ihm um.

Doch der junge Mann entschwand bereits im nebligen Dunkel des trüben Novemberabends.

Die Premiere war für den Samstag in der folgenden Woche angesetzt, und sie probten nun jeden Tag in Kostüm und Maske bis zur völligen Erschöpfung. Wenn Charlotte meist nicht vor zehn Uhr abends heimkam, war sie froh, wenn ihre Wirtinnen noch einen kleinen Imbiss für sie bereitgestellt hatten. Manchmal war eine der Schwestern auch noch auf, um mit ihr zu plaudern.

Zwei Tage vor der Premiere wurde sie von Erika ganz aufgeregt empfangen.

„Fräulein Charlotte, für Sie wurden Blumen abgegeben. Stellen Sie sich vor, gelbe Rosen", flüsterte sie.

„Die kosten ein Vermögen um diese Jahreszeit." Charlotte öffnete die Karte, die an das Bouquet geheftet war.

*Verehrtes gnädiges Fräulein,*
*immer noch schwelge ich in Erinnerung an unseren gemütlichen*
*Nachmittag im Café. Ich würde unser Zusammensein gern wie-*
*derholen. Wenn Sie erlauben, möchte ich Sie am kommenden*

*Samstag zur Premiere von Schillers „Kabale und Liebe" einladen.*
*Ich hole Sie gegen sieben Uhr ab.*
*Herzlichst!*
*Friedrich L.*

Charlotte war hingerissen und verlegen zugleich. Er war schon mutig, dieser Kerl. Glaubte er wirklich, sie würde mit einem wildfremden Mann, dessen Name sie nicht einmal kannte, ins Theater gehen? Nur schade, dass sie seine Einladung ausschlagen musste. Sie betrachtete den Umschlag und stellte fest, dass er ganz in der Nähe in einer Pension abgestiegen war. Da kam ihr eine Idee.

„Könnten Sie morgen Vormittag für mich einen Brief abgeben?", bat sie Erika.

„Aber natürlich, ich muss sowieso einige Besorgungen machen."

Charlotte nahm die Vase mit dem duftenden Bouquet und stieg die Treppe zu ihrem Zimmer hinauf.

Am nächsten Tag gab Erika Hartmann Charlottes Antwort in der Pension ab.

*Verehrter gnädiger Herr,*
*ich bedaure sehr, Ihre Einladung ausschlagen zu müssen.*
*Leider ist es mir aus beruflichen Gründen nicht möglich, Sie zu begleiten. Höflichst!*
*Charlotte P.*

Immerhin war das nicht gelogen. Was er wohl für Augen machen würde, wenn er sie auf der Bühne sah?

Als sie anderntags das Haus verließ, um zur Hauptprobe zu gehen, drückte sie Erika zwei Theaterkarten in die Hand.

„Für uns zwei alte Weiber haben sie Premierenkarten besorgt? Ach, Fräulein Charlotte, das können wir doch unmöglich annehmen", sagte diese mit einem Leuchten in den Augen.

„Sie beide haben sich seit meiner Ankunft hier so rührend um mich gekümmert, dass Sie für mich schon so etwas wie eine zweite Familie geworden sind. Da ist es doch das Mindeste, was ich tun kann, um Ihnen meine Dankbarkeit für die herzliche Aufnahme in ihrem Haus zu zeigen."

„Na, dann danken wir von Herzen dafür und werden den Abend genießen."

„So ist es richtig."

Die Hauptproben verliefen ohne nennenswerte Zwischenfälle, und auch die Generalprobe am folgenden Tag funktionierte bestens. Charlotte spürte die Anspannung, die unter den Kollegen herrschte, und auch Landauer schien sehr nervös zu sein.

Sie wollte sich zwar von dieser Nervosität nicht anstecken lassen, aber als sie am Tag der Premiere ins Theater kam und alle hektisch auf den Gängen herumwirbelten, konnte sie nicht vermeiden, dass eine gewisse Panik in ihr aufstieg. Es war ihre erste Hauptrolle, und sie musste sich beweisen.

Als sie einen Blick von der Bühnenseite in den Zuschauerraum warf, sah sie, dass dieser sich bis auf den letzten Platz besetzt war. Die ganze Stadt schien da zu sein. Charlotte packte das Lampenfieber.

Zurück in ihrer Garderobe drehte sie sich vor dem Spiegel noch einmal hin und her, um sicherzugehen, dass ihr Kostüm perfekt saß, als es an der Tür klopfte.

Im Spiegel sah sie Georg Landauer eintreten. Noch bevor sie sich umdrehen konnte, stand er schon dicht hinter ihr und betrachtet ihr Spiegelbild. Eine Hand legte er um ihre Taille, mit der anderen versteckte er etwas hinter seinem Rücken. Ohne ihren Blick im Spiegel loszulassen, flüsterte er in ihr Ohr.

„Gute Arbeit, Fräulein Petersen, bis jetzt wirklich gute Arbeit. Und nun, toi, toi, toi für Ihren großen Auftritt heute Abend." Dann zog er eine gelbe Rose hinter seinem Rücken hervor und überreichte sie ihr, ohne sie dabei aus seiner Umarmung zu entlassen.

„Ich hoffe, Sie mögen gelb." Charlotte war wie betäubt von seinem Blick und seiner körperlichen Nähe, von seinem männlichen Geruch aus Zigarettenrauch und herber Seife. Unfähig, etwas zu sagen, nahm sie die Rose entgegen.

„Also dann … sehe ich Sie auf der Bühne."

Mit diesen Worten löste er sich von ihr und verließ die Garderobe.

Immer noch unfähig, sich zu bewegen, starrte sie auf die Rose in ihrer Hand. Sie spürte noch immer Landauers sanften Druck an ihrer Taille und ertappte sich dabei, wie sie sich wünschte, er sei noch da, würde sie in den Arm nehmen und ihr sagen, dass sie diesen Abend für sich entscheiden könnte, dass sie eine hervorragende Luise abgeben und ihr das Meininger Publikum zu Füßen liegen würde.

Doch sie war allein, als der dunkle Klang des Gongs zum Beginn der Vorstellung aufrief und Charlotte aus ihrer Verwirrung riss. Sie musste auf die Bühne – jetzt.

Der erste Teil der Premiere verlief besser als erwartet. Das Publikum ging mit, und der Funke schien überzuspringen. In der Pause kehrte Charlotte kurz in ihre Garderobe zurück und trank ein Glas Wasser. Sie spürte, wie die Nervosität langsam abnahm und sie ruhiger wurde.

Auch der zweite Teil der Premiere würde problemlos über die Bühne gehen, davon war sie nun überzeugt. Jetzt erst bemerkte sie die kleine Karte, die an der Rose hing und öffnete den Umschlag.

*Ich hoffe, Sie nachher auf der Premierenfeier zu sehen. Einen erfolgreichen Abend wünscht Ihnen höflichst*
*Georg Landauer*

Die Handschrift kam ihr bekannt vor, aber woher? Vielleicht hatte sie mal ein Textbuch mit seinen handschriftlichen Anmerkungen in der Hand gehabt. Doch bevor sie sich darüber klarwerden konnte, ertönte schon wieder der Gong.

Als eine Stunde später der Vorhang fiel und im Zuschauerraum ein tosender Applaus losbrach, machte Charlottes Herz einen Sprung. Sie hatte es geschafft, der langersehnte Erfolg war da. Zum ersten Mal seit langer Zeit fühlte sie sich richtig glücklich. Der Vorhang öffnete sich wieder und wieder, und alle Schauspieler traten ein ums andere Mal gemeinsam an den Bühnenrand, um sich zu verbeugen. Als das Publikum nach Landauer rief, kam er zu ihnen auf die Bühne. War es ein Zufall, dass er ihre Hand ergriff, als er sich einreihte?

„Sie waren großartig", flüsterte er ihr ins Ohr. „Von jetzt an werde ich nicht mehr zulassen, dass Sie mit Ihrer Leidenschaft hinter dem Berg halten." Dann drückte er ihre Hand, und sie mussten sich abermals verbeugen.

Nur noch raus aus dem Kostüm, dachte Charlotte und löste bereits im Gehen die Haarnadeln, die ihre Locken zusammengehalten hatten. Alle Anspannung fiel von ihr ab, und sie fühlte sich so frei wie damals in jener Nacht, als sie Berlin verlassen hatte, um auf die Schauspielschule zu gehen – mit dem Unterschied, dass sie nun keine Angst mehr hatte vor dem, was vor ihr lag.

Als sie eine halbe Stunde später die Theaterkantine betrat, war die Premierenfeier schon in vollem Gange. Georg Landauer kam auf sie zu, begrüßte sie überschwänglich und führte sie mitten in den Raum. Dann erhob er seine kräftige Stimme.

„Meine Damen und Herren! Unsere grandiose Neuentdeckung Fräulein Charlotte Petersen."

Er begann zu klatschen, und die anderen fielen in den Beifall ein. Dann hob er beschwichtigend die Hände und bat erneut um Ruhe.

„In Vertretung für unseren Intendanten darf ich sagen", dabei schaute er direkt in Charlottes Augen, „und ich denke, dass ich damit keineswegs übertreibe, dass wir sehr stolz darauf sind, Fräulein Petersen an unserem Hause unter Vertrag zu haben."

Die Kollegen klatschten erneut, und Landauer bat nochmals um Ruhe.

„Ich persönlich gebe zu, ich war skeptisch. Aber", hob er mahnend den Zeigefinger, „ich habe schon beim Vorsprechen die Leidenschaft in Fräulein Petersens Spiel geahnt. Auch wenn sie lange Zeit versucht hat, diese zu verbergen." Wieder sah er Charlotte an. „Ich bin froh, dass ihr dies nicht gelungen ist." Dann nahm er ihre Hand und deutete einen Handkuss an, während die Umstehenden lachten und klatschten.

„Kommen Sie, wir sitzen alle da drüben." Mit diesen Worten zog er sie zu einem großen Tisch in einer Ecke des Raumes.

„Fräulein Petersen, darf ich Ihnen meinen Bruder vorstellen, Friedrich Landauer."

Ein junger Mann erhob sich amüsiert und reichte ihr die Hand. Charlotte sah in seine strahlend blauen Augen und stutzte. Friedrich L., so ein Zufall, dachte sie. Jetzt wurde ihr klar, was ihr an ihm so bekannt vorgekommen war, als sie sich damals im Café kennen gelernt hatten.

Friedrich nahm ihre Hand und deutete einen Handkuss an. „Meine Verehrung, Fräulein Petersen. Ich hatte gehofft, Sie wiederzusehen."

„Guten Abend, Herr Landauer. Ich hoffe, sie nehmen es mir nicht allzu übel, dass ich Ihrer Einladung nicht folgen konnte."

„Aber ich bitte Sie, wie könnte ich. Es war mir ein Vergnügen, Sie auf der Bühne zu sehen."

Da mischte sich Georg verwundert ein.

„Ihr kennt euch?"

„Flüchtig, Bruderherz, flüchtig." Friedrich ließ Charlotte keine Sekunde aus den Augen, und sie genoss seine Bewunderung.

„Bitte, Fräulein Petersen, nehmen Sie doch Platz, ich würde gern unsere Unterhaltung von neulich fortsetzen."

Friedrich bot Charlotte seinen Stuhl an und holte sich vom Nachbartisch einen neuen. Charlotte saß nun zwischen den Brüdern und wurde den ganzen Abend von beiden Seiten hofiert. Fast glaubte sie, bei Georg Landauer ein wenig Eifersucht auf den jüngeren Bruder wahrzunehmen. Doch nach der Anspannung tat ihr Friedrichs unverhohlene Bewunderung so gut, dass ihr schließlich egal war, was Georg Landauer davon hielt. Sie wollte sich amüsieren, ihren Erfolg feiern, und so orderte Friedrich eine Flasche Sekt nach der anderen, und sie stießen immer wieder auf Charlottes Erfolg an, bis diese zunehmend beschwipster wurde.

Gegen zwei Uhr bestand Friedrich darauf, Charlotte nach Hause zu bringen. Er kenne ja den Weg, säuselte er, und half ihr in den Mantel. Sie wankten nach Hause, und als sie bei Charlottes Pension angekommen waren, versuchte er, sie zum Abschied zu küssen. Charlotte spürte zwar den Alkohol, und es fiel ihr schwer, einen klaren Gedanken zu fassen, doch so leicht wollte sie es Friedrich dann doch nicht machen und wehrte seinen Annäherungsversuch geschickt ab.

Sie musste ihm allerdings versprechen, mit ihm am nächsten Tag einen Spaziergang zu machen. Das würde ihr sicher nicht schwerfallen, denn sie empfand seine Gegenwart als äußerst angenehm.

„Damals dachte ich, die Welt liege mir zu Füßen." Charlotte sah zum Fenster hinaus auf den See, und Lenas Blick folgte dem ihren. Dieser Samstagmorgen verhieß einen sonnigen Frühlingstag. Der Himmel war blau, und es ging kein Lüftchen. Der See glänzte wie ein blank polierter Spiegel.

„Wir lebten unser Künstlerdasein und genossen den Erfolg auf der Bühne, und ich wurde von zwei Männern hofiert. Das gefiel mir schon sehr."

Lena kniff die Augen zusammen. Die Geschichte war noch nicht zu Ende, das spürte sie.

„Ich habe mich schließlich für deinen Großvater entschieden. Mit seinem Bühnenspiel zog er die Leute geradezu magisch in seinen Bann und mich auch. Er lebte seinen Beruf mit einer Leidenschaft, die mir immer verwehrt geblieben ist. Ich arbeitete zu sehr mit dem Kopf."

Über Charlottes Gesicht huschte ein Lächeln.

„Ansonsten war Georg völlig lebensuntüchtig. Er konnte keinen Nagel gerade in die Wand schlagen, aber er war ein echter Lebenskünstler, und dafür habe ich ihn angehimmelt. Aber glaube mir, das ist keine gute Basis für eine Ehe."

Es klang, als sei Charlotte mehr als einmal in ihrem Leben an Georgs egozentrischer Art verzweifelt.

„Und Friedrich?"

Charlottes Gesichtszüge entspannten sich. Ihr Blick fiel auf ein goldgerahmtes Foto, das an der Wand hing.

Sie stand auf und nahm es vom Haken. Es zeigte einen jungen Mann in weißem Hemd mit locker gebundener Krawatte, die Hände in den Hosentaschen. Seine Haltung war unverwechselbar die eines Lebemannes — elegant und lässig zugleich.

„Friedrich nahm die Dinge, wie sie kamen. Er liebte das Leben und ließ nichts anbrennen."

Lena blickt von dem Foto auf. „Ihr hattet was miteinander, oder?"

Charlotte zuckte mit den Schultern. „Wenn du am Abgrund deines Inneren stehst, greifst du nach jedem rettenden Strohhalm."

Lena legte den Bilderrahmen auf den Tisch.

„Es muss ein tiefer Abgrund gewesen sein, dass du dich in die Arme deines Schwagers gestürzt hast. War das, nachdem du dich für Großvater entschieden hattest oder davor?"

„Der Krieg war grausam. Unser Leben hing täglich am seidenen Faden und konnte jederzeit plötzlich vorbei sein. Du kannst dir nicht vorstellen, wie es damals war."

Ruckartig schob Lena den Sessel zurück. „Du hast Recht, das kann ich tatsächlich nicht." Sie begann, das Kaffeegeschirr auf das Tablett zu stellen. „Aber ich weiß, dass man das Vertrauen eines anderen nicht missbraucht." Lena schluckte. „Niemand wird gern hintergangen."

Charlotte griff nach Lenas Hand.

„Es war nicht so, wie du denkst. Und ziehe bitte auch keinen voreiligen Vergleich zu deinen Eltern."

Lena stockte. „Du weißt davon?"

Charlottes Schweigen traf sie wie ein Schlag. „Was weißt du darüber?", rief sie. „Sag mir bitte, was du weißt!"

„Das solltest du besser mit deinem Vater klären", erwiderte Charlotte und griff nach dem Tablett, um es in die Küche zu tragen. Doch Lena hielt sie am Ärmel zurück.

„Großmutter bitte, erzähl es mir!" Sie nahm Charlotte das Tablett ab und stellte es so energisch auf den Tisch, dass es klirrte. Dann deutete sie auf den Sessel, in dem ihre Großmutter bis eben noch gesessen hatte.

Doch diese zögerte. Was sollte sie Lena sagen? Dass sie von dem Betrug an Elisabeth gewusst hatte? Wie stand sie denn da, nach so vielen Jahren des Schweigens? Sie verurteilte David für das, was er getan hatte, doch was hätte sie damals tun sollen? Nach Elisabeths Flucht in den Westen hatten sie selbst so viel Ärger und alle Hände voll zu tun, um ihre eigene Existenz zu retten. Und David war immerhin Lenas Vater.

Charlotte seufzte. Ausgerechnet jetzt, da so etwas wie ein zartes Vertrauensverhältnis zwischen ihr und Lena entstand, sollte sie ihr sagen, dass sie von all dem gewusst hatte? Lena würde sich abermals hintergangen fühlen. Wie sehr verfluchte Charlotte wieder einmal den Tag, an dem Elisabeth David damals in den Westen gefolgt war.

Während sie sich müde in den Sessel plumpsen ließ, wurde ihr klar, dass es nur einen Weg gab: Sie würde Lena reinen Wein einschenken und ihr erzählen, was sie wusste.

Da wurde die Haustür mit einem Poltern geöffnet.

„Mutter?" Sie hörten beide die Tür ins Schloss fallen. „Mutter? Bist du da?" In der Tür erschien eine hochgewachsene Frau Mitte Vierzig, die ihre schmalgeränderte Brille in ihre dunkle Kurzhaarfrisur gesteckt hatte. „Ich dachte mir, wir überraschen dich zum Wochenende." Als sie Lena entdeckte, blieb sie ruckartig in der Tür stehen.

„Aber ich sehe, du hast Besuch?" Sie zog die Brille aus dem Haar, setzte sie auf die Nase und nahm Lena näher in Augenschein. Plötzlich bildete sich eine tiefe Falte auf ihrer Stirn, und ihr Blick verdunkelte sich.

„Was willst *du* denn hier?", sagte sie zu Lena. Eine Frage, in der unverkennbar Ablehnung mitschwang. Abermals wurde die Haustür aufgerissen, und trippelnde Schritte waren zu hören.

„Hallo Omi, bist du zu Hause?"

Im nächsten Moment stürmten zwei Kinder herein und fielen Charlotte um den Hals. Hinter ihnen erschien ein kräftig gebauter Mann mit Vollbart.

„Hallo, jemand zu Hause?" Der Mann blieb neben seiner Frau stehen und starrte Lena unverwandt an. Er schien sie sofort zu erkennen und nickte.

„Ich verstehe. Der verschollene Teil der Familie ist aus der Versenkung aufgetaucht. Na, das wird ja ein spannendes Wochenende." Er küsste seine Schwiegermutter zur Begrüßung auf die Wange und reichte dann Lena die Hand.

„Magdalena, nehme ich an?"

Lena nickte.

„Ich bin dein Onkel Siegfried." Er drehte sich um. „Und das hier ist deine Tante Carolina, die jüngere

153

Schwester deiner Mutter und meine Frau." Er grinste, doch Carolina starrte noch immer Lena an, die ihrem eiskalten Blick standhielt. Siegfried bemühte sich, die Situation zu entspannen und wendete sich wieder Lena zu.

„Du siehst deiner Mutter unglaublich ähnlich", sagte er zu ihr.

„Lass das!", zischte Carolina ihn an. „Das hier ist keine fröhliche Familienzusammenführung." Dann herrschte sie ihre Kinder an. „Robert! Christina! Geht und bringt die Sachen auf euer Zimmer."

Die Kinder rannten sofort in Richtung Haustür, um ihre Taschen aus dem Auto zu holen.

„Wollen wir uns nicht erst mal setzen?", sagte Siegfried und rieb sich die Hände.

„Ich will mich nicht setzen", giftete Carolina ihn an. „Halt du dich gefälligst da raus!"

Siegfried hob abwehrend die Hände. „Schon gut, schon gut. Ich werde mal nach den Kindern sehen. Oder willst du gleich wieder abreisen?"

„Lass deine Witze! So leicht lasse ich mich nicht vertreiben", herrschte Carolina ihren Mann an, der fluchtartig den Raum verließ, um die drei Frauen ihrem Schicksal zu überlassen.

Als die Haustür wieder ins Schloss gefallen war, durchschnitt Carolinas scharfer Ton die angespannte Stille.

„Ich sehe es in deinen Augen, Mutter. Jetzt haben wir keine Bedeutung mehr für dich."

„So ein Unsinn", sagte Charlotte und wirkte plötzlich alt und unendlich müde.

„Ich habe es geahnt", fuhr Carolina unbeirrt fort. „An dem Tag, an dem die Mauer fiel, wusste ich, du würdest alle Hebel in Bewegung setzen, um das Mädchen in unsere Familie zu holen."

„Lena ist meine Enkelin, und sie ist deine Nichte."

Die beiden redeten, als wäre Lena gar nicht da.

„Und außerdem habe sie nicht *geholt*, sondern sie ist von sich aus hierhergekommen."

„Das war ja klar. Kaum ist die Grenze weg, erinnert man sich an die Großmutter im Osten. Da gibt's bestimmt was zu erben. Meine Nichte, dass ich nicht lache!", unterbrach Carolina ihre Mutter. „Elisabeth ist tot, es ist vorbei, Mutter. Wann begreifst du das endlich?"

„Das eine hat doch mit dem anderen nichts zu tun", sagte Charlotte verständnislos. „Nur weil deine Schwester nicht mehr lebt, gehört Lena doch trotzdem zu unserer Familie."

„Mutter!", sagte Carolina, verdrehte die Augen und zeigte mit ausgetrecktem Finger auf Lena. „Wir kennen die doch gar nicht. Und überhaupt! Wo war sie denn alle die Jahre, als wir Unterstützung hätten gebrauchen können?"

Lena hatte den Streit schweigend verfolgt, und ihre Wut darüber, dass die beiden so taten, als sei sie gar nicht da, nahm von Minute zu Minute zu.

„Darf ich auch mal etwas dazu sagen?", schaltete sie sich ein und machte einen Schritt auf ihre Tante zu.

„Nein!", rief diese. "Du hast hier nämlich gar nichts zu sagen, damit das klar ist!"

„Carolina, bitte reiß dich zusammen. Sie war doch noch ein Kind. Was hätte sie denn tun sollen?" Charlotte erhob sich mühsam und legte Lena den Arm um die Schultern.

„Ich werde mir das nicht gefallen lassen", zischte Carolina und sah Lena drohend an. „Ich will, dass du dahin verschwindest, wo du hergekommen bist!"

„So beruhige dich doch endlich!", sagte Charlotte und griff nach Carolinas Arm.

Grob schlug diese die Hand ihrer Mutter weg.

„Lass mich, Mutter! Und vergiss nicht: Wir waren für dich da all die Jahre. Wir haben dich unterstützt, als Elisabeth einfach so abgehauen ist. Meine große Schwester macht sich aus dem Staub und lässt uns hier zurück in dem Schlamassel." Sie drehte sich um und verließ den Raum. Krachend hörten sie die Haustür ins Schloss fallen. Da standen sie beide, Lena vollkommen erstarrt und Charlotte schockiert. So wütend hatte sie ihre Tochter noch nie erlebt.

„Das tut mir wirklich schrecklich leid", sagte sie schließlich. „Hätte ich gewusst, dass sie kommen, dann hätte ich dich vorbereitet."

Doch Lena interessierte nur eines.

„Was meint sie damit – Elisabeth ist einfach abgehauen. Und warum hasst sie mich so dafür?"

„Nimm es dir nicht so zu Herzen, sie hat es nicht so gemeint."

„Ich soll mir das nicht so zu Herzen nehmen?", schnaubte Lena. „Großmutter, hast du da gerade etwas nicht mitbekommen? Ich kenne diese Frau nicht mal,

und sie geht auf mich los, als hätte ich ihre Kinder ent-
führt."

Charlotte ging zum Fenster und holte tief Luft.

„Als Elisabeth damals verschwand, bekamen wir eine
Menge Ärger. Und als sie dann auch noch starb, so un-
erwartet und völlig sinnlos, konnten wir uns nicht mal
von ihr verabschieden." Mit Tränen in den Augen sah
sie hinaus und wusste nicht, wie sie Lena all das erklären
sollte.

Der Himmel spiegelte sich noch immer im See, als
könne kein noch so kräftiger Wind der blanken Wasseroberfläche etwas anhaben.

## Frühling 1937

Eine weitere Spielzeit in Meiningen neigte sich dem Ende zu, und noch immer war kein anderes Engagement in Sicht. Einerseits war Charlotte froh, dass sie ihren Platz am hiesigen Theater gefunden hatte, andererseits hatte sie große Lust auf neue Erfahrungen, auf anderen Bühnen, kurz: auf größere Herausforderungen.

„Ich bin froh, dass du immer noch hier bist", sagte Friedrich beim Spazierengehen zu ihr. „So kann ich dich immer sehen, wenn ich in der Stadt bin." Charlotte hatte sich bei ihm untergehakt, und sie schlenderten zwischen blühenden Obstbäumen dahin, deren weiße Blütenblätter wie Schneeflocken durch die Luft segelten.

„Wie lange wird dein Bauvorhaben hier in der Stadt denn noch dauern?", fragte sie ihn.

„Noch mindestens ein Jahr", erwiderte Friedrich und lächelte sie an. „Es wäre also schön, wenn du noch eine Spielzeit dranhängen könntest."

„Vier Jahre sind genug", beschied sie resolut. „Ich möchte endlich auch noch andere Häuser kennenlernen."

„Hast du denn schon etwas Neues in Aussicht?"

„Mein Agent ist dran. Diesmal wird es klappen, bestimmt. Vielleicht gehe ich nach Heidelberg oder nach Remscheid."

Friedrich nickte. Er verstand nur zu gut, was Charlotte bewegte. „Du bist ein unruhiger Geist, den man nicht aufhalten darf."

„Es ist wichtig, in Bewegung zu bleiben, wenn ich eine gute Schauspielerin werden will. Ich bin schon viel zu lange hier."

„Unsere Nachmittage im Park, die angeregten Diskussionen im Café und natürlich die großartige Schauspielerin Charlotte Petersen auf der Meininger Theaterbühne ...", seufzte Friedrich. „Ich werde dich vermissen."

Charlotte knuffte ihn in die Seite.

„Ich bin doch nicht aus der Welt. Auch in Heidelberg oder Remscheid kannst du mich auf der Bühne bewundern." Sie lachte, doch Friedrich blieb plötzlich stehen und sah sie mit ernsten Augen an. „Ich bin zwar ein glühender Verehrer deiner Kunst, aber eigentlich will ich etwas anderes."

Charlottes Herz begann, heftiger zu schlagen, und ihre Stimme zitterte leicht, als sie fragte: „Was meinst du damit?"

„Das weißt du genau", antwortete er und hielt ihren Blick fest. „Ich will dich, Charlotte."

Charlotte spürte, wie sie rot wurde und sah zu Boden. Da trat Friedrich dicht an sie heran und zog sie an sich. In diesem Moment dachte sie schon, er wolle sie küssen, doch stattdessen nahm er sie in seine Arme und drückte sie fest an sich. Sie konnte seinen Atem in ihrem Haar spüren und ertappte sich dabei, wie sie seine Nähe genoss.

Er flüsterte, als er weitersprach. „Aber ich weiß, dass ich dich nicht halten könnte."

Sie spürte, wie er sie noch enger an sich drückte und erwiderte seine Umarmung schließlich. „Ich werde dich ziehen lassen und hoffen, dass das Leben dich irgendwann noch mal an mir vorbeispült. Vielleicht stehen meine Chancen dann besser."

Damit drückte er ihr einen Kuss auf den Scheitel, nahm ihr Gesicht in seine Hände und sah ihr tief in die Augen. „Du wirst deinen Weg gehen, und du wirst dich von niemandem aufhalten lassen, versprich mir das!"

Charlotte nickte und wollte schon zu einer Erklärung ansetzen, doch er legte ihr den Finger auf die Lippen.

„Du musst nichts dazu sagen." Er nahm ihren Arm und hakte sich wieder bei ihr unter.

„Lass uns noch einen Kaffee trinken gehen."

*

Am Abend nach dem Spaziergang mit Friedrich lief Charlotte nach der Vorstellung beim Verlassen des Theaters Georg über den Weg. Seit ihrem holprigen Start vier Jahre zuvor arbeiteten sie inzwischen gut und äußerst produktiv zusammen. Georg war und blieb ein Choleriker, aber eben auch ein brillanter Regisseur, der es in jeder seiner Inszenierungen verstand, seine Schauspieler zu Höchstleistungen anzuspornen.

Charlotte bewunderte ihn dafür, und auch sie selbst fühlte sich durch ihn immer wieder in ihrem Ehrgeiz angestachelt. Sie konnte auch nicht leugnen, dass sie in ihm mehr als nur einen Kollegen sah. Er hingegen schien sich nur auf der Bühne für sie zu interessieren. Zu den Premierenfeiern wurde er von wechselnden Damen begleitet, von denen Charlotte selten dieselbe Frau ein zweites Mal an seiner Seite sah. Umso mehr wunderte es sie, als er sie an diesem Abend aufhielt.

„Charlotte, das war wieder ein sehr gelungener Auftritt heute Abend. Du bist gut in Form."

Sie bedankte sich und wollte an ihm vorbei, doch er hielt sie am Arm fest.

„Mein Freund Max feiert heute seinen Geburtstag. Ich habe ihm versprochen, dass ich noch vorbeischaue. Hast du Lust, mitzukommen?"

Charlotte war verdutzt. Georg hatte sie noch nie aufgefordert, ihn zu einer privaten Feier zu begleiten. Sie überlegte kurz. Wer weiß, vielleicht wurde es ja ganz nett, und außerdem bot sich ihr die Gelegenheit, ihn so privat ein wenig näher zu kommen.

Also hakte sie sich bei ihm unter, und gemeinsam gingen sie über regennasse Straßen das kurze Wegstück zur Wohnung von Max. Plötzlich hallte ein kräftiger Pfiff durch die Straßenschlucht. Georg und Charlotte sahen sich suchend um, doch der Lärm kam aus einem der Fenster über ihnen.

„He da! Georg, altes Haus, bring´ doch das Mädel mit rauf, statt sie da unten einzuwickeln. Wir wollen schließlich auch mal eine Chance haben."

Drei junge Männer steckten ihre Köpfe aus einem Fenster im dritten Stock des Hauses, vor dem sie standen.

Georg hob lapidar grüßend die Hand, bevor er die Haustür öffnete und das Flurlicht anschaltete. Eine breite Holztreppe führte in weit ausladenden Bögen nach oben. Die Wände waren in einem hellen Muster gefliest und die Stufen blank gewienert.

„Mein Freund Max ist ein erfolgloser Schriftsteller und könnte sich niemals eine Wohnung in dieser Stadtlage leisten. Aber er hat zu seinem Glück gutsituierte Eltern", bemerkte Georg, als er Charlottes bewundernde Blicke für das gediegene Interieur wahrnahm.

Noch bevor Georg läuten konnte, flog die Tür auf. Die drei jungen Männer standen lachend im Hausflur. Ein gut gekleideter Herr mit Brille und Schnurrbart drängte sich zwischen der fröhlichen Runde hindurch und begrüßte Georg mit einer freundschaftlichen Umarmung.

„Georg, mein Freund, schön, dass du gekommen bist!" Dann wandte er sich Charlotte zu. „Oh, entschuldigen Sie, wie unhöflich von mir." Er ergriff Charlottes Hand und hauchte einen Kuss darauf. „Mein Name ist Max Schneider, und ich freue mich, dass Georg so eine charmante junge Dame seine Begleitung nennen darf. Sie müssen Charlotte Petersen sein." Noch bevor Charlotte antworten konnte, zog er sie an den drei grölenden jungen Männern vorbei zur Tür herein.

„Kommen Sie, Charlotte, ich stelle Ihnen Hannah vor." Er bahnte sich einen Weg durch den Tumult im Flur, und Charlotte sah sich suchend nach Georg um, der von den drei Jungs im Flur aufgehalten wurde.

Max betrat mit ihr die Küche und machte Charlotte mit seiner Freundin bekannt. Hannah war eine attraktive Frau und schien mit ihrer schlanken Statur und ihrer dunklen gelockten Mähne so gar nicht zu dem etwas untersetzten Max mit seiner Halbglatze zu passen. Sie war offenbar auch um einiges jünger als er. Und doch machten beide den Eindruck, sehr vertraut miteinander zu sein. In der Erwartung, dass sich Hannah um Charlotte kümmern würde, verschwand Max wieder im Tumult.

„Ich werde dich gleich mal einigen Leuten vorstellen, die sich schon brennend für dich interessieren", sagte Hannah zu ihr und zog sie in den Salon zu einer Gruppe junger Frauen, die sich angeregt unterhielten.

„Hört mal, Mädels, das hier ist Charlotte Petersen." Alle Augen waren plötzlich auf Charlotte gerichtet. „Ihr wisst schon. Die Neue von Georg."

Ein Staunen ging durch die Runde. Eine junge Blondine in einer aufreizenden Bluse mit tiefem Dekolleté löste sich aus der Gruppe. „Na, Süße, hörst du schon die Hochzeitsglocken läuten?" Sie hielt in der einen Hand ein Champagnerglas und in der anderen eine Zigarettenspitze, während sie Charlotte anzüglich musterte.

„Und wenn es so wäre?", konterte Charlotte, von einer tiefen Abneigung erfüllt.

„Na, dann wärst du nicht die Einzige hier, deren Traum zerplatzt wie eine Seifenblase."

Die Blondine warf den anderen verschwörerische Blicke zu und lachte affektiert. „Glaub bloß nicht, dass du ihn halten kannst. Ich kenne ihn."

Mit diesen Worten blies sie Charlotte den Rauch ihrer Zigarette ins Gesicht.

„Bist wohl eifersüchtig?", fragte Hannah. Die anderen Frauen kicherten. „Aber verdirb uns nicht den Abend. Lasst uns lieber feiern. So jung kommen wir nicht mehr zusammen."

Hannah griff nach einer Champagnerflasche, die hinter ihr auf der Anrichte stand und füllte die Gläser.

„Prost, Mädels!" Sie ließen die Gläser klirren. Charlotte wurde den Eindruck nicht los, dass diese aufgetakelte Blondine tatsächlich eifersüchtig war. Sie wirkte reichlich gewöhnlich, geradezu primitiv, und Charlotte konnte sich nicht vorstellen, dass Georg ein ernsthaftes Interesse an Frauen dieses Schlages haben sollte. Aber schließlich war sie hergekommen, um sich zu amüsieren, und so schob sie den Gedanken beiseite.

Im Verlauf des Abends entdeckte sie Georg immer wieder, wie er sich angeregt mit unterschiedlichen Leuten unterhielt und ihr hin und wieder zuwinkte. Die Damen, die ihm am Hals hingen, wechselten, und Charlotte fragte sich, wozu er sie eigentlich mitgenommen hatte.

Es war schon weit nach Mitternacht, und in der Wohnung im dritten Stock wurde es zusehends fröhlicher und lauter. Dicke Rauchschwaden hingen bereits unter der Zimmerdecke des großen Salons, als endlich jemand ein Fenster öffnete und ein kühler Luftzug hereinwehte. Charlotte merkte, wie ihr der Alkohol allmählich zu Kopf stieg. Sie hatte genug getrunken und verspürte den Drang, die illustre Gesellschaft zu verlassen.

Doch als sie sich von Georg und von ihrem Gastgeber verabschieden wollte, konnte sie die beiden nirgendwo entdecken.

Auf ihrer Suche kam sie im hinteren Teil der weitläufigen Wohnung zu einer Tür, die nur angelehnt war. Licht fiel durch den Spalt in den dämmrigen Flur, und drinnen hörte sie Stimmen.

„Du willst das nicht wirklich veröffentlichen, Max. Sie werden dich dafür ins Zuchthaus sperren."

„Aber irgendeiner muss es doch tun, Georg. Jemand muss die Leute wachrütteln."

„Das ist brandgefährlich."

„Gefährlich ... Ich hab gesehen, wie sie diesen armen Kerl windelweich geprügelt haben. Auf offener Straße ... Er lag blutend in der Gosse, und sie haben immer noch auf ihn eingetreten. Diese braunen Schweine – die sind gefährlich! Verdammt, Georg, davor dürfen wir nicht die Augen verschließen."

„Und was ist mit Hannah? Denkst du gar nicht an sie? Du bringst sie in Teufels Küche, wenn du so einen Aufruhr anzettelst. Schließlich ist sie Jüdin."

„Hannahs Familie wird in die Schweiz emigrieren. Es ist schon alles vorbereitet, sie außer Landes zu bringen."

„Du glaubst doch nicht wirklich, dass sie mitgehen und dich hier allein zurücklassen wird?"

Doch Max schien das nicht weiter zu interessieren, denn er hatte anscheinend eine ganz andere Idee.

„Georg, wir könnten doch gemeinsam ein Theaterstück daraus machen und es auf die Bühne bringen. Mit den Kritiken würden wir jede Menge Aufmerksamkeit bekommen." Max schien Feuer und Flamme zu sein, doch Georg winkte entschieden ab.

„Bist du total verrückt geworden? Ich kann das doch nicht auf die Bühne bringen."

„Wo ist der Revolutionär in dir geblieben? Und außerdem, du bist mein Freund, willst du unsere Ideen denn gar nicht unterstützen?"

„Du bist wahnsinnig. Wenn ich das tue, bekomme ich Berufsverbot, und ich habe leider keine reichen Eltern, die mich aushalten."

„Jetzt werde nicht ungerecht – ich habe mir meine Familie nicht ausgesucht."

„Ja, ja, aber ein verdammtes Glück hast du trotzdem gehabt."

Charlotte hörte, wie ein Streichholz angerissen wurde und jemand hörbar Rauch ausblies. Dann sprach Georg, nun etwas ruhiger, weiter.

„Das kannst du nicht von mir verlangen. Max, bitte, wir riskieren damit beide Kopf und Kragen. Das ist es nicht wert. Morgen, lass uns morgen noch einmal in Ruhe reden."

„Warte", hörte sie Max nun sagen. „Was ist mit deiner kleinen Freundin?"

„Du meinst Charlotte? Was hat sie damit zu tun?"

„Ihr Vater hat doch eine Druckerei in Berlin. Vielleicht lässt sich da etwas machen?"

„Lass Charlotte aus dem Spiel. Ich werde sie nicht für deine Zwecke missbrauchen."

„Für die Kunst tust du doch sonst alles. Georg, was ist mit deinen Idealen?"

Charlotte konnte hören, wie jemand mit der geballten Faust gegen etwas Hölzernes schlug.

„Verdammt, Max! Du weißt genau, dass ich meine Ideale nicht verraten werde. Aber ich gefährde ihretwegen nicht bewusst das Leben anderer und schon gar nicht das von Charlotte."

„Du bist doch nicht etwa verknallt in die Kleine?"

„Rede keinen Quatsch."

Charlotte war ein wenig enttäuscht. Georg sah wohl doch nur die Schauspielerin in ihr. „Georg", redete Max weiter auf ihn ein, „ich bin Schriftsteller, und du bist Regisseur. Wenn wir die Gesellschaft nicht aufrütteln, wer dann?"

Georg klang kraftlos, als er sagte: „Ich hab nicht mehr das Zeug zum Revolutionär."

Eine längere Pause trat ein, und Charlotte wandte sich zum Gehen, da hörte sie plötzlich ein lautes Lachen. Es kam von Max.

„Die Kleine hat dir ganz schön den Kopf verdreht, ich sehe es dir an."

„Es reicht!", zischte Georg wütend. „Lass verdammt noch mal Charlotte aus dem Spiel! Ich geh jetzt und du, schlaf deinen Rausch aus. Gute Nacht!"

Charlotte konnte gerade noch von der Tür wegtreten, als Georg herauskam. Sie standen einander auf dem Flur gegenüber, und Charlotte sah Georg mit großen Augen an.

„Hast du uns etwa belauscht?", fragte Georg. Er schien immer noch wütend zu sein.

„Nein, nein, ich wollte mich nur von euch verabschieden", beeilte sich Charlotte zu sagen. Georg trat einen Schritt auf sie zu und packte sie an den Schultern.

„Was auch immer du mitbekommen hast, zu niemanden ein Wort, verstanden?" Als Charlotte nicht antwortete, schüttelte er sie. „Hast du mich verstanden?"

Charlotte nickte heftig. „Ja doch, lass mich los, du tust mir weh."

Sie wollte sich aus seinem Griff befreien, doch Georg hielt sie fest und starrte sie an. Plötzlich wurde sein Gesichtsausdruck ganz weich. Dann zog er sie an sich und küsste sie. Charlotte versuchte, sich aus seiner Umarmung zu befreien, doch Georg zog sie nur noch fester an sich. Fast nahm er ihr den Atem, und ihre Knie wurden weich. Als sie merkte, wie der Boden unter ihren Füßen nachgab, schlang sie die Arme um ihn und erwiderte seinen Kuss.

„Lass uns von hier verschwinden!", flüsterte er ihr schließlich ins Ohr. Sie nickte und ohne sich noch von jemandem zu verabschieden, verließen sie das Fest.

„Komm rein!" Henriette stand in der niedrigen Tür zu ihrem Haus. Sie trug eine Kittelschürze über ihrem Wollkleid, und ihre bestrumpften Füße steckten in löchrigen Filzpantoffeln.

„Mit deinem Besuch hab ich gar nicht gerechnet."

Lena zog den Kopf ein, als sie das kleine Haus betrat. Sie war seit der unangenehmen Begegnung mit Carolina im Wald umhergelaufen.

„Du siehst erschöpft aus. Soll ich uns Tee machen?" Lena nickte, und Henriette verschwand in der Küche.

„Geh nur schon in die gute Stube."

Kurz darauf kehrte Henriette mit einem Tablett zurück. Sie stellte Teetassen und Kekse auf den Tisch.

„Setz dich doch." Lena stand noch immer unschlüssig im Zimmer. Henriette zeigte auf das Sofa. Sie nahm die Teekanne und schenkte Lena ein.

„Hagebuttentee, die Früchte hab ich selbst gesammelt. Er ist ein bisschen bitter, aber ich mag das. Zucker?"

Lena nickte und versank zwischen den Sofakissen. Sofort sprang ihr eine getigerte Katze auf den Schoß und rollte sich dort zusammen.

„Das ist Mimi, meine treue Mitbewohnerin." Henriette lächelte. „Sie ist die Einzige, die es mit mir aushält." Lena strich der Katze über das glänzende Fell.

„Was ist passiert?", fragte Henriette, nachdem sie in ihrem angestammten Sessel Platz genommen hatte.

Ohne den Blick von der Katze abzuwenden, sagte Lena: „Tante Carolina ist gekommen. Mit ihrer Familie."

Henriette, die ihr gerade den Teller mit den Keksen reichen wollte, ließ den Arm sinken.

„Lass mich raten! Sie war nicht besonders nett zu dir."

„Sie hat sich aufgeführt wie eine Furie, und das ist noch milde ausgedrückt." Lenas Tonfall verriet, dass sie die Begegnung an diesem Vormittag noch immer nicht richtig einordnen konnte.

„Ist es sehr vermessen, wenn ich dich um ein Wurstbrot bitte?", sagte sie schließlich nach einem kurzen Blick auf die Kekse. „Ich habe solchen Hunger."

„Aber natürlich." Henriette verschwand wieder in der Küche, wo Lena sie hantieren hören konnte. Nach wenigen Minuten kehrte sie mit einem reichlich beladenen Tablett zurück.

„Ich habe sogar noch ein Glas Gewürzgurken gefunden, unsere guten Spreewaldgurken. Ich hoffe, die magst du."

Gierig machte sich Lena über die Sachen her und bestrich sich eine Scheibe Brot dick mit Butter. Henriette schnitt Salami auf und gab der Katze, die immer noch auf Lenas Schoß lag, ein Stück zum Naschen. Dann schob sie Lena das Brettchen mit den Salamischeiben und das Glas mit den Gurken hinüber.

Lena belegte sich ihr Brot und fischte eine Gurke aus dem Glas. Als sie hineinbiss, spritzte Gurkenwasser quer über den Tisch, und sie mussten beide lachen.

„Gut, was?"

Lena nickte kauend und fragte mit vollem Mund: „Warum verachtet sie mich so?"

„Das hat nichts mit dir zu tun", sagte Henriette und nahm sich ebenfalls eine Gurke.

„Das hat Großmutter auch gesagt. Aber womit denn dann?"

„Das ist nicht so einfach zu erklären."

„Versuch es trotzdem."

Henriette seufzte und nahm einen Schluck Tee.

„Deine Mutter Elisabeth und Charlotte hatten ein sehr inniges Verhältnis. Sie haben während des Krieges viel gemeinsam durchgemacht. Carolina wurde erst nach Kriegsende geboren, aber ich bin den Eindruck nie losgeworden, dass Elisabeth Charlottes auserkorener Liebling blieb. Selbst nach ihrem Tod hatte man das Gefühl, Carolina müsse sich immer wieder aufs Neue beweisen, um ihrer Mutter zu gefallen."

„Und das hat sie derart enttäuscht, dass sie jetzt mich anstelle meiner Mutter dafür verachtet?"

„Das kann gut sein. Carolina ist bodenständig, nicht so abenteuerlustig, wie es deine Mutter und auch Charlotte gewesen sind. Das Haus am See bedeutet ihr alles, und sie hat, gerade während der letzten Jahrzehnte, viel für dessen Erhalt getan. Es gab ja nichts, und Charlotte hat es vor allem Carolinas Einsatz und Siegfrieds handwerklichem Geschick zu verdanken, dass es so gut erhalten geblieben ist. Aber Charlotte kann man es nur schwer rechtmachen. Sie weiß einfach alles besser, und jeder, der an Haus und Garten etwas repariert oder verändert, muss ihren Anweisungen Folge leisten. Siegfried steckt das ganz gut weg, er nimmt es mit Humor, aber

Carolina … Na ja, ihre Mutter macht es ihr nicht immer leicht."

Lena legte ihr angebissenes Brot auf den Teller.

„Und jetzt glaubt sie, ich wolle mich da einmischen?"

„Vielleicht. Und dann ist da ja auch noch das Testament von Luise … Ich weiß nicht, ob sie es jemals geändert hat."

„Was meinst du damit?"

„Ich glaube, es steht mir nicht zu, dir das alles zu erzählen", sagte Henriette nach einer kleinen Pause. „Ich denke, das sollte Charlotte selbst tun."

Lena verdrehte die Augen. „Das hab ich heute schon mal gehört, von Großmutter, als es um die Beziehung zwischen meinen Eltern ging."

Sie stupste die Katze an, die daraufhin miauend von ihrem Schoß sprang. Dann stand sie auf und ging zum Fenster. Im Garten schwang sich ein Eichhörnchen von einem Tannenzweig zu nächsten.

„Seit ich hier bin, werde ich das Gefühl nicht los, dass wir alle um Geheimnisse kreisen, die zwar alle ahnen, mit denen aber niemand herausrücken will. Es ist zum Verrücktwerden." Lena seufzte. „Eigentlich bin ich gekommen, um etwas über die Familie meiner Mutter zu erfahren und nicht, um noch mehr Rätsel aufzubekommen." Das Eichhörnchen verschwand aus Lenas Blickfeld, und sie wandte sich Henriette zu.

„Bitte, Henriette!", bat sie und ließ sich zu deren Füßen nieder. „Erzähl du mir wenigstens, was du weißt. Bitte!"

„Also gut, ich werde dir erzählen, was ich weiß", sagte diese schließlich seufzend. „Aber bei manchen Dingen muss ich wirklich passen, vieles weiß ich auch nur aus Charlottes Schilderungen, und ich glaube, sie hat mir auch nicht alles erzählt."

Lena erhob sich wieder. „Du meinst nicht zufällig ein paar Details über ihre Beziehung zu Friedrich?"
Verwundert sah Henriette sie an. „Was willst du denn damit andeuten?"

Sommer 1939

Charlotte tingelte in Bad Salzungen und Halberstadt. Georg blieb allein in Meiningen zurück und hoffte auf eine Beförderung zum Oberspielleiter. Das Tingeln gefiel ihr, doch die Kehrseite daran war der Abstand zu Georg. Außerdem ging ihr das ständige Leben aus dem Koffer zunehmend auf die Nerven. Dann wurde ihr nach einem Gastspiel in Remscheid ein fester Vertrag angeboten. Die Gage war denkbar gering, doch sie hatte plötzlich keine Wahl.

„Ich gratuliere, Fräulein Petersen." Der Arzt lächelte.

„Also doch!" Charlotte hatte es geahnt. Seit Tagen war ihr morgens übel, und sie litt unter Appetitlosigkeit. „Wann ist es denn so weit?"

Der Arzt sah auf seinen Kalender und zählte die Wochen.

„Ich schätze Ende November."

„So bald schon?", rief Charlotte mit einem leichten Anflug von Panik. „Das ist ja mitten in der Spielzeit."

„Ich muss sie wohl nicht darauf hinweisen, dass ein Kind ein Geschenk ist", sagte der Arzt plötzlich ganz ernst. „Sie erfüllen damit Ihre nationale Pflicht gegenüber unserem Führer." Erst jetzt fiel ihr das Parteiabzeichen auf, das er an seinem weißen Kittel trug.

„Ich bin Künstlerin, Herr Doktor. In meinem Beruf Kinder zu haben, ist nicht ganz einfach." Und der Führer interessiert mich schon gleich gar nicht, fügte sie in Gedanken hinzu.

„Das hätten sie sich vorher überlegen müssen", sagte der Arzt kurz angebunden. „Essen Sie gut und überanstrengen Sie sich nicht." Mit zusammengekniffenen Augen schrieb er sein ärztliches Untersuchungsprotokoll. Als Charlotte immer noch unentschlossen mitten im Behandlungszimmer stand, sah er ungeduldig auf und wies auf die Tür. „Bitte. Ich habe noch andere Patientinnen. Auf Wiedersehen!"

Auf der Straße wäre sie beinahe in einen Trupp senffarbener Uniformierter hineingelaufen, der im Gleichschritt mit erhobenem Arm vorbeimarschierte. Keine gute Zeit, um ein Kind in die Welt zu setzen, dachte sie. Es sollte Krieg geben, und noch dazu war sie unverheiratet, denn weder für Georg noch für sie hatte der Trauschein bisher irgendeine Bedeutung gehabt. Und was würden ihre Eltern dazu sagen? Sicher hofften sie noch immer, Charlotte würde eines Tages zur Vernunft kommen und standesgemäß heiraten.

„Bist du sicher?", fragte Georg mit wenig Begeisterung, als sie ihm die Neuigkeit berichtete. Nervös lief er im Zimmer auf und ab.

„Natürlich bin ich sicher." Zusammengesunken saß sie in einem Sessel und wartete darauf, dass Georg sich beruhigte. Insgeheim hatte sie gehofft, er würde sich wenigstens ein bisschen darüber freuen.

Plötzlich blieb er vor ihr stehen. „Leicht wird es sicher nicht, aber wir werden das schon schaffen. Lass uns heiraten, damit das in ordentliche Bahnen kommt."

Charlotte sah ihn mit aufgerissenen Augen an. Sie hatte mit allem Möglichen gerechnet, aber nicht mit einem Heiratsantrag.

„Heiraten?", rief sie empört. „Ich will nicht heiraten."
Da kniete Georg vor ihrem Sessel nieder und nahm ihre
Hände in die seinen.

„Meine kleine Rebellin", sagte er mit einem leichten
Grinsen und küsste die Innenflächen ihrer Hände. „Was
soll denn schon passieren?"

Charlotte entzog ihm ihre Hände. „Lass das! Das ist
nicht sehr romantisch", keifte sie, verschränkte die
Arme und sah beleidigt zum Fenster hinaus.

Georg erhob sich wieder. „Von meiner zukünftigen
Ehefrau erwarte ich mir aber schon ein wenig mehr Respekt", erwiderte er mit gespielter Strenge. „Schließlich
wirst du die Frau eines Oberspielleiters."

Charlotte stutzte. „Du wirst Oberspielleiter?" Das
war mal eine gute Neuigkeit.

„Ich gehe nach Görlitz. Den Vertrag habe ich letzte
Woche unterschrieben." Er zog sie aus dem Sessel hoch
und legte die Arme um sie. „Jetzt kann ich endlich ganz
nach meinen eigenen Vorstellungen arbeiten, und du
und das Kind, ihr kommt natürlich mit."

„Ist in Görlitz überhaupt eine Position für mich
frei?", fragte ihn Charlotte und sah ihn erwartungsvoll
an.

„Das dürfte kein Problem sein, du bist schließlich
meine Ehefrau und hast sozusagen beste Beziehungen",
sagte er und kniff sie in die Wange. „Aber erst mal küm-
merst du dich um unser Kind."

Enttäuscht ließ sich Charlotte wieder in den Sessel
fallen, und die anfängliche Freude über Georgs Beförderung war mit einem Schlag verflogen. Sie hatte noch

niemals auch nur einen einzigen Gedanken daran verschwendet, Hausfrau und Mutter zu werden. Sie wollte arbeiten und ihre Engagements erfüllen. Und schon gar nicht wollte sie einen Vertrag, nur weil sie die Ehefrau des Oberspielleiters war.

„Aber ich will nicht abhängig von dir sein", protestierte sie.

„Liebling." Georg verdrehte die Augen. „Du kannst nicht mehr nur für dich allein entscheiden, wir müssen jetzt auch an das Kleine denken." Er legte seine Hand auf ihren Bauch.

„Lass das", sagte sie und schob seine Hand weg. „Mein ganzes Leben habe ich allein für mich entschieden, daran wird auch ein Baby nichts ändern."

*

Im Herbst desselben Jahres marschierten die deutschen Truppen in Polen ein, und an einem trüben Novembertag wurde Elisabeth geboren. Charlotte hatte sich durchgesetzt und blieb allein mit dem Neugeborenen in Remscheid, während Georg nach Görlitz ging. Ein Vertrag für sie in Görlitz war mit Kriegsbeginn in weite Ferne gerückt, denn die neuen Machthaber legten ihr Augenmerk mehr auf die militärische Ausstattung der Truppen als auf die freie Kultur. Ja mehr noch: Letztere wurde zunehmend beschnitten. So durften zahlreiche Stücke jüdischer Autoren plötzlich nicht mehr gespielt werden, und Georgs langersehnte freie Bühnenarbeit als Oberspielleiter wurde durch neue Vorschriften gegängelt.

Charlotte war schon froh, dass er bisher keine Einberufung an die Front bekommen hatte und beschwor ihn, sich möglichst unauffällig zu verhalten und keine provokanten Stücke zu inszenieren.

Am Stadtrand von Remscheid suchte sie ein Kinderheim, das sich um Elisabeth kümmerte, während sie arbeitete. Und so eilte sie zwischen Bühne, Kinderheim und Görlitz hin und her, und Elisabeth wuchs heran, ohne dass ihre Mutter sie wirklich wahrnahm.

„Zieh zu mir nach Görlitz, wenn es sein muss, auch ohne Vertrag. Dann arbeitest du eben als Sekretärin in irgendeinem Militärbüro", sagte Georg eines Tages zu ihr. Nach wie vor hatte er kein Verständnis dafür, dass Charlotte unbedingt ihre eigenen Pläne verfolgte und Elisabeth unterdessen ins Kinderheim abschob.

Doch Charlotte gab nicht nach und blieb in Remscheid. Das nächtliche Briefeschreiben an Georg wurde in ihrer knapp bemessenen freien Zeit zur Hauptbeschäftigung und das Warten auf Antwort zum täglichen Brot.

So hielt sie mehr als zwei Jahre an ihrer Entscheidung fest, bis ein Angebot aus Cottbus kam. Wieder eine neue Stadt, wieder eine neue Umgebung, und Georg immer noch in Görlitz.

Doch er riet ihr zu. „Unterschreib den Vertrag! Cottbus ist nicht Görlitz, aber es ist praktisch nur einen Katzensprung entfernt. Das macht es leichter für uns."

Charlotte wusste, dass er Recht hatte. Wegen der zunehmenden Bombenangriffe verbrachte sie in Remscheid ohnehin bald jede Nacht im Luftschutzkeller. Manchmal ging sie schon gar nicht mehr hinunter. Dann sah sie von ihrem Fenster die umliegenden Städte brennen und zitterte um das Leben von Elisabeth, die immer noch im Kinderheim untergebracht war. Doch wo war man im Augenblick schon sicher?

Inzwischen waren die Amerikaner in den Krieg eingetreten, und Deutschland stand unter heftigem Beschuss. Insgeheim hofften die meisten, dass es nicht mehr lange dauern würde, doch niemand traute sich, das laut auszusprechen. Charlotte gestand sich ein, dass es tatsächlich besser wäre, das Engagement am Theater in Cottbus anzunehmen als abzuwarten, bis Georg sie zu einem Dasein als Sekretärin verdonnern würde.

„Eine Spielzeit, nicht mehr! Dann ist Schluss mit den getrennten Leben", hatte er ihr schließlich zugestanden. Er wollte Frau und Tochter endlich bei sich haben. Charlotte konnte dem nichts entgegensetzen und Elisabeth, ihr eigenes Kind, musste sie zu ihrem Bedauern feststellen, war ihr durch den Aufenthalt im Kinderheim fremd geworden. Doch die Vorstellung, als Hausfrau zu versauern, war ihr ein Graus.

Der Wechsel nach Cottbus stellte sie vor eine gänzlich neue Herausforderung: Cottbus und Berlin, wo ihre Eltern lebten, lagen so dicht beieinander, dass Charlotte nicht einmal mehr vor sich selbst eine Ausrede fand, sich nicht endlich mit diesen zu treffen. Seit ihrer Flucht mehr als zehn Jahre zuvor hatten sie einander nicht mehr gesehen.

Aus dem regelmäßigen Briefkontakt mit Henriette wusste sie, dass es ihrem Vater gesundheitlich nicht gut ging. Nachdem in einer einzigen Bombennacht in Berlin sowohl die Wohnung als auch die Fabrik in Flammen aufgegangen waren, lebte er mit Luise und Henriette nun ganzjährig im Haus am Scharmützelsee. Dort hatte er sich im vergangenen Winter eine Lungenentzündung zugezogen und mehrere Monate gebraucht, um sich davon zu erholen.

Henriette schlug ihr nun vor, den Sommer über mit ihnen am See zu verbringen. ´Ihr solltet miteinander sprechen`, schrieb sie. ´Die Zeit, auf seinem Standpunkt zu beharren, ist vorbei. Wer weiß, wie lang dieser Krieg noch dauern wird und vor allem, ob wir ihn überleben.´

Charlotte sah das ein, packte einen Koffer und fuhr mit Elisabeth zum Haus am See.

Schon bei ihrer Ankunft stellte sie fest, dass ihre Eltern stark gealtert waren. Von ihrem einstigen Stolz auf ihre Errungenschaften und ihre gesellschaftliche Position war nichts mehr übriggeblieben. Und ihr Vater wirkte zutiefst resigniert. Kein Wunder, dachte Charlotte, hatte der Krieg ihm doch alles genommen, wofür er sein Leben lang gearbeitet hatte. Sein einst so fülliges rotes Haar war weiß und schütter, seine Körperhaltung gebeugt.

Nur die Strenge gegenüber seiner Tochter schien er nicht abgelegt zu haben. Zumindest begegnete er ihr mit einer derart distanzierten Zurückhaltung, dass ihr eines schnell klar wurde: Er würde ihr vermutlich nie ganz verzeihen. So beließen sie es dabei, einander mit Respekt und Vorsicht zu begegnen.

Luise hingegen wirkte entschlossener denn je. Früher ausschließlich auf ihr gepflegtes Äußeres bedacht, lief sie nun in Gummistiefeln und Küchenschürze umher. Ihr Haar hatte sie zu einem einfachen grauen Knoten gebunden, und in der kleinen Elisabeth entdeckte sie sofort eine neue Aufgabe.

„Das Kind muss anständig erzogen werden. Es braucht Strenge und Konsequenz", sagte sie und ließ keine Gelegenheit aus, Elisabeth zu maßregeln.

Auch für Charlotte begann eine intensive Zeit, in der sie und ihre Tochter sich zum ersten Mal richtig kennen lernten. Elisabeth war ein fröhliches Mädchen und genoss das Zusammensein mit ihrer Familie. Sie ließ sich auch von der mürrischen Art ihres Opas nicht abschrecken, sondern kletterte, wann immer ihr danach war, auf seinen Schoß und erzählte ihm Geschichten.

Noch schien der Krieg weit weg, doch die Front rückte näher, und mit ihr die Angst ums Überleben. Im Garten bauten sie nun Kartoffeln und Bohnen an und waren den ganzen Sommer damit beschäftigt, Vorräte für den Winter einzuwecken und einzulagern. Nicht nur die Lebensmittel wurden immer knapper, es fehlte auch an Holz und Kohlen.

Doch Henriettes organisatorisches Talent war unschlagbar. In diesen mageren Zeiten schlug ihre Stunde, denn für die Familie war sie nun unverzichtbar. Nicht selten verhielt sie sich ihrer Herrschaft gegenüber geradezu aufmüpfig, und Charlotte wunderte sich, dass ihre Eltern sie nicht in ihre Schranken wiesen.

„Wir sind nun mal auf sie angewiesen. Das Recht, uns zu wehren, hat uns der Krieg genommen", kommentierte Luise das mit einem lapidaren Schulterzucken.

Charlotte konnte es kaum ertragen, ihre Eltern so verbittert zu erleben und entschied nach vier Wochen des Zusammenseins, Elisabeth bei den Großeltern zu lassen, um Georg in Görlitz zu besuchen.

Dort fand sie die Zeit, sich eine von Georgs Inszenierungen anzusehen. Als sie nach der Vorstellung spät nach Hause kam, kam ihr Georg nicht wie üblich auf dem Flur entgegen, um sie zu begrüßen. Stattdessen hörte sie aus der Küche aufgeregte Stimmen.

„Sie haben ihn abgeholt. Was soll ich jetzt bloß tun?", vernahm sie zu ihrer großen Verwunderung Hannahs Stimme. War die nicht längst in die Schweiz emigriert? Während sie hastig ihren Mantel an die Garderobe hängte, hörte sie Hannah fragen: „Hast du eine Ahnung, wo sie ihn hinbringen werden?"

„Ich weiß es nicht", antwortete Georg. „Wir können jetzt auch gar nichts tun. Aber morgen früh werde ich mich erkundigen."

„Bestimmt durchforsten sie all unsere Unterlagen. Und dann werden sie dahinterkommen, wer ich wirklich bin. Ich muss verschwinden, und du musst auch vorsichtig sein. Weiß Charlotte eigentlich Bescheid?"

Charlotte machte einen Schritt in Richtung Küche und stockte.

„Bis du verrückt? Natürlich nicht."

Da stieß Charlotte die Küchentür auf. „Was weiß ich nicht?"

„Du bist schon zurück?", fragte Georg und versuchte, ihr einen Kuss zu geben.

„Lass das!", wehrte Charlotte ihn ab. „Ich will sofort wissen, was hier los ist!"

In diesem Moment klingelte es Sturm an der Wohnungstür, und draußen hörten sie eine ungeduldige Männerstimme rufen.

„Herr Landauer, öffnen Sie die Tür, wir wissen, dass Sie da sind." Es folgte ein heftiges Klopfen. Die beiden Frauen waren wie gelähmt, doch Georg reagierte schnell.

„Los, Hannah, verschwinde in der Speisekammer und versteck dich hinter den großen Kisten." Er schloss die Tür der Speisekammer hinter Hannah zu und zog den Schlüssel ab. Suchend sah er sich um, öffnete den Küchenschrank und steckte den Schlüssel in die Zuckerdose.

Inzwischen hämmerte jemand draußen mit der Faust an die Tür.

Georg fasste Charlotte an beiden Schultern. „Du musst jetzt mitspielen!", flüsterte er flehentlich.

Obwohl Charlotte keinen blassen Schimmer hatte, worum es hier ging, sah sie doch die Not in seinen Augen.

„Setz dich und sag so wenig wie möglich", raunte ihr Georg zu und ging in den Flur.

Draußen brüllte erneut eine wütende Männerstimme.

„Verdammt, Herr Landauer, öffnen Sie sofort die Tür, sonst treten wir sie ein!"

Georg riss die Wohnungstür auf. „Meine Herren, was verschafft mir die Ehre?"

Im Hausflur standen drei Männer in schwarzen Ledermänteln. Einer davon, mit akkurat gezogenem Scheitel und blondem Schnauzer, schob ihn beiseite und verschaffte sich Zutritt zur Wohnung.

„Sind Sie allein?", fragte er und sah Georg mit reglosem Blick an.

„Nein."

Der Mann nickte seinen Kollegen zu. „Durchsucht die Bude." Dann folgte er Georg in die Küche, wo Charlotte am Tisch saß.

„Ich nehme an, Sie sind Frau Landauer?"

Charlotte erkannte den Mann sofort. Sie sprang auf und ging auf ihn zu.

„Peter!", rief sie überrascht aus. Doch das Gesicht des Mannes zeigte keinerlei Regung, und als Charlotte ihn umarmen wollte, wich er zurück. „Erkennst du mich etwa nicht mehr? Ich bin´s, Charlotte Petersen."

Er musterte sie von oben bis unten, als die beiden anderen Männer in die Küche kamen. „Nichts. Die Bude ist leer." Peter räusperte sich. „Sie müssen mich verwechseln. Also, Sie sind Frau Landauer? Richtig?"

Charlotte nickte, denn sie merkte, dass Peter sich nicht zu erkennen geben wollte. Im Vergleich zu seinen Kollegen, zwei richtigen Schlägertypen, wirkte Peter geradezu schmächtig. Dennoch schien er, seinem Verhalten zufolge, deren Vorgesetzter zu sein.

„Darf ich fragen, was Sie von uns wollen?", sagte Charlotte betont distanziert zu ihm.

Doch Peter donnerte sofort los. „Hier stelle ich die Fragen! Setzen Sie sich und antworten Sie nur, wenn Sie dazu aufgefordert werden!" Dann wandte er sich an Georg.

„Wo waren Sie heute Abend?"

„Zu Hause", antwortete Georg wahrheitsgemäß.

„Und Sie?", wandte sich Peter nun an Charlotte.

„Im Theater."

„Allein?"

„Natürlich."

„Sie gehen ohne Ihren Mann ins Theater?", fragte Peter mit zweifelnder Miene.

„Das ist ja wohl noch nicht verboten", sagte Charlotte und unterdrückte ein Lächeln.

Nun grinste auch Peter, während er etwas in sein Notizbuch schrieb. „Das sieht dir ähnlich", murmelte er und steckte das Büchlein wieder in die Manteltasche. Da war Charlotte sicher, dass er sie wiedererkannt hatte und wagte sich noch weiter vor.

„Sie gehen wohl nie allein ins Theater?"

„Theater ist was für Spinner", sagte Peter drehte ihr den Rücken zu. „Herr Landauer, Sie begleiten uns", sagte er zu Georg und sah sich noch einmal in der Küche um. Dann zeigte er auf die Tür zur Speisekammer. „Wo führt diese Türe hin?"

„In unsere Speisekammer", gab Georg zur Antwort.

Peter ging durch den Raum und drückte die Klinke hinunter. „Aufmachen, sofort!"

Georg, der an der Anrichte lehnte, drehte sich um und öffnete ruckartig eine Schublade. Besteck klapperte. „Wo habe ich nur den Schlüssel hingetan?" Nervös kramte er zwischen Messern und Gabeln herum.

„Warum schließen sie die Speisekammer überhaupt ab?"

„Vorräte sind in diesen Zeiten knapp und kostbar, und man weiß ja nie…", erwiderte Georg geistesgegenwärtig. „Ich habe den Schlüssel doch hier hineingetan, komisch?" Georg zog eine weitere Schublade auf und wühlte zwischen den Kochlöffeln.

„Hören Sie auf mit dem Theater!", rief Peter ungeduldig und nickte seinen Kollegen zu. „Übernehmt ihr das!"

Der Kräftigere der beiden trat mit der Stahlkappe seines Schuhs gegen das Türschloss, das auf der Stelle nachgab. Der dritte Mann warf einen Blick in die Kammer, in der es stockdunkel war. Er tat einen Schritt hinein, und Charlottes Herz fing an zu rasen. Gleich würde er die Kisten beiseiteschieben und Hannah dahinter entdecken. Dann wären sie alle drei verloren, und man würde sie verhaften. In was war Georg da bloß verstrickt? Sie sah zu ihm hinüber. Mit versteinerter Miene stand er mitten in der Küche, und Charlotte konnte sehen, wie seine Halsschlagader hervortrat.

Als der SS-Mann keinen Lichtschalter in der Kammer fand, tappte er im Dunkeln darin herum und stieß ein Regal mit Marmeladengläsern um. Entnervt verließ er die Kammer wieder. „Nichts zu finden."

Da griff Peter grob nach Georgs Arm. „Sie kommen, wie gesagt, mit uns mit."

„Ist ja schon gut", sagte Georg, hob beschwichtigend seine Arme hoch und ging voraus in den Flur. Er wollte die Wohnung mit den SS-Männern so schnell wie möglich verlassen, um Charlotte und Hannah nicht zu gefährden. Die beiden Schergen folgten ihm, und Peter blieb allein mit Charlotte in der Küche zurück.

„Was werfen Sie meinem Mann eigentlich vor, wenn ich fragen darf?", sagte Charlotte mit gerecktem Kinn und versuchte Peters Blick zu fixieren.

„Sie dürfen nicht mitkommen."

„Gut, dann will ich wenigstens wissen, wo ihr ihn hinbringt."

„Immer noch die gleiche Hartnäckigkeit", sagte Peter grinsend und trat dicht vor sie hin. Er sah ihr direkt in die Augen, und plötzlich erinnerte er sich an das junge, rotgelockte Mädchen vom Dorffest, an den langsamen Walzer, den er mit ihr getanzt und so sehr genossen hatte. Alle Wünsche schienen damals zum Greifen nah gewesen zu sein. Ihr Körper, ihr Duft, der herrliche Sommerabend. Für einen Moment schien er völlig vergessen zu haben, wo er sich gerade befand und vor allem, in welcher Angelegenheit er in dieser Wohnung war. Fast schien es so, als würde er jeden Augenblick nach Charlotte greifen und sie an sich ziehen, um mit ihr zu tanzen. Doch da wurde er jäh unterbrochen.

„Können wir?", fragte sein Kollege, der unter der Küchentür stand.

„Wartet unten auf mich", beschied ihm Peter. Mit nun finsterem Blick wandte er seine Aufmerksamkeit wieder Charlotte zu. Da war es wieder, dieses schreckliche Gefühl von damals, als sie ihn kaltschnäuzig abserviert hatte, und nun sah sie ihn schon wieder so abfällig an. Er konnte es kaum ertragen.

Plötzlich schob er das Ende seines Schlagstocks unter Charlottes Kinn und drückte es nach oben. Sie musste ihm in die Augen sehen, und ihr klopfte das Herz bis zum Hals.

Sie ist so begehrenswert, wenn sie Angst hat, dachte Peter. Er konnte sehen, wie sich ihr Busen unter der dünnen Bluse vom schnellen Atmen hob und senkte, was sein Verlangen nach ihr noch steigerte. Die anderen warteten unten, und sie beide waren ganz allein. Er könnte sie auf dem Küchentisch nehmen, es würde ganz schnell gehen und er würde es genießen, sie wehrlos und ihm ausgeliefert zu sehen.

Charlotte kniff die Augen zusammen, als habe sie seine Gedanken gelesen. Langsam ließ er den Schlagstock sinken und legte ihn auf den Tisch. Dann zog er sie an sich. Er beugte sich vor und küsste sie unterhalb des Ohres am Hals. „Komm schon, du willst es doch auch!", keuchte er und packte sie, um sie auf den Küchentisch zu setzen. Dann drückte er ihr die Beine auseinander und presste seinen Körper an ihren Unterleib. Sie konnte seine Erregung spüren und wehrte sich nicht, und als er sie nochmals küsste, diesmal auf den Mund, ließ sie es über sich ergehen, ohne den Kuss zu erwidern. Als er ihr mit einem Ruck die Bluse aufriss, erschrak sie. Er wollte tatsächlich mit ihr schlafen, jetzt und hier. Unsanft knetete er ihre Brüste und atmete schwer. Sein Verlangen steigerte sich, doch Charlotte blieb vollkommen unberührt. Sie fixierte einen Fleck an der Wand über dem Herd und überlegte fieberhaft, was sie tun sollte. Sich gegen ihn zu wehren, war völlig sinnlos, sie hätte keine Chance. Der Küchentisch ächzte, als Peter seine Hand unter ihren Rock schob. Charlotte rührte sich nicht und starrte weiterhin den Fleck an der Wand an. Da hielt Peter kurz inne.

„Sieh mich an!", zischte er, packte ihren Haarschopf und riss ihren Kopf zu sich herum.

Charlotte verspürte einen unglaublichen Schmerz, versuchte jedoch, sich nichts anmerken zu lassen.

„Du sollst mich ansehen!", zischte er erneut und riss ihren Kopf nach hinten. Mit versteinerter Miene sah sie ihn an. Ihre Kälte schien ihn schlagartig zu ernüchtern, und als er plötzlich von ihr abließ, rutschte sie von der Tischplatte und kam zum Stehen.

„Immer noch auf dem gleichen hohen Ross", bemerkte er mit einem abfälligen Unterton, und Charlotte wurde klar, dass sie ihm gegenüber keinerlei Schwäche zeigen durfte, wenn sie ungeschoren davonkommen wollte. Daher ergriff sie nun mit beiden Händen das Revers seines Mantels und schüttelte ihn.

„Wo bringt ihr meinen Mann hin, sag mir das!"

Als Peter nichts darauf erwiderte, sondern nur grinsend ihre zunehmende Hilflosigkeit zu genießen schien, ließ sie ihn los, schob ihren Rock hoch, zog ihr Höschen aus und warf es quer durch die Küche. Dann setzte sie sich wieder auf den Küchentisch und spreizte die Beine. Nach einem kurzen Moment der Verwunderung knöpfte Peter seine Hose auf, unter der sich seine pralle Männlichkeit abzeichnete.

„Jetzt bist du dran."

Charlotte sah ihn abfällig an. „Was ist nur aus dir geworden, du erbärmlicher Mistkerl."

Da packte er sie mit der einen Hand am Hintern, und während er mit der anderen Hand an seiner Unterhose nestelte, schloss sie die Augen, bereit, welchen Schmerz auch immer zu ertragen, ohne eine Miene zu verziehen.

Als sie die Augen wieder öffnete und in Peters Gesicht dicht vor dem ihren sah, seine zusammengekniffenen Augen, die Nasenflügel gebläht und der Mund nur noch ein schmaler Strich, erkannte sie seine tiefe Verstörung.

Da stand er nun in der Küche mit heruntergelassener Hose, sie bot sich ihm an und hatte doch nur Verachtung für ihn übrig. Er war wieder der schwache Peter, der Bauernsohn aus dem Brandenburgischen.

„Du Hure! Du willst ja gar nicht mich, sondern nur deinen Mann zurück!", zischte er, stieß Charlotte von sich und zog seine Hose wieder hoch.

Charlotte rutschte langsam vom Tisch und strich ihren Rock glatt. Doch die Erleichterung, die sich in ihrer Miene widerspiegelte, legte Peter ihr als Hochmut aus. Wieder hatte er Schwäche gezeigt, wieder hatte er sich nicht durchzusetzen vermocht. Wütend griff er nach seinem Schlagstock und schlug damit auf den Küchentisch.

Erschrocken sprang Charlotte zur Seite.

„Das war's", presste er hervor. „Und eines kann ich dir jetzt schon verraten: Deinen Mann wirst du nie wiedersehen."

An der Küchentür drehte er sich noch einmal zu ihr um und zeigte mit dem Schlagstock auf sie, als wolle er sie damit durchbohren.

„Diesen Krieg wird dein Georg nicht überleben, dafür werde ich schon sorgen." Und abfällig fügte er hinzu: „Du hast es in der Hand gehabt. Aber Hochmut kommt eben vor dem Fall."

Sekunden später fiel die Wohnungstür ins Schloss.

Charlotte zitterte so sehr, dass ihre Beine nachgaben. Nun hatte sie aus Stolz Georgs Leben verspielt, dachte sie, als um sie herum alles schwarz wurde.

*

Die Theater wurden der Reihe nach geschlossen, und Charlotte versuchte sich mit dem Gedanken zu trösten, dass Georg spätestens zu diesem Zeitpunkt eingezogen worden wäre. Trotzdem, sie fühlte sich schuldig.

„Des Künstlers Waffe ist sein Spiel und nicht die Handgranate." So dachte Georg über den Krieg, und sie wusste, wie beseelt er vom Theater war und niemals zum Soldaten taugen würde. Doch Peter hatte ganze Arbeit geleistet und dafür gesorgt, dass Georg an die Ostfront versetzt wurde.

Seit Monaten schon hatte Charlotte nichts von ihm gehört und sie vermutete, dass Peter auch dafür sorgte, dass kein einziger von Georgs Feldpostbriefen bei ihr ankam. Die Ostfront bedeutete entweder Tod oder russische Gefangenschaft, und Charlotte war sich nicht sicher, welches das kleinere Übel war.

Umso mehr kämpfte sie für ihr eigenes Überleben und für Elisabeth. Sie gab ihr Zimmer in Cottbus auf und ging mit der Kleinen nach Görlitz, wo sie Georgs Wohnung bezog. Der Krieg war überall, und sie war nun vollkommen auf sich allein gestellt. Die Tage verbrachte sie damit, Lebensmittel oder Heizmaterial aufzutreiben. Der Februar schien besonders kalt, und der ständige Hunger hatte sie beide sichtlich abmagern lassen.

Charlotte war gereizt und hielt der Belastung, die der Kriegsalltag mit sich brachte, zunehmend schwerer stand. Hinzu kam die Übermüdung durch die schlaflosen Nächte, die sie während der heftiger werdenden

Bombenangriffe im Luftschutzkeller verbringen mussten.

„Mama, ich muss mal." Elisabeth zupfte an Charlottes Ärmel, die für einen Augenblick eingenickt war. Eine gute Stunde zuvor war Alarm gegeben worden, doch nichts passierte.

„Das geht jetzt nicht, sei still", zischte Charlotte ihr ins Ohr und lauschte in die dämmrige Dunkelheit des Kellers hinein.

Das Schlimmste war die trügerische Stille, die dem nächsten Angriff jeweils vorausging. Angespannt drückte sie das Kind an sich, während sie auf die Einschläge wartete. Nichts. Es blieb still. Wenn es doch nur ein Fehlalarm war?

Charlotte war so unendlich müde und sehnte sich nach ihrem Bett, als ihre Hoffnung zunichtewurde. Ganz leise vernahm sie das typische Surren in der Ferne, das einen Angriff ankündigte.

„Mama, ich muss aber wirklich mal", jammerte Elisabeth.

„Sei still, verdammt. Zwick zusammen, es geht jetzt nicht."

Die ersten Bomben schlugen mit einem zischenden Geräusch ganz in der Nähe ein, und die Gaslampe, die unter der Kellerdecke hing, schwang bedrohlich hin und her. Flackernde Schatten tanzten an der Wand und verwandelten den Keller in eine gespenstische Höhle. Charlotte pochte der Puls in den Ohren, und sie begann zu zittern.

„Mama, drück mich nicht so fest, du tust mir weh", flüsterte Elisabeth leise, als der Griff ihrer Mutter immer enger wurde. Charlotte ließ locker, und Elisabeth nutzte die Gelegenheit, um vom Schoß ihrer Mutter zu rutschen.

„Bleib hier, Himmel noch mal!", rief Charlotte. Doch da verschwand Elisabeth schon im hinteren Teil des Kellers, wo der Hauswart hinter den Regalen mit den Einweggläsern einen Eimer für die dringendsten Bedürfnisse hingestellt hatte.

„Ich kann nicht mehr, ich muss."
Putz rieselte staubfein von den Wänden, und in Charlotte stieg Panik hoch.

„Beeil dich, schnell!"

Die Einschläge kamen näher, fast schien es, als schlüge eine Bombe direkt im Nachbarhaus ein, denn die Wände erzitterten so stark, dass die Deckenlampe erlosch. Nun saßen sie in völliger Dunkelheit. Von der Decke fielen Putzbrocken, Charlotte hob die Hände über den Kopf und beugte sich nach vorn. Frau Rothmüller aus dem ersten Stock links begann zu schreien, und ihre beiden Kinder wimmerten. Fritz Rothmüller war genauso alt wie Elisabeth und klammerte sich verzweifelt an seine Mutter. Seine ältere Schwester saß unbewegt daneben und weinte leise. Der Hauswart sprang von seiner Bank auf und herrschte die Frau an.

„Für Führer, Volk und Vaterland – reißen Sie sich zusammen, sonst schmeiße ich Sie raus!"

Frau Rothmüller erstarrte und zog dann ihre beiden Kinder an sich. Der Hauswart entzündete eine Kerze in einer Laterne und stellte sie neben sich auf die Bank, damit wenigstens etwas Licht den dunklen Raum erhellte. Elisabeth schlüpfte zurück auf Charlottes Schoß, und diese beugte sich schützend über sie.

Die umliegenden Häuser schienen zu brennen, denn es wurde immer heißer im Kellerraum. Bald hatte Charlotte das Gefühl, ersticken zu müssen. Der Schweiß brach ihr aus, Und nun zitterte auch Elisabeth vor Angst, doch sie vermied es zu weinen, weil sie wusste, das würde ihre Mutter rasend machen.

Plötzlich erschütterte eine heftige Detonation den Keller dermaßen, dass sie vermuteten, das Haus sei getroffen worden. Frau Rothmüller sprang auf und rannte zur Tür.

„Wir müssen hier raus, wir werden sonst alle ersticken." Mit den Fäusten hämmerte sie an die Kellertür. „Lasst uns hier raus, bitte, wir verbrennen!" Der Hauswart, ein widerlich nach Schweiß stinkender Kerl, von dem niemand wusste, wie er es geschafft hatte, sich vor der Front zu drücken, packte sie und warf sie zu Boden.

„Ich habe Sie gewarnt." Er hielt sie fest, während sie verzweifelt versuchte, sich aus seinem Griff zu befreien.

„Wir werden diesen Krieg gewinnen, für unseren Führer!", schrie er und drückte Frau Rothmüller weiter in den Kohlenstaub. Charlotte schüttelte den Kopf. Es war so sinnlos, und Kerle wie dieser hatten in der größten Not das Sagen. Unglaublich.

„Lassen Sie es gut sein, Herr Lohmeier, wir wissen doch alle, dass dieser Krieg längst verloren ist", murmelte Charlotte. „Der Führer muss ja nicht hier sitzen und ersticken." Lohmeier sah auf, und im nächsten Augenblick bereute Charlotte, dass sie wieder einmal nicht den Mund gehalten hatte. Der Hauswart ließ Frau Rothmüller los und baute sich vor Charlotte auf.

„Was haben Sie da gerade gesagt?"

Charlotte sah auf. „Nichts."

„Das ist Wehrkraftzersetzung."

Charlotte lachte bitter. „Machen Sie sich nicht lächerlich. Schauen Sie sich doch mal um, was von unserer Wehrkraft noch übrig ist."

„Ich bin der Hauswart – klar!", bellte Lohmeier nun wütend. „Und ich bestimme, wer wann diesen Keller verlässt, und sie Frau Landauer", sagte er und kam drohend näher, so dass Charlotte seine Ausdünstungen von Schweiß und Bier fast den Atem nahmen, „Sie werden hier keinen Platz mehr haben. Morgen früh werde ich Sie melden."

Da erschütterte eine weitere heftige Detonation den Raum, die Einweggläser auf den Regalen zersprangen in tausend Scherben. Marmelade spritzte durch den gesamten Kellerraum. Charlotte riss Elisabeth zu Boden und duckte sich unter eine Sitzbank.

Die Kerze in der Laterne, die eben noch den Keller erhellt hatte, erlosch. Jetzt ist alles vorbei, dachte Charlotte. Minuten verrannen, ohne dass etwas passierte. Niemand wagte sich zu bewegen oder auch nur einen Mucks von sich zu geben.

Irgendwann hob Charlotte den Kopf und lugte unter der Bank hervor. Sie sah den dunklen Schatten des Hauswarts vor sich stehen. Er schwankte leicht hin und her und brach dann zusammen. Ein Ziegelstein hatte sich aus dem Deckengewölbe gelöst und ihn direkt getroffen. Er rührte sich nicht mehr.

„Los, komm, wir müssen hier raus." Charlotte zog Elisabeth unter der Bank hervor und tastete sich, das Kind an der Hand, in Richtung Kellertür. Sie bekam den Eisenhebel zu fassen, doch sie konnte ihn nicht allein nach oben drücken. Da kam ihr Frau Rothmüller zu Hilfe, und gemeinsam schafften sie es, den schweren Hebel umzulegen. Rußgeschwärzt rannten sie die Kellertreppe hinauf, doch oben am Treppenabsatz wurden sie von einer sengenden Hitzewand empfangen, als würde jemand einen lodernden Teppich über sie werfen. Durch die offene Haustür konnten sie die brennende Straße sehen.

„Da draußen verbrennen wir, das hat keinen Sinn", sagte Charlotte und zerrte Elisabeth in den ersten Stock hinauf. „Wir dürfen keine Zeit verlieren."

Sie liefen die Treppen weiter nach oben, vorbei an kleinen Feuerherden, die von heruntergestürzten Balken herrührten. Die Detonationswelle hatte die Wohnungstüren aufspringen lassen, und überall lagen Wäschestücke und Haushaltsgegenstände herum. Charlotte hob Elisabeth auf den Arm und erklomm die Treppe ins Dachgeschoss.

„Egal, nach oben." Sie hustete. „Wir brauchen Sauerstoff." Völlig außer Atem erreichten sie das Dachgeschoss. Das Haus war nicht direkt von einer Brandbombe getroffen worden, doch hatte die Detonation sämtliche Fensterscheiben zum Bersten gebracht, und die anschließende Sogwirkung des starken Luftzugs hatte die Wohnung verwüstet. Charlotte rannte durch die Zimmer, um sicherzugehen, dass nirgendwo ein

Brand schwelte. Dann drehte sie im Bad den Wasserhahn auf. Es kam tatsächlich noch Wasser. Gierig trank sie. Das Wasser war warm, wahrscheinlich brannte es irgendwo um die Leitung, aber es löschte zumindest in diesem einen Augenblick ihren grenzenlosen Durst.

Sie zog Elisabeth zum Wasserhahn und ließ sie ebenfalls trinken. Dann steckte sie den Stöpsel in den Abfluss und ließ die Wanne volllaufen, warf Handtücher und ihren Bademantel hinein.

„Die hängen wir uns um, falls es hier irgendwo zu brennen anfängt", erklärte sie Elisabeth, sank erschöpft auf den Fliesenboden und schloss die Augen. Hier oben war es zwar auch noch heiß, aber die Nachtluft, die nun durch die zerbrochenen Fenster hereinströmte, kühlte. Irgendwann verkündete die Sirene das Ende des Angriffs. Erleichtert atmete sie auf. Wieder eine Nacht überlebt.

„Es ist vorbei", sagte sie zu Elisabeth, die sich auf ihrem Schoß zusammengerollt hatte und strich ihr sanft über den Kopf. „Sobald sich der Sturm gelegt hat, werden wir packen und von hier weggehen."

*

Die Ostfront rückte immer näher. Die russischen Verbände waren auf dem Vormarsch, und auch Görlitz wurde nun geräumt. Hunderttausende Flüchtlinge waren bereits unterwegs und erzählten schreckliche Geschichten von standrechtlichen Erschießungen und Vergewaltigungen. Charlotte beschloss, sich dem Treck in Richtung Westen anzuschließen. Mitnehmen konnten sie nur das Nötigste, warme Kleidung und ein bisschen Proviant.

Ihre Schreibmaschine und einige ihrer geliebten Bücher sowie ein paar Fotos und andere persönliche Dinge hatte sie schweren Herzens in Kisten gepackt, um sie zu den Schwiegereltern nach Weimar zu schicken.

Es war schon dunkel, als sie am Bahnhof ankamen, um den Zug nach Dresden zu nehmen. Er hatte Verspätung, und so warteten sie mehrere Stunden lang in der bitterkalten Februarnacht im Schutz der Unterführung des Görlitzer Bahnhofs. Als der Zug endlich kam, war er brechend voll. Es schien unmöglich, noch mitzufahren. Doch Charlotte war fest entschlossen und kämpfte sich durch die Menschenmenge bis zur Bahnsteigkante vor, Elisabeth fest an ihrer Hand. Sie durfte das Kind auf keinen Fall loslassen. In diesen Menschenmassen wäre es augenblicklich verloren gewesen.

Plötzlich rief jemand neben ihr: „Geben Sie mir das Kind, ich helfe Ihnen rauf."

Ohne zu überlegen, hob Charlotte die Kleine in die Höhe, und ein Mann mit kräftigen Armen zog Elisabeth in das Abteil. Charlotte wollte schon zusteigen, doch in diesem Augenblick setzte sich der Zug in Bewegung. Panik stieg in ihr auf. Mit dem Koffer vor der Brust schob sie die Leute um sich herum zur Seite, doch sie kam einfach nicht bis zur nächsten Zugtür durch.

Als Elisabeth merkte, dass ihre Mutter nicht mitkam, fing sie an zu schreien und wollte wieder auf den Bahnsteig zurück. Doch der Mann im Zug hielt sie unbeirrt fest. Charlotte kämpfte sich weiter durch die Menge, griff schließlich mit letzter Kraft nach der nächsten Zugtür und schwang sich auf das Trittbrett. Fast hätte sie das Gleichgewicht verloren, als jemand sie an dem

Rucksack auf ihrem Rücken ins Innere des Zuges zog und hineinschob, um die Tür schließen zu können.

Das Letzte, woran sie sich erinnerte, bevor ihr schwarz vor Augen wurde, waren die Menschenmassen am Bahnsteig, die zurückbleiben mussten.

*

Als Charlotte wieder zu sich kam, saß sie am Boden auf ihrem Koffer, den Rucksack zwischen den Knien. Elisabeth hob den Kopf. „Ich dachte, du wachst gar nicht mehr auf." Sie sah erschöpft aus, und Charlotte strich ihr über den Kopf. Die Luft im Zug war zum Schneiden dick.

„Wo sind wir?"

Eine Frau drehte sich zu ihr um und reichte ihr eine Flasche. „Nehmen Sie einen Schluck, Sie waren ganz schön lange weggetreten."

Charlotte griff nach dem angebotenen Flachmann. Der Alkohol schmeckte bitter, doch brachte er ihren Kreislauf wieder in Schwung. Dankend gab sie die Flasche zurück.

„Sollten wir nicht bald in Dresden sein?"

Die Frau zuckte mit den Schultern. „Wir fahren irgendwelche Umwege. Die Leute sagen, wir können nicht nach Dresden fahren, die Stadt wird bombardiert."

Charlotte rappelte sich auf und versuchte sich zu strecken. Ihr Rücken schmerzte von der gekrümmten Sitzhaltung auf dem Boden.

„Setz dich auf den Koffer und rühr dich nicht vom Fleck", sagte sie zu Elisabeth. Dann reckte sie den Hals und versuchte sich zum nächsten Fenster durchzukämpfen. Sie brauchte dringend frische Luft. Plötzlich ging ein Ruck durch den Zug, und sie hielten auf freier Strecke an. Die Menschenmassen kamen ins Schwanken, und Charlotte hatte Mühe, sich auf den Beinen zu halten.

„Was ist los, warum halten wir?"

„Keine Ahnung", antwortete jemand.

„Seid doch mal still", herrschte ein Mann die Leute an.

„Ich höre was." Gespannt lauschten sie in die nächtliche Stille, weit entfernt hörten sie Flugzeugmotoren.

„Oh Gott!", rief eine Frau ängstlich. „Die werden uns doch nicht angreifen?"

„Halten Sie doch mal die Klappe, ich will hören, wo die hinfliegen." Die Flieger kamen näher, und plötzlich erlosch das Licht im Zug.

„Ganz ruhig!", rief der Mann in die Dunkelheit hinein.

„Das ist sicher nur eine Vorsichtsmaßnahme, damit die uns nicht sehen können." Leises Gemurmel ging durch den Waggon, und alle warteten ganz angespannt. Charlotte tastete sich in der Dunkelheit zurück zu Elisabeth und beugte sich zu ihr hinunter. „Zieh deinen Mantel an, wir müssen auf alles vorbereitet sein."

Elisabeth wusste nur zu gut, was sie damit meinte. Ein Flugzeug flog direkt über den Zug hinweg, und sie schaute ängstlich an die Decke des Abteils, doch der Fluglärm entfernte sich wieder.

Jemand seufzte. „Die haben uns nicht bemerkt, dem Himmel sei Dank!" Noch ein Flieger kam näher und donnerte über den Zug hinweg. Waren die im Tiefflug unterwegs? Charlotte ahnte schon, was kommen würde und knöpfte ihren Mantel zu. Elisabeth zog sie die Mütze über den Kopf. Plötzlich hörten sie den ersten Einschlag ganz in der Nähe.

„Von wegen. Die haben uns längst gesehen", schrie jemand. „Wir müssen raus hier, schnell."

Charlotte griff nach ihrem Rucksack und dem Koffer. Doch sie konnte nicht das Gepäck tragen und gleichzeitig das Kind festhalten.

„Elisabeth", rief sie in dem Durcheinander, „du musst den Rucksack nehmen." Mit dem schweren Gewicht auf dem Rücken brach das Kind fast zusammen, aber Charlotte kämpfte sich unbeirrt durch die Menge und schob Elisabeth vor sich her. Jemand hatte die Waggontür geöffnet, und für einen Moment wirkte die hereinströmende kalte Nachtluft wie eine Erlösung nach der stickigen Enge im Zug.

Charlotte warf den Koffer aus dem Zug und sprang dann selbst vom Trittbrett. Sie landete knietief im Schnee. Anschließend hob sie Elisabeth aus dem Zug. Das Kind versank bis zur Hüfte und konnte sich kaum bewegen. Hektisch zog Charlotte ihr den Rucksack wieder vom Rücken und schulterte ihn selbst.

„Los, lauf! Heb die Füße, so gut du kannst", rief sie und begann sich durch den Schnee zu kämpfen, während über ihnen die Bomber surrten. Am Horizont erhellte der Widerschein einer brennenden Stadt die Nacht.

Charlotte war klar, dass sie sich so schnell wie möglich vom Zug entfernen und in der Dunkelheit untertauchen mussten. Sie konnte schemenhaft einen Waldrand erkennen und strebte schutzsuchend darauf zu. Plötzlich explodierte es hinter ihnen, und sie wurden von der Druckwelle zu Boden gerissen. Mit dem Gesicht im Schnee war Charlotte für einen Moment weggetreten. Als sie wieder zu sich kam, robbte sie zu Elisabeth, die leblos im Schnee lag.

„Alles in Ordnung?"

Elisabeth bewegte sich nicht, und Charlotte rappelte sich auf, um sie auf den Rücken zu drehen. „Sag doch was, komm zu dir." Sie klopfte Elisabeth mit der flachen Hand auf die Wangen, doch deren Augen blieben geschlossen. Charlotte beugte sich hinunter und versuchte einen Puls zu fühlen, doch ihre Hände waren so kalt, dass sie nichts spürte. Fieberhaft knöpfte sie den Mantel des Kindes auf und suchte in der Dunkelheit nach Verletzungen.

„Verdammt noch mal! Lass mich hier nicht allein, du dummes Ding."

Elisabeth hatte keine äußeren Verletzungen, also packte Charlotte sie an den Schultern und schüttelte sie. „Bitte nicht, ich darf mein Kind nicht verlieren, nicht in diesem verdammten Krieg." Sie zog den kleinen Kinderkörper an sich und wiegte ihn hin und her. „Bitte, lieber Gott, tu mir das nicht an." Sie begann, Elisabeth die Stirn mit Schnee einzureiben, vielleicht half ja die Kälte. „Komm zu dir!"

Plötzlich begann Elisabeth zu husten und schlug die Augen auf. „Gott sei Dank! Du lebst." Charlotte drückte das Kind an sich und gönnte sich einen Augenblick der Erleichterung.

„Ich kann nichts hören, Mama." Elisabeth klang schwach. „Mein Kopf tut so weh, und in meinen Ohren klingelt was."

„Es wird alles gut", sagte Charlotte laut zu ihr und knöpfte ihr den Mantel wieder zu.

Der Zug brannte bereits an vielen Stellen, Leute irrten dort umher und suchten in der Dunkelheit verzweifelt nach Schutz, während die Bomber immer noch nicht abdrehten. Charlotte rappelte sich auf und stellte Elisabeth auf die Füße. Sie zeigte auf den Waldrand.

„Los, wir müssen es bis dorthin schaffen." Doch Elisabeth konnte das Gleichgewicht nicht halten und fiel sofort wieder in den Schnee. Ratlos sah sich Charlotte um, bis sie sich kurz entschlossen das Kind unter den rechten Arm klemmte. Mit der Linken versuchte sie den Koffer zu nehmen und kämpfte sich voran.

Doch ihre Kräfte waren begrenzt, zumal sie auch den Rucksack noch auf dem Rücken hatte. Kurz vor dem Waldrand ließ sie den Koffer in den Schnee fallen und packte das Kind mit beiden Armen. Ihre Muskeln zitterten, nur noch wenige Meter, und sie hatten es den Hügel hinauf und ein kurzes Stück bergab bis zu den ersten Bäumen geschafft. Erschöpft ließ sie sich in den Schnee fallen und atmete schwer. Sie schloss die Augen, um kurz zu verschnaufen. Gleich würde sie den Koffer holen.

Sie brauchten die warmen Sachen, die darin waren. Sie streifte den Rucksack vom Rücken und zog ihren

Mantel aus, um Elisabeth darin einzuwickeln, den Rucksack schob sie ihr unter den Kopf.

„Du bleibst hier, ich hole den Koffer."

Elisabeth konnte immer noch nichts hören, doch sie war viel zu erschöpft, um sich auch nur einen Meter irgendwo hinzubewegen. Auf dem Weg zurück sah Charlotte vom Hügel aus den Zug, der nun lichterloh in Flammen stand. Immer noch flogen Jagdbomber darüber hinweg und bombardierten die Waggons.

Fassungslos betrachtete sie einen Moment lang das unwirkliche Geschehen und fragte sich, in was für einer Welt sie lebten, in der selbst ein unbewaffneter hilfloser Flüchtlingstreck einem derartigen Trommelfeuer ausgesetzt wurde.

Los jetzt, dachte sie, rette, was noch zu retten ist. Geduckt lief sie durch den Schnee zu ihrem Koffer und trat mit ihm den Rückzug an, als plötzlich ein Jagdbomber direkt über sie hinwegflog und eine Maschinengewehrsalve auf sie niederging. Sie ließ sich in den Schnee fallen und rührte sich nicht.

Der Bomber entfernte sich wieder, und als Charlotte wenige Augenblicke später den Kopf aus dem Schnee hob, konnte sie sehen, dass der Bomber kehrtmachte und zurückkam. Da mobilisierte sie ihre letzten Kräfte, rappelte sich auf und stapfte, so schnell es ging, durch den tiefen Schnee in Elisabeths Richtung. Sie musste es einfach schaffen, ohne sie würde Elisabeth nicht überleben. Der Jagdbomber kam näher und eröffnete aufs Neue das Feuer.

„Ihr Mistkerle, mein Leben kriegt ihr nicht!", schrie sie, warf den Koffer über den Hügel und hechtete hinterher.

Die Gewehrsalve traf den Hügel, Schnee stob in die Luft. Charlotte landete auf der Seite und prellte sich die Schulter. Sie rollte den Hügel hinunter in die Senke und blieb im Schnee liegen. Ihre Lungen brannten, und sie bekam kaum noch Luft. Das Herz schlug ihr bis zum Hals, und sie blickte ängstlich auf, um zu sehen, wo das Flugzeug abgeblieben war. Der bedrohliche Schatten kam noch einmal näher, und weitere Salven gingen auf den Hügel nieder, doch sie trafen nur in den Schnee.

Als der Bomber abdrehte, robbte Charlotte zum Koffer hinüber, dann weiter zu Elisabeth, die sie nun eilends packte und tiefer in den Wald hinein schleifte. Als sie sich in Sicherheit glaubte, verschnaufte sie kurz. Hier konnte ihnen erst mal nichts mehr passieren. Völlig durchgeschwitzt und erschöpft wickelte sie Elisabeth aus dem Mantel, um ihn selbst wieder anzuziehen.

Dann lehnte sie sich mit dem Rücken an das harte Holz eines Baumstamms, zog Elisabeth auf ihren Schoß und zog den Mantel um sie beide herum. Weit entfernt hörte sie Explosionen und Schreie. Sie hielt ihr Kind umklammert und fiel in einen unruhigen Schlaf.

Einige Stunden später dämmerte ein Wintermorgen. Charlottes Schulter schmerzte, und der kurze Schlaf hatte ihr kaum Erholung gebracht. Aber ihr Verstand arbeitete wieder klar.

Vorsichtig schälte sie sich aus dem Mantel und ließ Elisabeth darin eingewickelt weiterschlafen. Charlotte hatte keine Ahnung, wo sie waren und stieg den Hügel hinauf. Ihr erster Blick fiel auf den ausgebrannten Zug. Kleine Rauchsäulen stiegen von dort geradewegs nach oben. Wo waren nur all die Menschen? Sie konnten doch unmöglich alle tot sein.

Nirgendwo rührte sich etwas, und Charlotte fühlte sich unendlich allein. Suchend sah sie sich um, unsicher, in welche Richtung sie gehen sollten. Zurück zu den Gleisen und beim Zug auf Hilfe zu warten, erschien ihr unsinnig. Angestrengt spähte sie in den Wald hinein. In einiger Entfernung konnte sie zwischen den Bäumen einen niedergetrampelten Pfad erkennen. Alles war besser, als hier zu erfrieren. Also weckte sie Elisabeth, der die grausamen Erlebnisse der letzten Nacht noch ins Gesicht geschrieben standen. Ihre Wangen waren eingefallen, und sie hatte graublaue Ringe unter den Augen.

„Hörst du mich?", fragte Charlotte sie besorgt.

„Ja, aber ganz weit weg."

„Hast du noch Kopfschmerzen?"

Elisabeth schüttelte den Kopf, und Charlotte strich ihr erleichtert über den Kopf.

„Wahrscheinlich ist es nur der Krach der Explosion gewesen." Die Stirn der Kleinen fühlte sich warm an, vermutlich leichtes Fieber. Sie musste also aufbrechen und eine Unterkunft für die nächste Nacht suchen, bevor das Kind ernsthaft krank werden würde.

„Steh auf, wir müssen weiter", sagte sie mit fester Stimme, dabei brach es ihr fast das Herz, Elisabeth so antreiben zu müssen.

„Ich hab so Hunger, Mama."

„Hör auf zu jammern, wir sind immerhin mit dem Leben davongekommen", erwiderte sie ungeduldig.

Dennoch kramte sie im Rucksack, nahm das letzte belegte Brot heraus und gab Elisabeth ein Stück davon.

„Beeil dich und iss! Wir müssen weiter! Und du musst laufen, denn ich kann dich nicht mehr tragen."

Sie kämpften sie sich durch den Schnee, bis sie auf den ausgetretenen Waldweg stießen, den sie zuvor entdeckt hatte. Der Schnee war dort von vielen Füßen niedergetrampelt, und es sah so aus, als wären dort auch einige Menschen mit Fuhrwerken durchgekommen. Vielleicht trafen sie ja bald auf einen Flüchtlingstreck, dem sie sich anschließen konnten. Charlotte fühlte sich alles andere als wohl dabei, so ganz allein mit Elisabeth durch den Wald zu laufen. Was, wenn sie nun den Russen in die Hände fielen?

Sie waren sicher mehr als zwei Stunden gelaufen, als sich der Wald endlich lichtete. Eine trübe Wintersonne erhellte die weiten Felder, die sie nun überquerten.

„Mama, ich kann nicht mehr, meine Beine tun weh, und mir ist so heiß." Charlotte blieb stehen und legte den Koffer in den Schnee.

„Setzt dich auf den Koffer, wir machen eine kurze Pause." Elisabeth ließ sich auf den Koffer fallen, und als Charlotte ihr die Stirn fühlte, erschrak sie. Das Kind hatte hohes Fieber.

„Ruh dich kurz aus." Sie ging ein paar Schritte hin und her und überlegte. Elisabeth hielt nicht mehr lange durch, aber hier auf freier Flur konnten sie auf keinen Fall bleiben. Ängstlich sah sie zum Himmel hoch und redete sich ein, dass die Gefahr erneuter Bombenangriffe am helllichten Tag geringer sei, doch das beruhigte sie nicht wirklich. Bis zum Abend mussten sie eine

Unterkunft finden, eine weitere Nacht in dieser Eiseskälte würde Elisabeth nicht überleben. Charlotte kniete sich vor ihr in den Schnee.

„Sieh mich an!"

Elisabeth sah auf, aber sie war so erschöpft, dass sie leise weinte. Charlotte sah noch einmal zum Himmel, als flehe sie ihn um Hilfe an. Dann holte sie tief Luft und sprach mit fester Stimme.

„Hör zu, wir können hier nicht bleiben. Ich weiß, du bist müde, aber du musst jetzt durchhalten. Es geht nicht anders. Wir werden sicher bald etwas finden, wo wir bleiben können, und ich verspreche dir, dann kannst du dich ausruhen." Sie strich der Kleinen eine Träne von der Wange und erhob sich. Elisabeth stand auch auf, und als Charlotte den Koffer wieder nahm und losging, griff Elisabeth nach der freien Hand ihrer Mutter. Ihr kleiner Wollhandschuh schob sich zwischen die ebenfalls behandschuhten Finger von Charlotte und hielt sie fest. Charlotte drückte ihr die Hand.

„Wir schaffen das, wir müssen das schaffen."

Hand in Hand zogen sie weiter, langsamer als zuvor, aber mit festem Schritt.

Am frühen Nachmittag erreichten sie Neudorf, einen kleinen Ort mit nur wenigen Häusern. Einige versprengte Leute aus dem Zug waren bereits dort eingetroffen und berichteten von grausamen Szenen, die sich noch in der Nacht abgespielt hatten.

„Die Bomben waren nicht genug, nein, sie mussten auch ihre Maschinengewehrsalven auf uns abfeuern. Als machten sie Jagd auf jeden Einzelnen von uns."

Neudorf hatte keinen Bahnhof, also gab es auch keine Möglichkeit, von dort wegzukommen, und Elisabeth glühte inzwischen so sehr, dass Charlotte ihr keinen Meter zu Fuß mehr zumuten konnte. Sie brauchten etwas zu essen und ein warmes Bett. Charlotte sprach eine ältere Frau an, die heißen Tee verteilte.

„Meine Tochter hat hohes Fieber, können Sie mir sagen, wo wir hier vielleicht unterkommen können?" Die Frau sah Elisabeth mitleidig an und hielt ihr einen gut gefüllten Becher hin.

„Setz dich hier auf die Obstkiste und trink einen Schluck."

Elisabeth folgte ihr und griff nach der Tasse.

„Wir haben eine kleine Dachkammer mit zwei Betten und einem winzigen Kachelofen. Es ist nicht viel, aber warm. Wenn sie wollen …", sagte die Frau zu Charlotte, die erleichtert einwilligte.

So wurde die Kammer für die nächsten drei Monate ihr Zuhause. Elisabeth hatte eine schwere Grippe und lag eine Woche im Fieberwahn. Nacht für Nacht saß Charlotte an ihrem Bett und bangte. Sie hatten keine Medikamente gegen das Fieber, und so blieb ihr nur, kalte Wickel zu machen und dem Kind immer wieder Tee oder heiße Brühe einzuflößen. Wenn Elisabeth dann endlich ein paar Stunden schlief, saß Charlotte am Fenster und starrte in die Dunkelheit.

Manchmal schrieb sie im dämmrigen Schein einer Kerze Briefe. Sie schrieb auch an Georg und teilte ihm ihre neue Adresse mit, doch kein einziger Antwortbrief kam zurück. Diese Ungewissheit zerrte an ihren Nerven. Nach einer weiteren Woche war Elisabeth endlich über den Berg. Sie war noch sehr schwach, aber es ging ihr täglich ein kleines bisschen besser.

Charlotte versuchte sich nun anderweitig abzulenken, indem sie sich im Haus nützlich machte. Im Keller war zwischenzeitlich ein Lazarett eingerichtet worden. Charlotte kochte und wusch für die verletzten Soldaten. Immer wieder ging sie durch die Reihen und zeigte ein Foto von Georg.

„Kennen Sie meinen Mann?"

Schließlich kamen die Verletzten alle von der Ostfront und Charlotte hoffte, dass irgendjemand etwas von Georg wusste. Doch sie erntete nur Kopfschütteln. Ein Soldat erzählte ihr, wie jämmerlich sie gefroren hatten, und wie der Hunger und die Kälte nach und nach die ganze Mannschaft dahingerafft hatte.

„Dort in Sibirien, wir sind gestorben wie die Fliegen. Sie können nur hoffen, dass er nicht lange leiden musste."

*

Im Frühling 1945 rückte die Front bedrohlich näher, und Charlotte war klar, dass sie nicht länger in Neudorf bleiben konnten. Sie mussten versuchen, Richtung Westen zu kommen. Als die Soldaten im Ort den Befehl bekamen, sich „abzusetzen", wurde das Lazarett aufgelöst.

Charlotte sprach mit einem Offizier, der ebenfalls bei dem alten Ehepaar im Haus untergebracht war. Sie konnte ihn überreden, sie und Elisabeth mit dem Auto mitzunehmen. Als sie im Morgengrauen aufbrachen, stieg über den Wiesen der Nebel auf. Kilometerweit fuhren sie durch verlassene, ausgestorbene Dörfer. Unterwegs kamen sie an mehreren Flüchtlingstrecks vorbei.

Die Menschen hatten ihr Hab und Gut auf Wagen und Anhängern gepackt und sahen heruntergekommen und verhärmt aus. Alle wollten wie sie selbst nach Westen. Jeder kämpfte ums schlichte Überleben.

Sie sah den Offizier am Steuer von der Seite an. In seinem Gesicht war keine Regung zu erkennen, und sie traute sich nicht, ihn anzusprechen. So fuhren sie schweigend durch die gespenstische, gottverlassene Frühlingslandschaft. Irgendwann lichtete sich der Nebel, und die Wärme der Sonnenstrahlen, die nun allmählich zu ihnen durchdrang, war das einzige, was diesem Tag Zuversicht verlieh.

Auf einer großen Wiese endete ihre Reise vorläufig, als sie auf amerikanische Soldaten trafen, die den deutschen Offizier sofort gefangen nahmen, und Charlotte musste mit Elisabeth zu Fuß bis zum nächsten Ort weitergehen. Bald schon hatten sie die Orientierung verloren, wussten weder, wie das Dorf hieß, noch wo sie hinsollten. Auf dem Markplatz setzten sie sich erschöpft auf die Stufen eines Springbrunnens. Elisabeth war tapfer mitgelaufen und hatte längst aufgehört zu jammern. Es grenzte an ein Wunder, dass sie es bis hierhergeschafft hatten.

Doch nun schlief das Kind sofort auf ihrem Schoß ein, und ein junger Mann kam auf Charlotte zu und bot ihr einen Schluck Wasser aus seiner Feldflasche an.

„Wollen sie einen Passierschein? Es gibt welche oben im Rathaus." Er zeigte auf einen Hang oberhalb des Marktplatzes.

Mit dem Passierschein gelangten sie durch die amerikanische Sperre, und nach einigen Kilometern Fußmarsch auf einer Landstraße wurden sie von einem Laster mitgenommen. In Gera erwischten sie einen Güterzug und fanden in einem Viehwaggon Platz. Endlich nicht mehr laufen zu müssen, war eine unglaubliche Erleichterung, selbst wenn der Zug nur im Schritttempo über Land zu fahren schien und immer wieder auf freier Strecke hielt.

An einem kleinen Güterbahnhof mitten im Nirgendwo machten sie kurz Halt, doch Charlotte traute sich nicht, den Zug zu verlassen. Zu groß war die Gefahr, dass er ohne sie weiterfuhr. Plötzlich schwang sich ein dunkelhäutiger Amerikaner aufs Trittbrett. Er winkte dem Lokführer, der Zug ruckte und fuhr langsam aus dem Bahnhof. Der Amerikaner lachte schelmisch über das ganze Gesicht, und seine weißen Zähne leuchteten förmlich im dämmrigen Licht des Viehwaggons. Er bot Charlotte etwas zu essen an und wollte dafür ihren Ehering. Ungeduldig zeigte er darauf und schnippte dann mit den Fingern. Charlotte nahm all ihren Mut zusammen und versuchte dem Soldaten klarzumachen, dass er sie in Ruhe lassen sollte.

„Hören Sie", sagte sie, obwohl sie gar nicht wusste, ob der Kerl überhaupt Deutsch verstand. „So verhungert sind wir noch nicht, dass ich Ihnen meinen Ehering für ein bisschen Essen geben würde." So kurz vor dem

Ziel nach diesem langen beschwerlichen Weg würde sie sich keinesfalls ihre letzte Würde nehmen lassen.

„Verschwinden Sie, los!", rief sie und zeigte dabei auf die Waggontür. „Lassen sie uns in Ruhe, wir haben genug durchgemacht."

Der Soldat lachte. Er schien kein Wort zu verstehen. Plötzlich griff er nach Elisabeth, um sie auf den Arm zu nehmen. Charlotte erschrak. Doch Elisabeth starrte wie gebannt in das schwarze Gesicht des Mannes, der immer noch lachte. Er redete in englischer Sprache auf sie ein und strich ihr über das blonde Haar. Dann holte er aus seiner Tasche ein Päckchen Kaugummi und hielt es Elisabeth hin. Diese schaute verängstigt zu ihrer Mutter.

„Nimm es und bedanke dich." Elisabeth nahm einen Kaugummi, wickelte ihn aus dem Papier und steckte ihn sich in den Mund.

„It´s good, yeah?" Der Schwarze nickte aufmunternd.

Elisabeth kaute mit leuchtenden Augen eine Weile darauf herum und schluckte ihn schließlich deutlich sichtbar hinunter wie ein Bonbon. Dabei rieb sie sich den Bauch, um dem Soldaten zu zeigen, dass es ihr geschmeckt hatte.

„No, no, it´s a chewing gum", sagte der Soldat und schüttelte den Kopf, doch Elisabeth strahlte ihn nur an.

„Das schmeckt ganz süß, Mami."

Der Soldat drückte Elisabeth die restliche Packung in die Hand und stellte sie wieder auf den Boden. Charlotte griff sofort nach ihr und zog sie zu sich heran, ohne den Soldat aus den Augen zu lassen. Wieder ruckte der Zug und hielt an. Der Soldat lehnte sich aus dem Waggon und rief dem Zugführer etwas zu. Dann tippte er mit dem Zeigefinger an seine Mütze.

„Sorry Ladies, I have to go. Good luck!" Er sprang aus dem Waggon, und erst jetzt bemerkte Charlotte die vielen Militärlastwagen, die auf der parallel verlaufenden Landstraße neben dem Zug herfuhren. Sie sah dem Soldaten nach, der über die Wiese lief, um auf einen Laster des Fahrzeugkonvois aufzuspringen.

Sie war erleichtert. Der Mann war kräftig gewesen, und sie hätte sich im Ernstfall seiner vermutlich nur schwer erwehren können.

In den ersten Junitagen kamen sie wohlbehalten in Weimar bei Georgs Eltern an. Erschöpft und vom Hunger gezeichnet, aber lebendig und unversehrt.

Der Krieg war zu Ende, und das Warten auf Georg begann.

*

Charlotte bezog ein Zimmer im Haus ihrer Schwiegereltern. Auch Weimar war noch im Frühjahr zu großen Teilen in Schutt und Asche gelegt worden, doch wie durch ein Wunder war das Haus in der Hegelstraße fast unversehrt geblieben. Seit die Amerikaner im April kampflos einmarschiert waren, hatte sich die Lage in der Stadt etwas beruhigt. Und als Charlotte erfuhr, dass ihre Pakete aus Görlitz heil bei den Schwiegereltern angekommen waren, war sie überglücklich.

„Wenn wir auch sonst alles verloren haben, so ist mir doch wenigstens meine Schreibmaschine geblieben."

Sie informierte ihre Eltern über ihre Ankunft in Weimar und teilte ihnen ihre dortige Adresse mit. Soweit sie wusste, waren Luise und Oskar immer noch im Haus am See und hatten dem Einmarsch der Russen nicht entkommen können.

Charlottes Brief musste Wochen gebraucht haben, denn es war schon Anfang August, als sie von ihrer Mutter endlich eine Antwort bekam.

*Mein liebes Kind!*
*Die Freude über deine gelungene Flucht aus Görlitz war groß. Nun sind wir zumindest eine Sorge los. Wir hoffen natürlich sehr, dass Georg nicht in russische Gefangenschaft geraten ist. Darüber hört man ja so einiges.*
*Wie so oft, ging hier mal wieder das Licht aus, so dass ich den Brief nicht weiterschreiben konnte. Und dann mussten wir drei Tage lang Wäsche waschen, und so komme ich erst heute wieder dazu, mich an den Brief an Dich zu setzen. Wir hoffen sehr, dass Du inzwischen wieder in das Alltagsleben zurückgefunden hast. Wie sieht es aus mit Arbeit? Verdienst du etwas? Wie geht es dem Rest der Familie, Georgs Eltern und Deinem Schwager Friedrich? Haben sie den Krieg gut überstanden? Nach den hiesigen Nachrichten soll es bei Euch ja ganz gut gehen, aber was soll man den Nachrichten nun schon glauben. Man hört so vieles. Es ist unglaublich, was so erzählt wird, z. Bsp. aus Berlin. Jeder berichtet etwas anderes, aber was wirklich wahr ist, kann niemand feststellen. Ich weiß nur eines, die Verpflegung ist dort weitaus besser als hier. Wir bekommen hier 1600 Gramm Brot pro Woche, und wenn es gut geht, alle 14 Tage 150 Gramm Fleisch, und dann noch 5 Pfund Kartoffeln, ob jede Woche, ist noch nicht raus. Kein Zucker, keine Marmelade, und auch sonst keine Lebensmittel wie schon die letzten Monate nicht, so dass wir nun schon fast ein Jahr ohne diese Köstlichkeiten auskommen müssen. Und das einzige Fett, das wir seit April bekommen haben, waren*

*zwei Mal 50 Gramm Butter. Milch gibt es auch nur selten. Du kannst Dir vorstellen, wie wir aussehen. Oskar wiegt nur mehr 100 Pfund.*

*Hier in der Gegend wimmelt es nur so vor lauter Russen. Das liegt vermutlich daran, dass dies hier ein Erholungsgebiet ist. Überall nur Russen, selten ein deutsches Gesicht. Die ersten Tage der Besetzung müssen hier furchtbar gewesen sein. Wir haben es nicht erlebt, wollten einen Durchbruch mitmachen, was vermutlich noch viel furchtbarer war. So etwas möchte ich nie wieder in meinem Leben erleiden müssen.*

*Aber unsere Henriette und ihre Freundin Inge hatten zu große Angst, um hier auf die Russen zu warten, daher haben wir uns auf die Socken gemacht und dabei buchstäblich fast alles verloren. Und zu meinem großen Unglück habe ich die anderen aus den Augen verloren. Kein Wunder bei den Millionen Menschen auf der Flucht. Ich versuchte vergebens, die anderen wiederzufinden und machte mich schließlich wieder auf den Weg nach Hause.*

*Plötzlich stand ich im Wald mutterseelenallein den Russen gegenüber. Sie taten mir nichts, wollten nur meine Uhr, die ich nicht bei mir hatte, und nahmen mir schließlich zwei Taschenlampen ab, die ich noch bei mir trug. Ich schloss mich dann einem Bauern an, der den gleichen Weg hatte und bin den meisten Weg, fast 60 Kilometer, auf Strümpfen noch am gleichen Abend wieder im Haus am See angekommen.*

*Da ich mich nicht mehr in unser Haus getraute, ging ich zum Bauernhof von Inges Eltern und übernachtete dort, um am nächsten Tag gegen Mittag zum Haus am See zu gehen. Das sah vielleicht wüst aus. Alles, was ihnen gefallen hat, haben sie mitgenommen, sogar meinen Pelzmantel, den wir noch in den letzten Kriegstagen zusammen mit Henriettes Wintermantel vergraben hatten. Nun habe ich keinen warmen Pelz mehr, nur noch den schäbigen dünnen Braunen, aber das ist schließlich besser als nichts. Drei Tage lang musste ich auf die Rückkehr von Oskar und Henriette warten, denen man unterwegs das meiste Gepäck abgenommen hatte, den Wagen natürlich auch, so dass wir um einiges ärmer sind.*

*Henriette hat zwei wertvolle Koffer eingebüßt, mit all ihren Habseligkeiten und Ersparnissen. Mitte Mai mussten viele Anwohner in der Umgebung ihre Häuser für höhergestellte russische Offiziere räumen. Wir durften zwar bleiben, mussten aber die Garage ausräumen, weil sie dort eine Mannschaftsküche mit Essensraum eingerichtet haben, was uns natürlich einige Vorteile verschaffte. Außerdem wohnten einige Flüchtlinge aus den umliegenden Häusern bei uns, darunter eine sehr gute Schneiderin aus Berlin. Sie bekam den Auftrag, neue Uniformen für die Russen zu nähen und bügelt für die hohen Offiziere. Dadurch war ein stetes Kommen und Gehen im Haus. Auf diese Weise lernten wir sehr viele der Russen kennen, zumeist junge Menschen. Aber es waren auch ein paar alte dabei, zum Beispiel aus Sibirien. Mongolen mit guten Sitten, die sich anständig benahmen. In ihren Quartieren herrscht Sauberkeit und Ordnung wie auf unseren Kasernenhöfen. Jedenfalls haben wir alle erkennen müssen, dass unser herrliches Propagandaministerium seligen Angedenkens sich die größte Mühe gegeben hat, uns ein falsches Bild von den Russen zu vermitteln.*

*Vor zwei Wochen mussten wir nun auch raus aus unserem Haus. Sie haben dort eine Apotheke eingerichtet. Wir sind bei Inges Eltern auf dem Hof untergekommen und bewohnen dort zwei Zimmer und haben sogar eine kleine eigene Küche. So haben wir es eben doch noch ganz gut getroffen. Die meisten aus dem Ort, die vor den Russen geflüchtet sind, sind nicht wieder zurückgekehrt. Auch von Mathilde Hinze keine Spur. Sie wollte nach Stendal*

*zu Verwandten. Wilhelm Hinzes Mutter ist beim Russenein-*
*marsch grausam ums Leben gekommen. Wilhelm selbst ist neulich*
*einmal hier gewesen und hat ganz furchtbar geweint. Er ist ein*
*gebrochener Mann. Auch von Rudolf gibt es keine Spur. Wilhelm*
*sitzt hier im Ort und wartet, in der Hoffnung, dass Mathilde*
*vielleicht doch überlebt hat und zurückkommt. Eine schreckliche*
*Geschichte. Was ist nur aus uns allen geworden?*

*Du schreibst, dass ihr fast gar nichts mehr besitzt. Aber wer be-*
*sitzt heut schon noch etwas, wir müssen wohl alle ganz von vorn*
*anfangen, mein liebes Kind. Aber Du bist jung, und Du wirst*
*jetzt gebraucht. Eines Tages wirst Du auch wieder in Deinem*
*Beruf arbeiten können. Da sieht man mal wieder, wie nützlich es*
*war, dass wir Dir auch noch zu einer anderen Ausbildung verhol-*
*fen haben. Das kann Dir vielleicht jetzt sogar helfen. Gib nur die*
*Hoffnung nicht auf, besonders nicht den Glauben an Georgs*
*Rückkehr.*

*Was aus uns wird, wissen die Götter. Nach Berlin zu kommen,*
*ist noch immer sehr schwierig, da die Bahn nicht wieder fährt.*
*Man muss auf alle Fälle bis Frankfurt laufen und versuchen, von*
*dort aus eine Bahn zu bekommen. Zurück ist es noch viel schlim-*
*mer, da muss man fast den ganzen Weg laufen, da ist man zwei*
*Tage unterwegs, wenn man keine Verbindung bekommt. In un-*
*serem jetzigen Zustand ist das allerdings ein zu großes Risiko.*
*Die Bankkonten sind vorerst gesperrt, ein neues Geschäft aufzu-*
*ziehen ist also unmöglich.*

*Wir alle müssen uns erst einmal notdürftig für den Winter vorbe-*
*reiten. Ewig hier bleiben können wir ja auch nicht. Da wir in*
*Berlin alles verloren haben, werden wir uns wohl hier eine vorüber-*
*gehende Existenz aufbauen müssen.*

*Ich hoffe inständig, dass dieser Brief nicht wie der Deine wochen-*
*lang unterwegs sein wird und wir bald einmal wieder etwas von*

*Dir hören. Wie geht es unserer kleinen Enkelin? Die Flucht bis*
*nach Weimar muss ja eine unendliche Strapaze für sie gewesen*
*sein. Ach, wenn man sich nur mal wieder hören oder sehen könnte!*
*Aber da werden wir uns wohl noch einige Zeit in Geduld üben*
*müssen.*
*Herzlichst Deine Eltern*

Charlotte ließ den Brief sinken und sah zum Fenster
hinaus. Draußen schien die Sonne, und auf der Straße
tollte Elisabeth mit Kindern aus der Nachbarschaft
herum. Charlotte versuchte sich mit dem Gedanken zu
trösten, dass ihre Eltern überlebt hatten, wenn ihnen
auch sonst nicht viel geblieben war. Das Haus am See
gab es noch, der Ort, der für sie immer noch gleichbe-
deutend mit Heimat war. Wie gern wäre sie jetzt dort,
um im See zu schwimmen und in der Sonne auf der
Wiese zu liegen. Aber eine Reise dorthin würde sicher
eine ganze Woche dauern, und sie traute sich nicht aus
Weimar weg.

Die Hoffnung auf Georgs Rückkehr war zermür-
bend, aber dennoch wollte sie hier sein und auf ihn warten. Immer mehr Soldaten kehrten heim, aber von
Georg fehlte jede Spur. Charlotte hatte beim Roten
Kreuz eine Vermisstenanzeige aufgegeben und ging täglich zur Sammelstelle im Rathaus. Dort hingen die Lis-
ten mit den gefallenen und vermissten Soldaten, und sie
wurden von Tag zu Tag länger.

Doch Georg war nie dabei. Aber war das nun ein gutes oder ein schlechtes Zeichen? Kein einziger Brief,
kein Anruf, kein Lebenszeichen, seit er eingezogen worden war. Das war mehr als drei Jahre her. Sie lehnte die

Stirn an die kühle Fensterscheibe, und ihr Blick ging ins Leere.

Ich habe es doch nicht bis hierher geschafft, damit ich nun den Rest meines Lebens allein verbringen muss, dachte sie. Was zum Teufel soll ich nur ohne dich anfangen?

Still weinte sie, bis ihr Atem das Fensterglas trübte und alles vor ihren Augen verschwamm.

So bemerkte sie nur vage die hagere und leicht gebeugte Gestalt, die langsam die Straße heraufkam. Doch irgendetwas an der Gestalt kam ihr bekannt vor. Der Mann blieb stehen, als der Ball, den Elisabeth einem anderen Kind zugeworfen hatte, direkt vor seine Füße rollte. Elisabeth lief zu ihm, und Charlotte stockte der Atem. Der Mann beugte sich zu Elisabeth hinunter und strich ihr mit der Hand über den Kopf.

Der Augenblick kam ihr endlos vor. Schließlich zeigte Elisabeth mit ausgestrecktem Arm auf das Haus, und der Mann richtete sich auf. Charlotte blieb wie gebannt am Fenster stehen, und als der Mann zum ersten Stock hinaufsah, trafen sich ihre Blicke.

Sie stieß einen lauten Schrei aus, stürzte aus dem Zimmer die Treppe hinunter und riss die Haustür auf. Der Mann war am Gartentor angekommen, ließ das Bündel fallen, das er bei sich trug, und Charlotte fiel in seine ausgebreiteten Arme. Er wirbelte sie herum, und sie lachten und weinten beide und konnten nicht fassen, einander wiederzusehen. Von dem Tumult aufgeschreckt, erschien Charlottes Schwiegermutter in der Haustür. Sie hielt sich am Türrahmen fest und rief mit tränenerstickter Stimme:

„Mein Junge, du bist wieder da!"

Der *Junge* ließ Charlotte los und lief auf seine Mutter zu. Auf der obersten Treppenstufe fielen sie sich in die Arme und hielten einander einige Minuten lang schweigend fest.

Elisabeth hatte das Schauspiel beobachtet und griff nun nach der Hand ihrer Mutter. „Mama, wer ist der Mann?"

Charlotte nahm ihre Tochter auf den Arm.

„Das ist dein Onkel Friedrich, der Bruder deines Vaters." Sie weinte hemmungslos und drückte dabei ihre Tochter an sich.

„Warum weinst du, Mama?"

„Weil ich so glücklich bin, dass wieder einer aus unserer Familie heil zurückgekehrt ist."

Friedrich war südlich von Zwickau in amerikanische Gefangenschaft geraten und im berüchtigten Heidenheim interniert worden. Doch nun hatten sie ihn gehen lassen, und er war den größten Teil des Weges zu Fuß nach Weimar gelaufen. Er sah unterernährt aus, war aber wohl gesund. Seine positive Einstellung zum Leben schien er jedenfalls nicht verloren zu haben und brachte eine lange nicht gekannte Aufbruchsstimmung ins Haus.

Nachdem Anfang Juli in Weimar der Besatzungswechsel vollzogen worden war, die Amerikaner zogen ab und die Sowjets kamen, knüpfte Friedrich erste Kontakte zur neuen russischen Verwaltung, wo Charlotte eine vorübergehende Anstellung als Sekretärin bekam.

Die Besatzer brauchten Leute, die möglichst ohne politische Vergangenheit waren. Sie lernte etwas Russisch und konnte sich so ganz gut verständigen.

Der russische Kommandant mochte vor allem Elisabeth, die ihn an seine eigene Tochter erinnerte, die er in Russland bei einem Angriff der Deutschen verloren hatte. Doch er hegte deswegen offensichtlich keinen Groll gegen die Deutschen und ließ Charlotte manchmal einen Tornister heiße Suppe oder ein halbes Brot aus der Mannschaftsküche mitgeben.

Als Elisabeth im Herbst eingeschult wurde, schenkte er ihr sogar einige Süßigkeiten für die Schultüte.

„Ich wünschte, Georg könnte das sehen." Charlotte stand in der Tür und beobachte, wie ihre Tochter stolz den kurzen Schulweg über die Straße ging. „Sie weiß schon gar nicht mehr, wer ihr Vater ist."

Friedrich legte den Arm um ihre Schulter. „Gib die Hoffnung nicht auf."

„Es ist, als sei er vom Erdboden verschluckt."

Friedrich zog Charlotte an sich und küsste sie auf die Stirn.

„Der Glaube an seine Rückkehr ist alles, was zählt. Das ist nichts, was man mit dem Kopf entscheidet, sondern mit dem Herzen."

„Da ist aber nichts mehr. Wie soll ich einen Mann lieben, den ich seit Jahren nicht gesehen habe?"

Elisabeth drehte sich noch einmal um und winkte, bevor sie im Schulhaus verschwand. Charlotte warf ihr eine Kusshand zu und ließ ihren Arm sinken.

„Manchmal denke ich, ich kann das keinen Tag länger aushalten."

Friedrich knuffte sie in die Seite. „Ich glaube, du brauchst mal ein bisschen Ablenkung. Was hältst du davon, wenn ich dich am Freitag zum Tanzen ausführe? Freunde von mir haben drüben in der alten Scheune einen privaten Tanzboden eröffnet." Er grinste. „Es gibt auch schon wieder Bier, für ausgesuchte Gäste."

„Ich weiß nicht recht", sagte Charlotte zögerlich.

„Also abgemacht!", sagte Friedrich unbeeindruckt und hielt ihr seine Rechte hin. Immer noch zögernd schlug Charlotte schließlich ein. „Also gut – abgemacht!"

Am Tag darauf kam ein weiterer kurzer Brief von ihren Eltern. Somit wusste sie, dass ihre letzten Zeilen angekommen waren, und sie hoffte, nun wenigstens wieder regelmäßigen Briefkontakt halten zu können.

*Meine geliebte Charlotte,*
*Deine letzte Karte ist mit einiger Verspätung hier eingetroffen, und wir freuen uns sehr, von Dir zu hören. Dass Du nun eine Anstellung bei der Stadtverwaltung gefunden hast, macht uns sehr glücklich. So wissen wir Dich versorgt. Hoffentlich kommt Georg auch bald zurück, und Ihr könnt wieder in Euren geliebten Beruf zurück, wie Ihr Euch das sicher wünscht.*
*Uns geht es hier mehr schlecht als recht, das magere Essen führt zu ständigem Durchfall, der uns alle sehr schwächt. Wir essen nun morgens Roggenmehlsuppe, damit wir wenigstens satt werden. Übrigens kam neulich ein Brief von Dir vom April, den Du wohl nach Deiner Rückkehr nach Weimar an uns geschrieben hattest. In dem beschreibst Du die Verwüstungen in der Gegend um Dresden, die Du auf Deiner Flucht gesehen haben musst. Den Brief werde ich als Dokument seiner Zeit auf alle Fälle aufbewahren.*

*Wie vergisst der Mensch seine Leiden doch so schnell, man muss sich förmlich mit Gewalt an das Damals zurückerinnern. Dass es so etwas überhaupt geben konnte. Und wenn man heute liest und hört, was es noch so alles gegeben hat und vorüber kein Mensch reden durfte, dann glaubt man, in ein Tollhaus geraten zu sein. Und das im 20. Jahrhundert, das ist schlimmer als im Mittelalter.*

*Mit Deinem Besuch hier wirst Du warten müssen, bis wenigstens einmal täglich ein Zug fährt. Sonst bist Du von Berlin aus 2 Tage hin und wieder zurück unterwegs und musst kilometerweit laufen, mit Gepäck unmöglich. Es war schon oft davon die Rede, dass nächste Woche der Zug wieder fahren wird, aber das rückt wohl jede Woche erneut in weite Ferne.*

*Wir haben alle furchtbare Angst vor dem nahenden Winter. Es gibt keine Kohlen, und wie wir das überstehen sollen, weiß der Himmel. Du erinnerst dich, wie hier der Wind pfeifen kann. Im Garten haben wir dieses Jahr so gut wie nichts geerntet. Die Russen essen selbst zu gern Obst, Tomaten schon, wenn sie noch klein und grün sind, und ebenso die Gurken. Einzig ein paar Gläser Bohnen sind uns geblieben, die uns allerdings auch nicht über den Winter bringen werden. Wenn wir könnten, wären wir schon längst nach Berlin zurück, aber wohin sollen wir dort in diesem Trümmerhaufen. Wenn wenigstens etwas von unserem Haus übriggeblieben wäre, denn könnte man sich provisorisch einrichten, aber nichts, gar nichts. Oskar und ich sind mittlerweile sogar für die Gartenarbeit zu schwach. Und wir müssen jeden Weg zu Fuß gehen, da man uns alle Fahrräder genommen hat. Ganz abgesehen davon dürften wir ja nur mit Sondererlaubnis vom Kommandanten überhaupt ein Fahrrad besitzen. Du weißt ja, was es hier bedeutet, alle Wege zu Fuß zu machen.*

*So viel für heute, mein liebes Kind. Ach, wie haben sich die Zeiten doch geändert. Wir wollen uns alle acht Tage eine Karte schreiben, damit wir im Bilde sind über den Stand der Dinge. Jetzt, wo die Post wieder einigermaßen zuverlässig funktioniert, sollte das möglich sein.*
*Herzlichst Deine Eltern.*

Der letzte Brief vom August hatte noch viel zuversichtlicher geklungen und Charlotte begann, sich nun doch Sorgen um ihre Eltern zu machen. Neben dem vermissten Georg war das eine schwere Bürde. Gerade ihre Mutter hatte nie die beste Kondition gehabt und jetzt, nach all diesen Strapazen? Mühsam hatten sie den Krieg überstanden, und Charlotte fürchtete sich davor, dass Luise nun an dessen Nachwehen zu Grunde gehen würde.

Die Anstellung als Sekretärin machte ihr wenig Freude. Wenn doch nur die Theater bald wiedereröffnen würden, dachte sie. Doch an ein Engagement in dieser Zeit war nicht zu denken. Am Wochenende ging sie mit Friedrich tanzen. Aber was waren schon diese wenigen unbeschwerten Stunden im Vergleich zu ihrem trüben, sorgenvollen Alltag, der sich dadurch keineswegs verbesserte.

Weihnachten kam und ging, der Jahreswechsel ebenso, und immer noch keine Nachricht von Georg. Der Winter war gnadenlos kalt, und sie bekamen das Haus nicht warm. Brennmaterial gab es so gut wie keines.

Dazu kam, dass Elisabeth jeden Tag etwas Brennbares mit in die Schule nehmen musste, damit sie das Klassenzimmer heizen konnten. Jedes Kind war dazu verpflichtet. Mühsam versuchten sie, wenigstens die Küche und das Wohnzimmer zu heizen, doch der Rest des Hauses blieb eiskalt.

So saß Charlotte mit ihren Schwiegereltern auf engstem Raum, und manchmal wurde ihr diese Nähe geradezu unerträglich. Sie hatte keine Möglichkeit, allein zu sein, außer sie ging ins Bett. Doch selbst dort fror sie oft, und neben der Kälte war es vor allem der Hunger, der an ihren Nerven zerrte und ihr den Schlaf raubte.

Die Lebensmittelkarten deckten zwar den Grundbedarf, aber was waren schon zwei Scheiben Brot am Tag und fünf Gramm Fett. Bei der Kälte brauchte man auch mal eine warme Suppe, die aber nur aus Wasser und einer zerdrückten Kartoffel bestand. Sie litten unter der Mangelernährung und hatten oft Durchfall.

Charlotte ging immer wieder auf den Schwarzmarkt, wo sie bereits die gesamte Mitgift ihrer Schwiegermutter eingetauscht hatte. Vorhänge, Tischtücher und Bettwäsche gegen irgendetwas Essbares.

Doch das Schlimmste war das Warten, und ihre Hoffnung, dass Georg jemals zurückkehren würde, schwand von Tag zu Tag. Oftmals schämte sie sich dafür. Schließlich sollte sie nicht nur eine treusorgende Mutter sein, sondern auch eine treuliebende Ehefrau. Doch die Rolle der Letzteren passte unter diesen Umständen nicht mehr zu ihr.

Sie liebte Elisabeth. Das war das Einzige, was sie mit Gewissheit sagen konnte. Aber was empfand sie noch für Georg?

Wieder einmal konnte sie nicht schlafen und ging hinunter in die Küche, weil sie entsetzlich fror. Vielleicht war der Herd noch etwas warm und sie konnte sich eine Tasse heißen Ersatzkaffee machen. Das Haus war ruhig und dunkel, und leise schlich sie in eine Wolldecke gehüllt die Treppe hinunter. Als sie in der Küche das Licht anmachte, erschrak sie sich fast zu Tode. Am Küchentisch saß Friedrich.

„Kannst du auch nicht schlafen?", fragte er und rührte in seinem Ersatzkaffee.

„Mir ist so schrecklich kalt", erwiderte Charlotte und setzte sich ihm gegenüber.

Er schob ihr seine Tasse über den Tisch. „Hier, nimm einen Schluck, er ist noch ganz warm."

Charlotte umschloss die Tasse mit ihren kalten Händen und genoss für einen Augenblick die Wärme, die ihre Finger durchströmte. Dann nahm sie einen Schluck und sah Friedrich dabei in die Augen. „Was ist? Was hast du?", fragte sie ihn, als sie seinen eindringlichen, traurigen Blick bemerkte.

„Charlotte, du weißt, dass ich dich liebe."

Charlotte nahm noch einen Schluck von dem heißen Getränk und stellte dann die Tasse auf den Tisch. „Ich ahne es."

„Ich begehre dich so sehr, dass ich keine Nacht mehr ruhig schlafen kann in dem Wissen, dass du nur eine Türe weiter liegst." Er stand auf, kam um den Tisch herum, zog Charlotte von ihrem Stuhl hoch und nahm sie in den Arm.

„Und ich bin nicht mehr bereit, auf meinen Bruder Rücksicht zu nehmen." Mit seinen Händen umschloss er ihr Gesicht und küsste sie.

„Aber...", versuchte Charlotte sich von ihm zu lösen, „ich weiß nicht, ob ich das kann. Vielleicht lebt Georg doch noch, und ich mache einen großen Fehler."

Friedrich küsste sie noch einmal. „Weißt du, wie egal mir das ist?" Er nahm sie an der Hand und löschte das Licht in der Küche.

Leise schlichen sie die Treppe ins Dachgeschoss hinauf. Friedrichs Zimmer war wie das ihrige eiskalt, und nur seine Schreibtischlampe verbreitete einen dämmrigen Lichtschein. Er schloss die Tür, und für einen Augenblick blieb Charlotte unentschlossen mitten im Zimmer stehen.

Friedrich küsste sie und begann, sie aus ihrer Wolldecke zu schälen.

„Wir sollten das nicht tun", sagte Charlottes wenig überzeugend.

„Doch, sollten wir." Er küsste sie am Hals und biss ihr sanft ins Ohrläppchen. Charlottes feine Nackenhärchen stellten sich auf, und ein wohliger Schauer jagte ihr über den Rücken.

„Ich bin aus der Übung."

„Das werde ich sofort ändern", sagte Friedrich grinsend und zog ihr das Nachthemd über den Kopf. Als sie nackt, nur noch die grauen Wollstrümpfe an den Füßen, vor ihm stand, betrachtete er ihren schmalen Körper und ihre helle Haut, die sie ganz zerbrechlich erscheinen ließen.

Sie knöpfte sein Hemd auf, und als er seinen Gürtel öffnete, fiel seine Hose zu Boden, ohne dass er dazu den Hosenbund aufknöpfen musste. Seine Beckenknochen traten deutlich hervor.

Da hielt Charlotte die Anspannung nicht mehr aus und warf sich in seine Arme. Sie war das Warten leid, der innere Kampf zwischen ihrem Wunsch nach Nähe und der Verantwortung als Ehefrau und Mutter hatte sie mürbe gemacht. Sie gierte danach, körperlich befriedigt zu werden und brauchte dazu nicht einmal ein liebevolles Vorspiel.

Sie nahm Friedrichs Erregung ohne Zögern in sich auf, und mit wenigen Stößen erreichte sie den Höhepunkt. Sie stöhnte leise. Das Gefühl, sich einfach fallen zu lassen, hemmungslos und frei von jeglicher Vernunft, brachte ihren unruhigen Geist, der dauernd gegen Hunger, Kälte und das trostlose witwengleiche Dasein ankämpfte, endlich zum Schweigen. Von einer orgastischen Welle wurde sie davongetragen, gepaart mit dem Wunsch, nie mehr zurückkehren zu müssen.

Einmal war nicht genug. Sie teilten sich eine Zigarette und liebten sich erneut, als gäbe es kein Morgen, bis sie schließlich erschöpft in ihre Kissen fielen. Im Morgengrauen sank Charlotte mit einer tröstlichen Leere im Kopf in einen traumlosen Schlaf.

Als sie Stunden später erwachte, fühlte sie sich ungewohnt erholt. Friedrich hatte ihr einen Zettel aufs Kopfkissen gelegt: *Alle glauben, du schläfst noch. Ich hab mir was einfallen lassen.*

Charlottes Unruhe kehrte zurück. War es richtig gewesen, sich so zu vergessen, jegliche Verantwortung für das eigene Handeln abzustreifen? Wie würde sie Georg begegnen, sollte er tatsächlich zurückkehren? Ihr Verstand arbeitete wieder klar, und sie wusste, dass sie in der vergangenen Nacht Verrat begangen hatte. Verrat an ihrem Mann, der Gott weiß wo war, und Verrat an ihrer Ehe. Dennoch, so lange wartete sie schon auf seine Rückkehr.

War es da nicht entschuldbar, dass sie irgendwann nicht mehr die Kraft hatte, sich gegen ihre wahren Gefühle zu wehren? Sie hatte diese letzte Nacht gebraucht, war nicht mehr bereit dazu, auf ihre eigenen Bedürfnisse zu verzichten, und auch wenn es Verrat war und sie niemals auch nur ein Sterbenswörtchen davon erzählen durfte, so hatte sie doch die Gewissheit, dass sie nicht anders handeln konnte. Die Liebe und die körperliche Begierde hatten sich ihren Weg gebahnt, und sie verspürte jetzt wieder die Kraft, den Kampf, um ein neues Leben aufzunehmen.

Als auch in den folgenden Wochen keine Nachricht von Georg kam, beschloss Charlotte endgültig, sich ein Leben ohne ihn aufzubauen. Mit Mitte 30 war sie zu jung, um dies als abgeschlossen zu betrachten und begann, mit Friedrich Pläne zu schmieden.

Sie wollte endlich wieder als Schauspielerin arbeiten, und Friedrich konnte seinen Beruf als Architekt überall ausüben und war bereit, ihr zu folgen, wo auch immer ihr ein Engagement angeboten wurde. Die Aufbruchsstimmung tat ihr gut, und sie war voller Energie. Sie hatte bereits einige Agenten kontaktiert und wartete nun jeden Tag sehnlichst auf die Post, in der Hoffnung, zu einem Vorsprechen eingeladen zu werden.

An einem lauen Abend Anfang Mai, Friedrich und Charlotte waren tanzen gewesen, kamen sie weit nach Mitternacht nach Hause. Charlotte war leicht beschwipst, und Friedrich hatte sie untergehakt.

„Psst, nicht so laut. Wir wecken ja das ganze Haus auf", ermahnte er sie mit gespielter Strenge und lachte.

„Na und! Die sollten alle mal ein bisschen Spaß haben", kicherte Charlotte. „Wenn die wüssten, wie schön das ist." Am Haus der Schwiegereltern angekommen, blieben sie wie angewurzelt am Gartenzaun stehen. Auf den Stufen vor der Haustür saß eine zusammengesunkene Gestalt in einem grauen Mantel und schweren Stiefeln. Zitternd öffnete Charlotte das Gartentor und wurde schlagartig nüchtern. Erschrocken blieb sie stehen, als sich die Gestalt bewegte.

Friedrich schob Charlotte hinter sich, als wolle er sie schützen. „Warte, lass mich vorgehen." Dann erhob er die Stimme: „Hallo, wer sind Sie, und was haben Sie da zu suchen?"

Als der Mann auf der Treppe sitzend aufblickte, entfuhr Charlottes Kehle ein Schrei.

„Georg?" Ungeduldig schob sie sich an Friedrich vorbei. „Das ist Georg, meine Güte."

Sie presste sich die Hand auf den Mund, und Tränen liefen ihr über die Wangen, als sie näher an ihn herantrat.

„Ich kann es gar nicht glauben."

Georg stand mühsam auf. Seine Glieder waren steif und erschöpft von einem langen Fußmarsch.

„Charlotte", sagte er, kam auf sie zu und blieb plötzlich vor ihr stehen. Dann sah er Friedrich an. „Ich würde euch so gern in die Arme nehmen, aber ich starre vor Dreck, und außerdem habe ich Läuse." Seine Stimme klang schwach, und er lächelte verlegen.

Charlotte sah vom einen zum andern. Was für eine groteske Situation – die Rückkehr des Ehemannes in Gegenwart des Liebhabers. Niemand fragte, warum sie jetzt erst nach Hause kam und noch dazu lachend und beschwipst mit Friedrich. Und warum saß Georg hier auf den Stufen und hatte nicht einfach geklingelt? Wie auch immer sie sich das Wiedersehen mit Georg nach der langen Zeit vorgestellt hatte, so jedenfalls nicht.

Sie nahm ihre Hand vom Mund und berührte damit vorsichtig Georgs Wange. Der schloss die Augen und neigte den Kopf leicht zur Seite. Sein Gesicht war ganz knöchern und aschfahl.

Sie hatten beide so viel erlebt, wovon der andere nichts wusste und wahrscheinlich auch nie erfahren würde, doch in diesem Augenblick war sie wieder da, die Verbindung zwischen ihnen, das unsichtbare Band, das nie wirklich durchtrennt worden war, und Charlotte spürte, dass es einen Neuanfang geben würde.

Friedrich hatte die Szene wortlos beobachtet. Nun stieg er die Treppen zur Haustür hinauf und schloss auf.

„Läuse hin oder her", sagte er. „Du brauchst eine heiße Wanne, Bruderherz."

Soeben hatte er Charlotte zum zweiten Mal verloren, wieder an seinen Bruder.

April 1990

„W as willst du hier?" Charlotte öffnete das
Gartentor und sah ihren Schwiegersohn
finster an. Die Jahre waren auch an ihm
nicht spurlos vorübergegangen. Damals, kurz nach Elisabeths Tod, als sie David zum ersten und bis zu diesem
Tag auch zum einzigen Mal in Ostberlin getroffen hatte,
war er ein gutaussehender Mittvierziger gewesen. Höflich und charmant war er gewesen, und unter anderen
Umständen wäre Charlotte seinem Charme sicherlich
erlegen. Doch er war der Mann, der ihr die Tochter genommen hatte, und dafür hatte sie ihn von Anbeginn
an heftig abgelehnt.

Nun waren seine Schläfen grau geworden, und unter
seinem Pullover zeichnete sich ein beginnender Wohl-
standsbauch ab. Die Stoppeln seines Dreitagebartes ließen ihn älter erscheinen als er war, und sein Gesicht
wirkte müde.

David war der kritische Blick seiner Schwiegermutter
nicht entgangen, und er spürte sofort, dass sie ihn immer noch genauso wie damals ablehnte.

„Ist Magdalena bei dir?"

Auch er hatte die erste und einzige Begegnung mit
Charlotte noch gut in Erinnerung. Sie hatte ihn um ein
Treffen gebeten, zu dem er auch Lena mitbringen sollte.
Doch er hatte es für zu gefährlich gehalten, das Kind
mit in den Osten zu nehmen, da er an der Grenze mit
Schwierigkeiten rechnen musste. Was, wenn sie ihn ver-
hafteten? Er war nicht bereit gewesen, Lena dieser Ge-

fahr auszusetzen und hatte sie für die Zeit seines Besuchs in Ostberlin bei einer befreundeten Familie in Wien untergebracht. Charlotte hatte ihm vorgeworfen, ihr nicht nur die Tochter genommen zu haben, sondern ihr nun auch noch die Enkelin vorzuenthalten.

Seit diesem Treffen hatten sie nur sehr sporadisch Kontakt gehalten. David hatte ihr ab und zu Fotos von Lena geschickt und sie über die Entwicklung des Kindes auf dem Laufenden gehalten. An Charlottes selbstgerechter Arroganz schien dieses Entgegenkommen jedoch nichts geändert zu haben.

„Verschwinde", zischte sie ihn an wie einen lästigen Hausierer.

„Ich will nur wissen, ob meine Tochter bei dir ist."

„Mach, dass du wegkommst!" Krachend warf Charlotte das Gartentor ins Schloss, und David wich erschrocken zurück. Immer noch den gleichen Hang zur Dramatik, dachte er.

„Sie ist hier, nicht wahr?"

„Ja", knurrte Charlotte.

David ruckelte mit beiden Händen am Zaun.

„Ich möchte bitte mit ihr sprechen."

„Sie aber nicht mit dir", sagte Charlotte und grinste. „Das Mädchen hat Charakter."

Kraftlos ließ David die Hände sinken. „Warum bist du nur so ungerecht?"

„Wage es ja nicht, über mich zu urteilen", sagte Charlotte zornig.

David streckte den Rücken durch. Er war viel zu erschöpft, um diesen Kampf erneut auszufechten, aber er wollte sich auch nicht vertreiben lassen.

„Ich habe mich all die Jahre um Lena gekümmert, habe ihr eine Zukunft in Freiheit ermöglicht. Zählt das denn gar nichts?"

Charlotte lachte abfällig. „Dich hat doch nur dein schlechtes Gewissen getrieben."

Das fühlte sich an wie ein Schlag in die Magengrube.

„Was weißt du denn schon über mich?" fragte er.

In diesem Moment bedauerte er zum wiederholten Mal, dass er Charlotte damals erzählte hatte, was wirklich passiert war: dass Elisabeth von dem Jungen erfahren hatte, kurz bevor sie gestorben war. Er hatte auf Charlottes Verständnis gehofft, vielleicht sogar Trost bei ihr gesucht, aber stattdessen eiskalte Ablehnung geerntet.

Nun kam Charlotte zurück an den Zaun. „Genug. Du hast meine Tochter auf dem Gewissen. Und jetzt geh endlich, bevor ich mich vergesse!" Demonstrativ zog sie ihren Schlüsselbund aus der Jackentasche und verschloss das Gartentor.

David rührte sich nicht vom Fleck. Da hörte er plötzlich, wie Charlotte etwas Unverständliches murmelte. Dann sah sie ihn mit zusammengekniffenen Lippen an. Fragend hob er die Augenbrauen. Da schüttelte sie unwirsch den Kopf und ließ den Schlüssel in ihrer Jackentasche verschwinden.

„Ich werde Lena ausrichten, dass du hier warst."

Erleichtert atmete er aus. Mehr konnte er unter diesen Umständen nicht von ihr erwarten. Leise kam ihm ein Dank über die Lippen, den Charlotte jedoch längst nicht mehr hörte. Er blieb noch einen Moment am Gartentor stehen und sah seiner Schwiegermutter nach, als er plötzlich von einem tuckernden Wartburg aus seinen Gedanken gerissen wurde. Der Wagen kam direkt vor der Einfahrt zum Stehen. David trat einen Schritt zur Seite, als ein Mann mit Vollbart das Autofenster herunterkurbelte und ihn musterte.

„Kann ich helfen?"

David schüttelte den Kopf. „Ich bin und bleibe der gefallene Schwiegersohn, mir ist nicht mehr zu helfen."

Der Fahrer legte seinen Unterarm auf die Fensteröffnung.

„Wurde ihnen der Zugang zu den heiligen Hallen verwehrt?"

David nickte.

„Haben Sie tatsächlich geglaubt, Charlottes Zorn würde jemals verrauchen?"

David zuckte mit den Schultern „Ich habe es zumindest gehofft."

„Da kennen Sie unsere Schwiegermutter aber schlecht", sagte der Bärtige, stieg aus dem Auto und streckte ihm die Hand entgegen. „Ich bin übrigens Siegfried, dein Schwager."

Die Männer schüttelten einander die Hand, und zum ersten Mal an diesem Tag erlebte David, dass ihm so etwas wie Herzlichkeit entgegengebracht wurde. „Dir habe ich es also zu verdanken, dass ich der Gute bin", sagte Siegfried und grinste ihn an.

„Wie meinst du das denn?"

„Die Stelle des bösen Schwiegersohns war ja schon von dir besetzt, als ich in die Familie eingeheiratet habe."

„Verstehe", antwortete David. „Bisher hatte ich ja nie die Gelegenheit, das alles aufzuklären."

In Richtung der verschwundenen Charlotte nickend fügte er hinzu: „In ihrer Version bin ich sicher nicht gut weggekommen."

„Nein, nicht wirklich." Siegfried sah auf die Uhr. David schien eigentlich ein ganz netter Kerl zu sein, und vielleicht war dies eine gute Gelegenheit, sich einmal die andere Version der Geschichte anzuhören. Außerdem zog es ihn nicht unbedingt zurück zu Ehefrau und Schwiegermutter, zwischen denen seit dem Streit am Morgen ziemlich dicke Luft herrschte.

„Bierchen gefällig?", fragte er David, der nicht lange überlegte. Hier konnte er an diesem Tag ohnehin nichts mehr ausrichten, und was sollte er schon allein im Hotel? Außerdem schien sein Schwager ein angenehmer Mensch zu sein. „Warum nicht?"

Als die Autotür auf Davids Seite nur halb ins Schloss fiel, lachte Siegfried. „Das ist eine alte Kiste, du musst die Tür ordentlich zuschmeißen."

„So ist es richtig, nieder mit dem Sozialismus", sagte er, als es David gelungen war, die Tür zu schließen und sie über das Kopfsteinpflaster Richtung Seepromenade holperten.

Eine Viertelstunde später betraten sie dort eine Gaststätte namens Pechhütte, die, so zumindest kam es David vor, ihrem doppeldeutigen Namen alle Ehre machte. Seit den 70er-Jahren schien sich an dessen tristem Interieur nichts geändert zu haben, und nun, um fünf Uhr nachmittags, waren sie die einzigen Gäste. Ein Kellner stand an der Durchreiche zur Küche und polierte Besteck.

„Zu DDR-Zeiten hast du hier keinen Platz bekommen, war immer ausgebucht. Aber seit der Wende sind die hohen Herren weg vom Fenster", sagte Siegfried und steuerte einen Tisch an, von dem sie einen Blick auf den See hatten. „Zwei Lübzer Pils, bitte", rief er dem Kellner im Vorbeigehen zu und wenige Minuten später brachte der zwei frisch Gezapfte.

„Die Küche hat Nachmittagspause", murmelte er. „Warmes Essen gibt es ab sechs. Und Kuchen ist aus." Man sah ihm an, dass er sich durch die zwei Männer in seiner Nachmittagsruhe gestört fühlte.

Siegfried winkte ab. „Keine Umstände, wir zahlen eh nur in Ostmark. Die zwei Bier genügen uns fürs Erste – vielen Dank!"

Während der Kellner davonschlurfte, prosteten sie sich zu.

„Das tut gut!", seufzte Siegfried nach dem ersten Schluck zufrieden und legte die Unterarme auf den Tisch. „Schön, dass wir uns endlich mal kennen lernen."

David sah auf die weiße, mit roten Kirschen bedruckte Wachstuchdecke, die braune Soßenflecken zierten. Eine orangefarbene Plastikgarnitur mit Pfeffer- und Salzstreuer war die einzige Tischdekoration.

„Könnte ein bisschen gemütlicher sein", meinte David und blickte auf das braune Sprelacartfensterbrett, auf dem zwischen Blumentöpfen mit vertrockneten Grünpflanzen tote Fliegen herumlagen.

„Ja, sieht schon ziemlich traurig aus hier", sagte Siegfried.

David fragte sich kurz, ob es eine gute Idee gewesen war, mit seinem Schwager hier einzukehren. Die gähnende Leere in der Gaststätte und das wenig einladende Flair drückten mächtig auf seine Stimmung, die ohnehin nicht die beste war.

„Wie du siehst, geht hier gar nichts", erklärte Siegfried. „Alle warten auf das Westgeld. Diese Gaststätte zum Beispiel war staatlich und soll jetzt privatisiert werden. Doch welcher westdeutsche Investor zahlt für so eine Bruchbude einen anständigen Preis?"

Dann richtete er seine Aufmerksamkeit wieder auf sein Bier, dessen Schaum bereits in sich zusammengefallen war. „Weiß deine Tochter eigentlich, dass du hier bist? Hast du schon mit ihr geredet?"

„Lena?" David trank einen Schluck und stellte das Bierglas neben den Bierdeckel. „Ich bin froh, wenn sie überhaupt jemals wieder ein Wort mit mir wechselt." Nervös nahm er den Bierdeckel hoch und spielte damit herum.

„Aber Charlotte lässt mich ja nicht an sie heran. Nach all den Jahren hasst sie mich wohl immer noch genauso wie früher."

„Sie meint, dass du Elisabeth auf dem Gewissen hast."

„Ich weiß, aber das ist nur die halbe Wahrheit."

„Also, nun mal raus mit der Sprache", forderte Siegfried ihn auf.

„Die Geschichte ist kompliziert", erwiderte David und war sich nicht sicher, was davon er Siegfried erzählen sollte.

„Das haben Familiengeschichten so an sich. Und wenn es länger dauert – kein Problem. Um sechs macht die Küche wieder auf. Auch wenn es nicht so aussieht, aber die haben wirklich gute Schnitzel hier."

# Frühling 1961

Elisabeth schlüpfte vorsichtig aus ihrem Kostüm und warf sich ihren dunkelgrünen Frotteebademantel über. Sie löste die Haarnadeln ihrer Perücke und setzte die künstliche Haarpracht auf den Perückenhalter, bevor sie damit begann, sich abzuschminken. Die Vorstellung von Shakespeares *Wie es euch gefällt* war an diesem Abend gut besucht gewesen, das Publikum hatte begeistert geklatscht, und Elisabeth konnte einige Vorhänge für sich verbuchen. Die Rolle der Rosalind lag ihr einfach.

Da klopfte es an der Tür.

„Ja, bitte."

Im Spiegel sah sie einen Mann mittleren Alters die Garderobe betreten.

„Guten Abend, Fräulein Landauer." Er verbeugte sich höflich und fuhr sich mit der Rechten durch die rotblonden Locken, die ihm wirr um den Kopf standen. „Ich hoffe, ich komme nicht ungelegen?"

Elisabeth stand auf, schlang den Bademantel fest um ihren Körper und reichte dem Mann die Hand.

„Nein. Herr Hoffmann, nehme ich an?"

„David Hoffmann, freut mich sehr." Er deutete einen Handkuss an, und Elisabeth betrachtete ihn. Ihr Agent hatte ihr Hoffmann bereits angekündigt. Dieser sei auf der Suche nach einer Besetzung für die Rolle der Hero in Shakespeares *Viel Lärm um nichts* und wolle sich ein Bild von ihrer Bühnenleistung machen.

„Wie hat Ihnen die Vorstellung denn gefallen?", kam sie sogleich zur Sache.

Hoffmann sah ihr direkt in die Augen, und ihr lief ein kribbelnder Schauer über den Rücken.

„Eine explosive Mischung, würde ich sagen", erwiderte er. „Eine Mischung aus Freigeist und Intensität. Ja, ich glaube, das trifft es ganz gut und hat mich sehr beeindruckt. Sehen Sie eine Möglichkeit, dass wir uns irgendwo ungestört unterhalten können?"

Elisabeths Herz machte einen Sprung. Seit Kindertagen schon stand sie auf der Bühne, und fünf Jahre zuvor hatte sie sich an der Erst-Busch-Schauspielschule beworben. Doch man hatte sie abgelehnt. Sie sei zu jung, hatte es geheißen.

Schließlich hatte sie einen Studienplatz an der Filmhochschule Babelsberg ergattert und schon relativ bald ihre wahre Leidenschaft entdeckt: Der Film hatte es ihr angetan. Und Hoffmann kam, soweit sie wusste, aus Wien und arbeitete fast ausschließlich für den Film. Die Frage, warum er ausgerechnet in Ostberlin nach neuen Talenten suchte, interessierte sie nicht weiter. Sie wusste nur eines: Wenn es eine Chance gab, von ihm engagiert zu werden, dann würde sie diese ergreifen.

Gespielt gelassen antwortete sie: „Hier um die Ecke gibt es eine kleine Kneipe. Treffen wir uns dort in, sagen wir mal, zwanzig Minuten?"

Hoffmann betrachtete sie, wie sie so vor ihm stand in ihrem abgewetzten Bademantel, jung und unverbraucht. Genau danach hatte er gesucht.

„Einverstanden?", fragte Elisabeth noch einmal.

Er musterte sie noch einmal von oben bis unten und nickte.

„Gut, dann bis gleich. Ich freu mich."

„Ich mich auch", antwortete Hoffmann und verließ die Garderobe.

Elisabeth wusch sich an dem kleinen Waschbecken in der Ecke das Gesicht. Er gefiel ihr, dieser Hoffmann. Ein wirklich attraktiver Mann.

Da klopfte es wieder an der Tür. Sie rieb sich mit dem Handtuch gerade das Gesicht trocken und erschrak, als sie im Spiegel zwei Männer in langen Mänteln und mit Hüten auf dem Kopf die Garderobe betreten sah. Der Raum wirkte plötzlich noch viel enger, als er ohnehin schon war.

„Fräulein Landauer?"

„Ja?" Sie hielt noch immer das Handtuch in den Händen.

„Wir müssen mit Ihnen reden." Der Größere der beiden drehte den Stuhl vor dem Schminktisch herum.

„Bitte setzen Sie sich!" Sein Blick machte ihr unmissverständlich klar, dass dies keine Bitte war, sondern ein Befehl. Wortlos nahm sie Platz.

Der Kleinere der beiden hatte die Garderobentür geschlossen und drehte nun den Schlüssel herum. Das Schloss rastete hörbar ein. Mit dem Rücken an die Tür gelehnt blieb er dort stehen.

Das konnten nur Leute von der Staatsicherheit sein, wurde ihr augenblicklich klar. Aber was wollten die ausgerechnet von ihr?

Der Größere baute sich vor ihr auf und stemmte die Arme in die Hüften.

„Sie hatten heute Abend Besuch?"

Elisabeth drehte sich mit ihrem Stuhl herum und sah in den Spiegel, um das Perückenband zu lösen. Einschüchtern lassen wollte sie sich auf keinen Fall.

„Wenn Sie das so nennen wollen. Ich glaube, wir waren ausverkauft, also dürften es wohl einige hundert Besucher gewesen sein."

„Ich rede von dem Mann, der soeben ihre Garderobe verlassen hat, David Hoffmann."

„Ach der", sagte Elisabeth betont desinteressiert.

„Was wollte er?"

„Nichts von Belang", sagte sie und griff nach ihrer Gesichtscreme.

Der Typ beugte sich zu ihr hinunter und sah sie im Spiegel an.

„Hören Sie auf mit diesen Spielchen. Wir wissen genau, wie so was läuft. Der große Regisseur aus dem Westen interessiert sich für die junge, talentierte Schauspielerin aus dem Osten."

Elisabeth stellte die Cremedose unbenutzt zurück auf den Tisch und griff nach ihrer Haarbürste. Mit ausladenden Bewegungen begann sie, sich das Haar zu bürsten, so dass der Kerl Abstand nehmen musste, wenn er nicht ihren Ellenbogen ins Gesicht bekommen wollte.

„Kommen wir zur Sache", zischte dieser ungeduldig.

„Bitte, ich halte Sie nicht auf", gab sie zurück und bürstete ihr Haar noch kräftiger.

„Wir möchten, dass Sie für uns arbeiten."

Elisabeth fuhr ungerührt fort, sich einen Pferdeschwanz zu binden.

„Ich bin Schauspielerin. Politik interessiert mich nicht."

Der Kerl trat wieder einen Schritt näher an ihren Stuhl heran und nahm ihr die Haarbürste aus der Hand.

„Das sollte es aber, Fräulein Landauer, das sollte es."

Elisabeth umwickelte ihren Zopf am Ansatz mit einem dunkelroten Haarband. Sie beschlich das untrügliche Gefühl, dass der Typ genau wusste, was er tat. Als sie fertig war, konnte sie gar nicht so schnell reagieren, wie er ihr die Hände auf die Schultern legte und sie festhielt.

„Also noch mal: Sie werden für uns arbeiten."

Steif blieb sie auf ihrem Stuhl sitzen.

„Ich wüsste nicht, warum."

Jetzt spürte sie, wie der Kerl sie stärker auf die Sitzfläche drückte. Trotz seiner Hände auf ihren Schultern rückte sie mit einem kräftigen Ruck ihren Stuhl zurück, sodass der Mann einen Satz nach hinten machen musste. Beinahe hätte sie ihm den Stuhl über die Füße geschoben. Der andere hatte sich inzwischen eine Zigarette angezündet, und die kleine fensterlose Garderobe füllte sich schnell mit erstickenden Rauchschwaden.

Elisabeth stand auf und drehte sich um.

„Würden sie bitte die Zigarette ausmachen, hier herrscht striktes Rauchverbot."

Ungerührt qualmte der Kerl weiter, während der andere weiter auf sie einredete.

„Fräulein Landauer, Sie sollten mit uns zusammenarbeiten, sonst kann es sein, dass Ihre Karriere schon vorbei ist, bevor sie richtig angefangen hat."

Ihr Puls ging schneller. Sie antwortete nicht. Der Kerl kam ihr bedrohlich nahe, und sie konnte ihm nicht ausweichen, weil hinter ihr der Schminktisch an der Wand stand.

„Es ist ganz einfach, Fräulein Landauer. Sie werden für uns arbeiten. Andernfalls gibt es weder einen neuen DEFA-Film mit Elisabeth Landauer noch sonst irgendeine neue Rolle."

Elisabeth schlug das Herz fast bis zum Hals. Der Kerl war nun so nah an ihr dran, dass sie seinen alkoholisierten Atem riechen konnte und seine nikotinverfärbten Zähne sah. Widerlich, dachte sie und überlegte, wie sie sich wieder Distanz verschaffen konnte. Sie stützte sich mit den Händen auf dem Schminktisch ab und bekam die Tasse Kaffee, die seit Beginn der Vorstellung dort stand, zu fassen. Mit einer schnellen Bewegung gab sie der Tasse einen Stoß, so dass diese zu Boden fiel. Sie zersprang in tausend Splitter, und ihr brauner Inhalt spritzte auf das Linoleum.

Der Kerl machte einen Satz zurück. Schnell brachte sie den Stuhl zwischen sich und den Mann und stellte einen Fuß auf die Sitzfläche. Nun kam er nicht mehr an sie heran. Sie musste all ihren Mut zusammennehmen, um sich ihre Angst nicht anmerken zu lassen.

„Ist das die Art, wie der Sozialismus mit seiner künstlerischen Elite umgeht?"

Der Stasikerl sah an sich hinunter. Sein graues Hosenbein war mit dunklen Kaffeeflecken übersät.

„So eine Sauerei", keifte er, griff nach dem Handtuch, das Elisabeth zuvor achtlos auf den Tisch geworfen hatte und ging schimpfend zum Waschbecken, um seine

Hose zu säubern. Währenddessen löste sich der andere von der Tür. Er nahm einen kräftigen Zug aus seiner Zigarette und blies ihr den Rauch direkt ins Gesicht. Dann schnippte er die Kippe auf den Boden und trat sie aus.

„Ihre Eltern haben doch dieses wunderschöne Haus am Scharmützelsee?"

Elisabeth erschrak. Worauf wollte der hinaus?

Der Kerl bemerkte ihre Unsicherheit und klang leicht amüsiert, als er zu seinem Kollegen hinübersah, der immer noch seine Hose reinigte.

„Privatbesitz. Das kommt gar nicht gut in unserem Arbeiter- und Bauernstaat."

Sein Kollege blickte von seiner Hose auf und warf das feuchte Handtuch ins Waschbecken.

„Stimmt. Volkseigentum, Fräulein Landauer, Volkseigentum ist die Devise."

Elisabeth wurde heiß. Die beiden spielten auf Enteignung an. Ihre Mutter hatte es bisher mit Müh und Not geschafft, das Haus nicht zu verlieren. Und nun wollten sie die beiden doch tatsächlich erpressen.

„Ich glaube, es ist besser, Sie gehen jetzt", sagte sie mit betont fester Stimme.

„Und dann wäre da noch die Kollaboration mit dem Klassenfeind, sollten sie tatsächlich für diesen Hoffmann arbeiten wollen."

Sie schnappte nach Luft. Die beiden standen nun wie eine geschlossene Mauer vor ihr.

„Wir werden uns das nicht bieten lassen, Fräulein Landauer, es sei denn …"

Der Kleinere griff in seine Manteltasche und zog ein Stück Papier heraus.

„Sie unterschreiben das hier."

Er legte das Blatt neben sie auf den Tisch.

„Was ist das?" fragte sie mit einem leichten Zittern in der Stimme, das sie nicht unterdrücken konnte.

„Eine Erklärung, dass Sie mit uns zusammenarbeiten. Ab sofort. Ihr Tarnname ist Stella. Klingt doch nett für ein Filmsternchen, oder?" Die beiden lachten.

„Was ist, wenn ich nicht unterschreibe?" fragte sie.

Der Große schüttelte den Kopf.

„Sehen Sie, wir haben doch alle was davon: Wir bekommen Informationen, Ihre Karriere geht voran, und wir vergessen das kleine private Elternhäuschen am See."

Er zückte einen Kugelschreiber und hielt ihn ihr hin.

„Ich möchte mir das in aller Ruhe überlegen", sagte sie in einem letzten Versuch, sich dagegen zu wehren, musste jedoch im selben Augenblick erkennen, dass sie zu weit gegangen war.

„Schluss jetzt mit dem Gezicke."

Der Kerl packte sie an den Schultern und drehte sie gewaltsam um, drückte sie auf den Stuhl nieder und schob das Papier vor sie hin. Dann griff er grob nach ihrer Hand und schob ihr den Stift zwischen die Finger.

„Sie unterschreiben jetzt – sofort!"

Elisabeth begann zu weinen. Mit zitternder Hand setzte sie ihre Unterschrift auf das Papier, ohne zuvor zu lesen, was dort stand. Sobald sie ihre Unterschrift daruntergesetzt hatte, zog der Kerl ihr den Stift aus der Hand, nahm ihr das Blatt weg und faltete es zusammen.

„Na also, geht doch." Mit diesen Worten lüftete er seinen Hut und nickte dem Kleineren zu. Dieser schloss die Garderobentür auf, und sie verschwanden so plötzlich, wie sie gekommen waren

Elisabeth zitterte am ganzen Körper. Ihr wurde plötzlich übel, und sie konnte gerade noch zum Waschbecken stürzen, bevor sie sich erbrach.

*

„Mama, wir haben Post!" Carolina lief zwei Treppenstufen auf einmal nehmend in den ersten Stock hinauf. Ein viel zu dünn geratener Backfisch, wie ihre Großmutter Luise des Öfteren hinter vorgehaltener Hand bemerkte. Mit ihrer Brille, ihren grau-grünen Augen und ihrem durchscheinenden Teint hatte sie so gar nichts von der Eleganz ihrer Schwester Elisabeth und ihrer Mutter Charlotte.

Carolina war aus der Art geschlagen, davon war zumindest Luise überzeugt. Doch Carolina schien das nicht zu stören, im Gegenteil. Für Theater interessierte sie sich wenig, und sie legte auch keinen besonderen Wert auf gutes Aussehen. Stattdessen beschäftigte sie sich lieber mit Mathematik und Physik.

Charlotte trat aus der Küche und trocknete sich die Hände an ihrer Schürze ab.

„Was gibt es denn so Aufregendes, du schreist ja das ganze Haus zusammen." Durch ihr rotes Haar zogen sich zarte silbergraue Fäden, und wenn sie lächelte, zeichneten sich deutliche Falten um ihre Augen ab, was ihrer charismatischen Ausstrahlung jedoch keinen Abbruch tat.

An diesem Sonntag hatten sie dienstfrei. Georg bereitete gerade seine beliebten Thüringer Kartoffelklöße zu, und sie selbst hatte beim Fleischer ein Stück Kasslerbraten unter dem Ladentisch erstanden.

Luise, am Stock gehend und dennoch um einen aufrechten Gang bemüht, kam aus ihrem Zimmer. Ihr Haar zu einem grauen Knoten gebunden, ihre Kleidung einfach und praktisch, war sie unverkennbar gealtert und vom Leben gezeichnet. Doch ihre Scharfzüngigkeit hatte sie keineswegs eingebüßt – im Gegenteil. Ungeduldig klopfte sie mit ihrem Stock auf den Dielenboden.

„Was ist denn das für ein Krach, Carolina?"

Ihre Enkelin wedelte mit einem Brief vor der Nase ihrer Mutter herum.

„Ich habe gestern vergessen, den Briefkasten zu leeren, und stell dir vor, was ich da heute entdeckt habe!" Sie war so aufgeregt, dass sie nach Luft schnappen musste.

Luise schüttelte den Kopf. „Diese Nachlässigkeit, Charlotte. Das Kind kommt seinen Pflichten nicht nach. Wenn nun Post für mich dabei gewesen wäre, dann hätte ich sie gestern nicht bekommen."

Charlotte verdrehte die Augen. „Ist ja gut, Mutter", sagte sie beschwichtigend und nahm Carolina den Brief aus der Hand.

„Das darf doch nicht wahr sein", murmelte sie nach einem Blick auf den Absender und riss den Umschlag auf, ohne sich die Mühe zu machen, den Brieföffner zur Hand zu nehmen.

Nun kam auch Georg in den Flur. „Was gibt es denn so Dringendes, weshalb mir meine Küchenhilfe abhandengekommen ist?" Er trat zu Charlotte, die hektisch den Brief überflog.

„Nun sag schon!", drängte er. „Ist es das, was ich vermute?"

„ … teilen wir Ihnen mit, dass Sie am Mittwoch, den dritten Juni, das Ihnen zugeteilte Fahrzeug, Trabant Typ…"

„Juhu, wir bekommen ein Auto!" Carolina begann, wie wild im Flur herumzutanzen, während Charlotte den Brief sinken ließ und Georg ansah.

„Also hat meine Eingabe doch etwas genutzt", sagte sie und fiel ihrem Mann um den Hals.

„Wir kriegen tatsächlich ein Auto, Georg. Ist das nicht fantastisch?" Er strahlte sie, ihre Freude teilend, an, und als Carolina sich auch noch an ihre Eltern hängte, wirbelten sie zu dritt durch den Flur. Luise stand kopfschüttelnd daneben.

„Das ist doch kein Grund, so aus dem Häuschen zu sein. Seid doch nicht albern – so ein Aufruhr wegen eines Autos aus Pappmache. Zu meiner Zeit gab es wenigstens noch richtige Autos", seufzte sie. „Vor dem Krieg hatten Oskar und ich einen veritablen Mercedes."

„Ja, ja, Oma, wir wissen schon, vor dem Krieg war alles besser", bemerkte Carolina spitz. „Und was ist uns davon geblieben? Nichts."

Luise winkte ab. „Du verstehst das nicht." Wieder klopfte sie mit ihrem Stock auf den Dielenboden. „Ein bisschen mehr Respekt würde dir nicht schlecht bekommen, aber das ist dir ja fremd." Grummelnd verschwand sie in ihrem Zimmer. „Wir können schließlich nichts dafür, dass uns der Krieg alles genommen hat."

In diesem Sommer lief der Pachtvertrag für das Haus am See aus, und Charlotte hatte durchgesetzt, ihn nicht weiter zu verlängern. Sie wollte das Haus endlich wieder selbst nutzen, und mit dem neuen Auto konnten sie nun bequem dorthin fahren.

Luise lebte seit Oskars Tod im Haushalt ihrer Tochter und hatte das Grundstück zehn Jahre zuvor verpachtet, um ihre magere Rente aufzubessern. Eine Entschädigung für die zerbombte Fabrik und die Wohnung in Tempelhof hatte sie nie erhalten, und das Geld auf ihren gesperrten Konten war nach der Währungsreform wertlos geworden. So war ihr nur das Haus am See geblieben.

Nach Oskars Tod hatte Luise ihre Tochter beschworen, doch alles hinter sich zu lassen und gemeinsam in den Westen zu gehen. „Wir könnten bei meiner Cousine in Köln unterkommen. Die hilft uns bestimmt wieder auf die Beine."

Und als Georg sich geweigert hatte, seine Heimat zu verlassen, hatte Luise ihrer Tochter vorgeschlagen, doch ohne ihn zu gehen. Nach wie vor hielt sie nicht sehr viel von ihrem Schwiegersohn, doch Charlotte hatte sich damals geweigert.

„Ich werde doch meinen Mann nicht verlassen und meinen beiden Töchtern ihren Vater entziehen, nur um in eine ungewisse Zukunft zu gehen. Außerdem, was soll aus dem Haus am See werden? Sollen wir das wenige, was uns geblieben ist, auch noch aufgeben?"

„Es ist doch nur eine Frage der Zeit, bis sie uns enteignen", entgegnete Luise.

„Nein, Mutter", hatte Charlotte protestiert. „Nur über meine Leiche. Mein Zuhause werde ich mir nicht wegnehmen lassen."

Und dann hatten sie beschlossen, das Haus an eine ostdeutsche Künstlerin, die bei der Regierung hoch im Kurs stand, zu verpachten, um es auf diese Weise vor der Enteignung zu bewahren. Das alles war nun mehr als zehn Jahre her, und Luise musste zugeben, dass Charlottes Plan aufgegangen war. Sie waren einer Enteignung entgangen, und die Pachteinnahmen waren ein gutes Zubrot. Auch Georg hatte seinen Platz als Regisseur am Theater in Magdeburg gefunden, und für Charlotte war dabei ein festes Engagement herausgesprungen.

Zugegeben, Magdeburg war hässlich. Vom Krieg völlig zerstört, wurde die Stadt im typisch ostzonalen Plattenbaustil gerade wiederaufgebaut, und die Schwermaschinenindustrie zog eher Arbeiter denn Kulturinteressierte an. Entsprechend war der Spielplan im Schauspielhaus nicht gerade anspruchsvoll, aber Charlotte fand sich damit ab. Der Vorteil eines gemeinsamen Engagements, ohne ständig umziehen zu müssen, war einfach Gold wert.

Ein paar Monate zuvor war Charlotte auf die wahnwitzige Idee gekommen, den Führerschein zu machen. Selbst Georg hatte das albern gefunden, und in diesem Punkt waren Luise und ihr Schwiegersohn ausnahmsweise einmal einer Meinung gewesen.

„Du bist ja verrückt. Was wollen wir denn mit einem Auto, ganz abgesehen davon, dass wir bestimmt nicht so einfach eines bekommen?" Im Arbeiter- und Bauernstaat konnte es tatsächlich Jahre dauern, bis man einen Wagen zugeteilt bekam. Doch Charlotte hatte nächtelang gebüffelt und die Verkehrsregeln gelernt. Aus einer ausgeschnittenen Schuhschachtel und einem Kochlöffel hatte sie sich eine provisorische Schaltung gebastelt und damit geübt.

Nach bestandener Fahrprüfung hatte sie mehrere Eingaben an den Rat des Bezirkes geschrieben und um die baldige Zuteilung eines Fahrzeuges gebeten. Das war ihre Art, mit der ostdeutschen Mangelwirtschaft umzugehen. Sie schrieb Eingaben, wenn sie etwas dringend brauchte, und sie bekam auch immer eine Antwort. So hatte sie sich einen Telefonanschluss erkämpft, und Elisabeth hatte einen Platz an der Filmhochschule in Berlin bekommen.

Anfang Juni stand tatsächlich ein werksneuer Trabant vor ihrer Tür. Zu Beginn der Theaterferien im Juli beluden sie das kleine Auto mit allem, was man für die Ausstattung eines Hauses brauchte: Bettwäsche, Handtücher, einen kleinen Karton mit Geschirr und Töpfen. Da Charlotte nicht wusste, was vom Nachkriegshausstand noch übrig war, packte sie auch Werkzeug ein.

Luise jedoch weigerte sich, mitzufahren. „Ich bleibe zu Hause, die Fahrt ist mir zu anstrengend. Außerdem, einer muss auch hier nach dem Rechten sehen." In Wahrheit wollte sie einfach nicht mit ihrer Vergangenheit konfrontiert werden.

Seit Oskars Tod war sie nicht mehr in ihrem geliebten Haus am See gewesen, und das sollte auch so bleiben. Wer wusste schon, wie es dort inzwischen aussah? Außerdem fürchtete sie sich vor einer Begegnung mit Henriette, ihrem ehemaligen Dienstmädchen, die immer noch dort ganz in der Nähe des Hauses in einer kleinen Kate lebte.

Carolina fand kaum Platz auf der Rückbank des vollgepackten Autos, doch beschwerte sie sich nicht, denn sie wollte auf keinen Fall mit ihrer Oma zu Hause bleiben. Zu groß war die Neugier auf das Haus, das sie ihr Leben lang nur aus Geschichten und von Fotos kannte.

Als Charlotte endlich, nach einer mehr als zweistündigen Fahrt, von der Landstraße in die Platanenallee abbog, musste sie schwer schlucken. Das Grundstück bot einen ähnlich traurigen Anblick wie damals 1922, als sie mit Oskar und Luise zum ersten Mal dort gewesen war.

Der Zaun war wieder morsch und von Hecken überwuchert, und Charlotte versuchte vergeblich, das rostige Schloss der Einfahrt zu öffnen. Schließlich trat sie einmal so fest dagegen, dass es quietschend aufging, zumindest so weit, dass sie hindurchschlüpfen konnten. Der Garten ein Bild der Verwahrlosung, die Wiese nicht gemäht, und das Apfelspalier musste dringend ausgeholzt werden.

„Das ist es also?", brachte Carolina enttäuscht hervor.

„Sieht nicht gerade einladend aus." Doch sie bekam keine Antwort. Schweigend ging ihre Mutter voraus zum Haus.

Charlotte bemerkte sofort, dass das Haus in einem nicht minder desolaten Zustand wie der Garten war. Zu ihrem Entsetzen waren die Fensterläden in einem aufdringlichen Blau gestrichen, während von der Holzfassade die ursprüngliche Farbe in großen Stücken abgeblättert war. Tränen standen in ihren Augen. Sie hatte mit vielem gerechnet, aber nicht mit einem abrissreifen Haus. Georg legte ihr den Arm um die Schultern.

„Ich sehe schon, das wird wohl ein Arbeitsurlaub werden."

Doch er erntete nur einen traurigen Blick von seiner Frau.

Sie schloss die Haustür auf, und ein modriger Geruch schlug ihnen entgegen. In den Sonnenstrahlen, die durch die Ritzen der geschlossenen Fensterläden in das Dunkel des Hauses fielen, tanzten feine Staubpartikel. Was für ein Geisterhaus, dachte Charlotte, als sie eintrat. Sie ging ins Wohnzimmer und ließ sich erschöpft auf einen Stuhl fallen.

„Puh, hier muffelt es aber ganz schön." Carolina öffnete sofort ein Fenster und stieß die Läden auf. Sonnenlicht ergoss sich wie Gold in das Zimmer und ließ es gleich viel freundlicher erscheinen.

„Mama, sei nicht traurig", sagte sie in ihrer jugendlich unbeschwerten Art. „Wir werden einfach ein bisschen putzen und lüften, und dann wird das schon." Carolina empfand das Ganze als ein Abenteuer und würde sich ihre Ferien sicher nicht durch ein bisschen Staub vermiesen lassen.

Georg hatte sich vor dem Haus auf eine Bank gesetzt und genoss den Blick auf den See. Er kannte seine Frau gut genug, um zu wissen, dass ihre erste Schockstarre nur die Ruhe vor dem Sturm war. Sobald sie ihre Sprachlosigkeit überwunden hatte, würde sie nichts mehr aufhalten können, bis das Haus wieder auf Vordermann gebracht war.

Charlotte erhob sich und streichelte Carolina die Wange. Dann trat sie aus dem Haus und setzte sich draußen neben Georg auf die Bank.

„Warum muss man sich die Dinge immer wieder neu erkämpfen, die man längst zu besitzen glaubt?"

Georg lächelte. „Weil einem nichts im Leben auf ewig gehört."

Sie lehnte den Kopf an seine Schulter und sah hinaus auf den See. Obwohl ihr zum Heulen zumute war, empfand sie plötzlich eine unendliche Dankbarkeit darüber, dass es diesen Ort immer noch gab.

„Ich fürchte, ein Urlaub wird nicht reichen, um das hier alles zu richten", seufzte sie.

Die folgenden sonnig warmen Tage nutzen sie, um zu putzen, Teppiche auszuklopfen und kleine Reparaturen vorzunehmen. Was die Beseitigung der größeren Schäden anging, so war Georg mit seinen zwei linken Händen allerdings keine große Hilfe. Also fuhr Charlotte in die Stadt, um Kontakt zu den ortsansässigen Handwerkern zu knüpfen. Die Elektroleitungen mussten teilweise erneuert und das Dach repariert werden. Mit einigen Scheinen Westgeld, die Luise ihr vor der Abreise in die Hand gedrückt hatte, versuchte sie nun ihr Glück.

„Du wirst es brauchen", hatte sie gesagt, und Charlotte war einigermaßen erstaunt über diese besondere

Barschaft ihrer Mutter gewesen. „Wo hast du das bloß her?", hatte sie gefragt, doch keine Antwort darauf bekommen. „Du musst nicht alles wissen, nimm es einfach und setze es sinnvoll ein."

Zwei Wochen später regnete es nicht mehr durchs Dach, und alles in allem sah das Haus wieder einigermaßen manierlich aus. Und Charlotte hatte das Gefühl, dass es nun an der Zeit wäre, sich endlich mal bei ihrer Freundin Inge blicken zu lassen. Das war längst überfällig, und so ließ sie Georg und Carolina im Haus zurück und machte sich auf den Weg.

Inge hatte während des Krieges als Krankenschwester in verschiedenen Lazaretten gearbeitet. Dort hatte sie einen jungen Mann namens Heinrich kennen gelernt, der leicht verletzt auf ihre Station eingeliefert worden war. Heinrich war genau derjenige, den Inge sich immer an ihrer Seite gewünscht hatte: ein herzensguter und praktisch veranlagter Mann, tüchtig und ehrlich.

Nach seinem kurzen Aufenthalt im Lazarett war er wieder an die Front beordert worden, und als er im Winter 1944 während eines Fronturlaubes nach Hause kam, hatte er ihr einen Heiratsantrag gemacht. Das Ende des Krieges war bereits abzusehen, und sie wollten im Frühjahr 1945 heiraten. Doch Heinrich kehrte nicht zurück.

Wo genau er gefallen war, wusste niemand, und er wurde nie gefunden. Doch immer noch schien sich Inge an die Hoffnung zu klammern, dass er nicht gestorben, sondern wie so viele andere in russische Gefangenschaft geraten war und eines Tages heimkehren würde. Zumindest glaubte Charlotte das, denn es war in ihren Augen die einzige Erklärung dafür, warum ihre Freundin immer noch bei ihren Eltern auf dem Hof lebte.

Der Hof ihrer Eltern war unterdessen in eine staatliche Produktionsgenossenschaft integriert worden, und Inge hatte mit ansehen müssen, wie ihre Eltern alles verloren, wofür sie ihr Leben lang gearbeitet hatten.

An diesem Abend wurde Charlotte von Inges Eltern empfangen. „Komm in die Küche", sagte Inges Vater und bot ihr einen Stuhl an, während Inges Mutter die Küchenfenster und die Tür schloss.

„Was ist denn los?", fragte Charlotte, von einer unguten Ahnung erfüllt.

Inges Vater stellte das Radio an und redete plötzlich sehr leise. „Das ist nicht so einfach zu erklären." Doch Inges Mutter warf ihrem Mann einen auffordernden Blick zu.

„Wir sollten es ihr sagen, sie hat ein Recht darauf, es zu erfahren."

Der Vater nickte. „Inge war vor sechs Wochen zu einem Fortbildungskurs in Berlin. Sie ist von dort nicht wieder nach Hause gekommen."

Charlotte sprang auf. „Was soll das denn heißen?"

„Sie ist nach Westberlin gegangen", flüsterte Inges Vater so leise, dass Charlotte ihn kaum verstehen konnte.

„Sie ist geflohen?" Nun begriff Charlotte auch, warum er das Radio angestellt und seine Frau trotz der hochsommerlichen Wärme Fenster und Tür geschlossen hatte. Sie wollten verhindern, dass die Nachbarn ihre Unterhaltung mitbekamen. „Im Frühjahr bekam sie einen Brief von Heinrichs Eltern, er ist nun endgültig für tot erklärt worden", sagte Inges Mutter und seufzte. „So viele Jahre hat sie auf ihn gewartet, aber nun will sie im Westen ein neues Leben beginnen."

„Wir haben deswegen eine Menge Ärger bekommen", fuhr Inges Vater fort. „Sie haben uns stundenlang verhört und wollten uns eine Mittäterschaft anhängen, doch Peter hat uns da letztendlich rausgehauen. Er arbeitet doch jetzt für die Parteiführung. Er hat natürlich getobt, weil ihm seine Schwester jetzt womöglich die Karriere zerstört, aber irgendwie hat er es geschafft, uns da raus zu boxen."

Das sah ihm ähnlich, dachte Charlotte. Peter hängte sein Fähnchen immer nach dem Wind, erst für die Braunen, jetzt für die Roten. Wie er es nur wieder angestellt hatte, seine Vergangenheit zu vertuschen? „Ich finde es ja gut, dass die Inge gegangen ist", sagte die Mutter nun im Flüsterton. „Ich habe ja lange genug zugesehen, wie das Mädel hier verkümmert ist. Und jetzt hat sie vielleicht noch eine Chance, ein bisschen was aus ihrem Leben zu machen."

Charlotte flüsterte jetzt auch. „Wo ist sie denn untergekommen, drüben?"

Die Alten zuckten mit den Schultern. „Wir haben zwei Briefe in ihren Sachen gefunden. Einer davon ist für dich. Ich gehe und hole ihn", sagte Inges Mutter verschwand im Flur.

„Ich finde auch, dass sie das einzig Richtige getan hat", sagte nun der Vater. „Sie hat es bei Gott nicht leicht gehabt hier, und den Schmerz um Heinrich hat sie nie verwunden."

Inges Mutter kam mit dem Brief zurück, doch bevor sie ihn ihr übergab, sagte sie eindringlich: „Kein Wort davon zu Peter, er ist so verbohrt. Als ob wir das nicht alles schon einmal durchgemacht hätten. Aber wir sind alt und können nichts mehr daran ändern." Resigniert schüttelte sie den Kopf.

Sie erzählten Charlotte, dass Inge vorgehabt hatte, nach Hamburg zu gehen, dass sie jedoch noch keine Nachricht vor ihr bekommen hätten. Täglich würden sie auf Post warten, doch sie vermuteten, dass die Briefe kontrolliert und möglicherweise abgefangen wurden.

„Auch dieser Wahnsinn wird nicht ewig dauern, aber wir werden das Ende wohl nicht mehr erleben", sagte der alte Mann und legte den Arm um seine Frau, als sich Charlotte von ihnen verabschiedete.

*Liebste Charlotte,*

*Wenn Du diesen Brief liest, werde ich fern und doch nah bei Dir sein. Dann hat mein Plan funktioniert, und ich bin gut in Westberlin gelandet. Mach Dir keine Sorgen um mich, es geht mir gut. Sei gewiss, dass mir der Abschied nicht leicht gefallen ist. Ich hoffe jedoch, dass gerade Du als meine beste und älteste Freundin meine Entscheidung verstehen kannst. Ich musste gehen, es war der einzige Weg, um mich endlich aus den Fängen meiner Vergangenheit zu befreien. Ich habe viel zu lange dazu gebraucht, das ist mir heute klar. Ob wir uns jemals wiedersehen werden, kann ich nicht mit Gewissheit sagen. Aber wenn wir eines in unserem Leben gelernt haben, dann ist es, mit der Ungewissheit umgehen zu können. Oder siehst Du das anders? Ich jedenfalls werde die Hoffnung nicht aufgeben, dass wir uns eines Tages wieder in die Arme schließen können. Das hält mich aufrecht.*

*Ich werde hier Menschen um mich haben, denen ich vertrauen kann, die sich um mich kümmern. Ich bin nicht allein. Die Familie, die ich zurückgelassen habe, können sie mir sicher nicht ersetzen und schon gar nicht die langjährigen Freunde, so wie Dich. Aber Ihr braucht mich alle nicht mehr. Ihr schafft das auch ohne mich, und ich möchte nach so vielen Jahren endlich wieder meinen eigenen Weg gehen. Ich habe so lange um Heinrich getrauert, mein Herz hat für immer einen Sprung, der nicht zu kitten ist. Doch ich fühle auch, dass man mit einem Sprung im Herzen wieder lieben kann, wenn man es wirklich will.*

*Vor ein paar Monaten habe ich bei einem Vortrag in Berlin Rudolf Hinze getroffen, ich habe ihn sofort wiedererkannt.*

*Rudi lebt jetzt in Hamburg und arbeitet dort als Arzt, so wie er sich das immer gewünscht hat. Er ist Witwer, und uns verbindet eine ähnliche Geschichte. Seine Frau war ebenfalls Krankenschwester so wie ich und ist bei einem Fliegerangriff auf einen Lazarettzug ums Leben gekommen. Er hat zwei erwachsene Töchter, zauberhafte Mädchen, genau wie Deine beiden. Er versteht mich, kennt meinen Schmerz, und uns verbindet mehr, als wir jemals zu hoffen gewagt hätten. Ich kann mir wieder vorstellen zu lieben, ich kann mir vorstellen, dass Rudi den Platz in meinem Herzen einnehmen könnte, den ich jahrelang Heinrich vorbehalten habe. Ich hoffe so sehr, dass wir eine Chance haben. Bitte versteh mich, ich muss es versuchen.*

*Sobald ich weiß, wohin es mich tatsächlich verschlagen hat, werde ich Dir meine neue Adresse zukommen lassen. Wir bleiben in Kontakt, das verspreche ich Dir.*

*Deine Dich immer liebende Freundin Inge*

*PS: Die Liebe ist das Einzige, wofür es sich zu leben lohnt. Und sei die Distanz noch so groß zwischen zwei Menschen, die Liebe wird sie immer verbinden. Das gilt auch für unsere Freundschaft.*

Charlotte konnte nicht fassen, was sie las. Eine maßlose Traurigkeit überkam sie, und es brach ihr das Herz bei dem Gedanken, dass sie Inge wahrscheinlich nie wiedersehen würde. Einzig die Tatsache, dass diese in Rudolf Hinze den Mann gefunden hatte, mit dem sie leben wollte, tröstete sie über den Verlust ihrer Freundin hinweg.

Dieser verdammte Krieg und jetzt die Teilung Deutschlands. Das bedeutete nichts Gutes. Und sie wurde das Gefühl nicht los, dass sich etwas über ihr zusammenbraute, das sie möglicherweise nicht mehr unter Kontrolle haben würde. Ein Verdacht, der sich schon bald bestätigen sollte.

*

Charlotte war zweifelsohne stolz auf ihre Tochter und hoffte, Elisabeth könne das erreichen, was ihr selbst nie gelungen war. Zugleich betrachtete sie mit Misstrauen das enorme Selbstbewusstsein ihrer älteren Tochter, wusste sie doch aus eigener Erfahrung, dass mangelnde Selbstkritik schnell in Überheblichkeit umschlagen konnte.

„Du solltest dich nicht ausschließlich auf den Film konzentrieren. Die wahre Herausforderung liegt in der Bühnenarbeit", sagte sie eines Abends zu ihr, als sie gemeinsam auf der Terrasse saßen. Charlotte wusste, dass Elisabeth seit ihrer letzten Rolle als Gisela in dem

DEFA-Streifen „Überfall am Stellwerk B" auf ein neues Filmangebot hoffte.

„Ich brenne nun mal für den Film, Mama. Und was kann mir die Bühne schon beibringen, was ich nicht auch im Filmstudio lernen kann."

„Eine ganze Menge. Es ist die Gegenwart des Publikums, das unmittelbare Spiel mit dem Zuschauer und dessen Reaktion auf dein Spiel." Charlotte gefiel es gar nicht, dass Elisabeth dermaßen überzeugt von sich war. „Gib dich nicht zu arrogant, sonst engagiert dich am Ende niemand. Du weißt doch, in unserem Beruf bewegen wir uns immer auf dünnem Eis."

Elisabeth seufzte. „Es nervt mich, dass man in diesem Staat alles nur auf Zuteilung bekommt. Mit meinem Erfolg ist es wie mit der Trabantauslieferung beim VEB Sachsenring. Die Autos sind fertig, aber es ist kein Benzin da, um sie zu fahren."

„Wie meinst du das?"

Elisabeth begann aufzuzählen. „Ich hab alles, was ich brauche, um erfolgreich zu sein. Aber sie lassen mich nicht spielen, was ich will und wie ich es will. Erst darf ich nicht auf die Ernst Busch, dann muss ich betteln für die Filmhochschule, und jetzt besetzen sie mich nur politisch korrekt." Elisabeth verdrehte die Augen. „Manchmal denke ich, mein Talent macht ihnen Angst. Mama", rief sie und sprang auf, „dieser Staat engt mich ein. Ich will mich ausprobieren, stattdessen werde ich in ein Korsett gesteckt, das mir förmlich die Luft zum Atmen nimmt."

„Nicht so laut, wenn dich die Nachbarn hören", flüsterte Charlotte ihr ängstlich zu.

Elisabeth schnaubte verächtlich und setzte sich wieder hin. „Siehst du, genau das meine ich."

„Das ist eben so, wir müssen damit leben. Aber du kannst wenigstens den Beruf ausüben, den du dir immer schon gewünscht hast."

Elisabeth schüttelte den Kopf. „Aber nicht unter diesen Bedingungen." Sie lehnte sich zurück und verschränkte die Arme vor der Brust. „Ich werde mit David in den Westen gehen, Mama."

David Hoffmann – ein Filmregisseur aus Wien. Elisabeth sprach seit Tagen von niemand anderem, und Charlotte hatte schon längst erkannt, dass dieser Mann wohl mehr als eine Schwärmerei für ihre Tochter war.

„Was soll das heißen?"

Elisabeth senkte ihre Stimme. „Sie machen die Grenze zu, sicher schon ganz bald, aber ich lasse mich nicht einsperren."

Charlotte spürte, wie ihr Herz schneller schlug. „Und was willst du tun? Jeder weiß, dass man nicht einfach über die Sektorengrenze marschiert und nicht zurückkommt."

Doch Elisabeth zuckte nur mit den Schultern. „Ich werde es wie alle anderen machen und mich in die S-Bahn nach West-Berlin setzen."

Dann beugte sie sich vor und sah ihrer Mutter eindringlich in die Augen. „Dieses Land ist ein Gefängnis, Mama, und bald gibt es für jeden nur noch lebenslänglich."

Erst jetzt dämmerte Charlotte, was Elisabeth da gerade gesagt hatte. „Was meinst du mit: Sie machen die Grenze zu?", flüsterte sie ungläubig.

Elisabeth flüsterte nun auch.

„In Berlin erzählt man, es wird eine Mauer geben. Sie werden die Grenze dichtmachen, noch diesen Sommer. Ich will nicht hier bleiben – ohne David."

Charlotte winkte ab. „Das ist doch Unsinn. Sie können doch nicht einfach alles dichtmachen." Charlotte konnte einfach nicht glauben, was ihre Tochter da erzählte. „Und überhaupt, was redest du? Du hast hier – auch ohne David – alle Chancen, eine brillante Karriere zu machen."

„Du hast keine Ahnung, was die für einen Druck auf uns ausüben. Gerade beim Film", erwiderte Elisabeth, stand wieder auf und starrte auf den See. „Ich bin sicher, das wird noch schlimmer. Irgendwann wird es nur noch sozialistische Propagandafilme geben, wie damals bei den Nazis, nur mit anderen politischen Vorzeichen."

Charlotte erhob sich nun ebenfalls und stellte sich dicht neben ihre Tochter. „Ich weiß, was du meinst. Aber bis jetzt haben wir es immer geschafft, uns eine gewisse Freiheit zu bewahren."

Doch Elisabeth schüttelte den Kopf. „Mama, sei doch nicht so naiv. Hast du vergessen, was dieser Peter uns angetan hat, als er Papa an die Front versetzt hat? Und jetzt sitzt er wieder am längeren Hebel – nur unter einer anderen Flagge. Diese vermeintlichen Sozialisten sind doch um keinen Deut besser."

„Aber du hast hier eine großartige Karriere vor dir", widersprach Charlotte. „Im Westen dagegen bist du ein Niemand. Du fängst ganz von vorn an, und außerdem

..., du kennst diesen David doch kaum." Charlotte atmete tief durch. „Elisabeth, das ist ein Weg ohne Umkehrmöglichkeit, das muss dir doch klar sein."

Der See schwappte leise ans Ufer. Es war inzwischen so dunkel geworden, dass das Wasser die Farbe von schwarzer Tinte hatte.

„Egal, was du sagst, Mama, ich weiß, dass es der Weg in die richtige Richtung ist – und ich liebe David", sagte Elisabeth schließlich nach einer gefühlten Ewigkeit, und Charlotte wurde ganz bang ums Herz. „Der Mann ist fast zwanzig Jahre älter als du", wandte sie händeringend ein. „Er sieht in dir womöglich nur das Talent, das er braucht, um seine Filme zu machen. Und wenn du seinen Erwartungen nicht entsprichst, wird er dich fallen lassen."

Doch Elisabeth schüttelte heftig den Kopf.

„Du kennst ihn nicht."

Es ist zum Verrücktwerden, dachte Charlotte und suchte verzweifelt nach einem letzten Argument.

„Hast du mal an uns gedacht?", sagte sie schließlich und zeigte auf das Haus. „Das hier alles willst du hinter dir lassen? Deine Familie? Deine Heimat? Ganz abgesehen davon, welchen Ärger wir dann bekommen werden."

Elisabeth sah sie erschrocken an, und im gleichen Augenblick hasste Charlotte sich für das, was sie soeben gesagt hatte. Schlagartig wurde ihr klar, dass sie ihre Tochter ebenso vor die Wahl stellte, wie Oskar das Jahrzehnte zuvor mit ihr selbst getan hatte. Als er sie damals zwingen wollte, Rudolf Hinze zu heiraten, um den Familienbesitz zu retten, hatte sie ihn dafür zutiefst verachtet.

„David wird mich nicht fallen lassen, Mama", sagte Elisabeth und wandte sich ihrer Mutter zu. „Ich bin schwanger." Sie griff nach der Hand ihrer Mutter, um sie sich auf den noch flachen Bauch zu legen. „Du willst doch auch nicht, dass dein Enkelkind ohne Vater aufwächst, oder?"

April 1990

„Die Stasi hat Elisabeth also erpresst." Siegfried trank den letzten Schluck Bier, und auch David leerte sein Glas.

„So ist es. An diesem Abend, als die Kerle bei ihr in der Garderobe auftauchten, unterschrieb sie eine Verpflichtungserklärung zur Tätigkeit als Spitzel."

Siegfrieds Neugier war geweckt. „Spionage? Aber was genau sollte sie denn auskundschaften?"

„Da legten sich die Herren nicht so fest: Alles, was in ihren Augen das System gefährden konnte, beispielsweise aufmüpfige Kollegen, die sich abfällig über den Staat ausließen. Auch an Einblicken in die westliche Filmproduktion waren sie interessiert. Schließlich war es immer von Vorteil zu wissen, wie der Klassenfeind agierte, und da war es nur gut, wenn dort jemand von den eigenen Leuten saß."

„Verstehe", sagte Siegfried. „Aber Charlotte hat nie etwas davon erwähnt. Wusste sie denn Bescheid?" Er winkte dem Kellner und bestellte zwei frische Bier.

„Nein, Elisabeth schob die Schwangerschaft als Grund für ihre Republikflucht vor und war überzeugt davon, dass ihre Familie ohnehin schon genug Ärger bekommen würde, wenn sie im Westen blieb. Sie glaubte, je weniger Charlotte wüsste, desto eher wären sie geschützt."

Siegfried nahm seine Brille ab und putzte sie ausgiebig mit einem Stofftaschentuch. „Aber warum hast du sie denn nicht aufgeklärt, als du sie nach Elisabeths Tod im Ostberlin getroffen hast?"

David lehnte sich zurück und verschränkte die Arme. „Du kennst doch Charlotte. Sie wurde sofort aggressiv, weil ich Lena nicht mitgebracht hatte. Wer weiß, was passiert wäre, wenn ich die ganze Geschichte erzählt hätte. Ich wollte nur, dass schnellstmöglich Gras über Sache wachsen würde und hoffte, dass uns diese Stasi-Typen in Ruhe lassen würden, nachdem Lissy gestorben war."

Siegfried setzte seine Brille wieder auf. „Aber auf diese Weise bist du zum Buhmann der Familie geworden."

David sah hinaus auf den See. Er beobachtete, wie ein Schwan mit watschelnden Schritten durch die Wiese wankte und sich schwänzelnd im Gras niederließ.

„Das musste ich wohl in Kauf nehmen", antwortete er und zog ein Foto aus seiner Brieftasche. Es war eine Schwarzweißaufnahme von Elisabeth. Siegfried betrachtete das Bild und war sofort fasziniert von ihren unergründlich dunklen Augen. „Sie war eine wunderschöne Frau", murmelte er.

David nickte. „Lissy betrachtete das Leben als Abenteuer. Ihre Lebenslust, ihre Maßlosigkeit, sie wollte alles oder nichts, als hätte sie immer schon gewusst, dass ihr Leben früh enden würde."

Er griff nach dem frischen Bier, das der Kellner an den Tisch brachte und nahm einen großen Schluck. Bierschaum blieb an seiner Oberlippe haften, und er fuhr sich mit dem Handrücken über den Mund.

Die Speisekarten unter dem Arm, stand der Kellner immer noch an ihrem Tisch. „Essen?", fragte er.

„Sieh an", sagte Siegfried und schaute auf die Uhr. Es war eine Minute nach sechs. „Doch geschäftstüchtig." Dann bestellte er, ohne David zu fragen, zwei Schnitzel mit Kartoffelkroketten.

„Wahrscheinlich habe ich sie gerade deswegen so geliebt, gegen jede Vernunft geheiratet und Lena großgezogen", sagte David, als der Kellner mit der Bestellung Richtung Küche marschierte.

„Lena großgezogen?" Siegfried wurde stutzig. „Aber sie ist doch schließlich deine Tochter, was hättest du denn sonst tun sollen?"

David nahm Elisabeths Foto vom Tisch und betrachtete es noch einen Augenblick, bevor er es in seine Brieftasche zurücksteckte.

„An dem Abend, als ich Elisabeth kennenlernte, überschlugen sich die Ereignisse, wie es nur selten im Leben passiert. Wir gingen gar nicht erst in diese vereinbarte Kneipe, vor der ich auf sie gewartet hatte, sondern stattdessen gleich in ihre Wohnung. Nach ein paar Gläsern Wein erlag ich ihrem Charme und – wie sollte es anders sein – wir landeten im Bett. Nach dieser Nacht war klar, dass wir mehr als nur Kollegen sein würden."

David lächelte kurz, doch dann wurde er wieder ernst. „Am nächsten Morgen, Elisabeth schlief noch, streifte ich durch ihre Wohnung. Auf einem Regal standen Fotos von ihrer Familie. Eines zeigte eine junge Frau mit einem Hund, und ich traute meinen Augen nicht. Ich kannte das Bild. Ich kramte sofort den Umschlag aus meiner Manteltasche, den ich seit Tagen bei mir trug und stellte fest, dass dem Brief dasselbe Foto beigefügt war, das auf Elisabeths Regal stand."

Siegfried sah ihn verständnislos an. „Jetzt komme ich gerade nicht mehr mit. Was für ein Brief war das denn, und was für ein Foto?", fragte er irritiert.

„Ich war damals nicht nur nach Berlin gekommen, um nach Talenten für meinen nächsten Film Ausschau zu halten. Ein paar Monate zuvor war mein Vater gestorben, und dass meine Mutter ihm bald folgen würde, stand außer Frage. Sie war schwer herzkrank. Kurz vor ihrem Tod gestand sie mir, dass ich ein Adoptivkind war. Meine leibliche Mutter hatte mich gleich nach meiner Geburt weggegeben, doch zwei Tage später stand sie plötzlich bei meinen Eltern, also meinen Adoptiveltern, vor der Tür.

Woran sich meine Mutter deutlich erinnern konnte, war der traurige Blick dieser jungen Frau, der schlagartig zu einem zufriedenen Lächeln wurde, als sie sah, in wessen Händen ich da war. Sie sagte, nun sei sie beruhigt und drückte meiner Mutter einen Brief in die Hand. Falls es jemals dazu kommen sollte, dass ich erfuhr, wer ich wirklich war, sollte sie mir diesen Brief geben."

David sah wieder auf den See hinaus. An der Anlegestelle machte gerade ein Ausflugsdampfer fest, und mehrere Passagiere gingen leicht schwankend an Land. In der Gaststube begann es unterdessen, nach Frittiertem zu riechen, und wenig später brachte der Kellner die Schnitzel.

„Und in Berlin wolltest du nun nach deiner leiblichen Mutter suchen?", fragte Siegfried und begann zu essen, während David weiterhin nachdenklich das Treiben vor dem Fenster beobachtete. Mehr und mehr Gäste betraten das Restaurant, und der Raum füllte sich mit Stimmen, Gelächter und Essensdüften. Siegfried hatte nur noch das halbe Schnitzel auf dem Teller, als David seine Frage endlich beantwortete.

„Meine leibliche Mutter heißt Henriette Czerny, und mein Vater ist Oskar Petersen."

Er blickte Siegfried direkt an, der sich soeben eine Kartoffelkrokette in den Mund schieben wollte. Doch dessen Gabel verharrte plötzlich in der Luft, und mit offenem Mund starrte er seinen Schwager an.

„Ich bin Charlottes Halbbruder, und in dieser Nacht damals hatte ich eine Affäre mit meiner Nichte begonnen."

Sichtlich unter Schock legte Siegfried sein Besteck auf den noch halbvollen Teller und fuhr sich mit der Serviette über die Stirn.

„Das glaub ich jetzt nicht." Er hielt den Kellner, der gerade an ihrem Tisch vorbeikam, an der Schürze fest. „Zwei Nordhäuser Doppelkorn bitte, sofort."

Sommer 1966

„Ich bin heute angesprochen worden – in der Straßenbahn." Elisabeth stand in der Tür zum Arbeitszimmer.

„Mhhh", murmelte David, ohne von seinem Schreibtisch aufzublicken. Er musste noch ein Drehbuch fertiglesen für eine erste Vorbesprechung, die am nächsten Morgen stattfinden sollte.

Als er immer noch nicht aufsah, trat Elisabeth an seinen Schreibtisch. „Sie sind wieder da."

„Wer?"

„Die Männer von der Stasi."

Nun sah David schlagartig hoch und nahm seine Brille ab.

„Was? Hier? In Wien?"

Elisabeth stützte sich auf der Tischkante ab und sah ihrem Mann direkt in die Augen. „Wir sind überall, hat er gesagt. Und wir kriegen dich und deine Tochter."

David schob seinen Schreibtischstuhl zurück und winkte sie zu sich. Sie setzte sich auf seinen Schoß, und er legte den Arm um ihre Schulter.

„Was können sie dir schon! Du bist mit mir verheiratet, und wir leben hier in Sicherheit."

„Ich hab aber Angst, verstehst du? Was, wenn sie Lena entführen? Oder meinen Eltern doch das Haus wegnehmen? Was, wenn nun alles wieder von vorn losgeht? Ich glaube, die sind zu mehr Gemeinheiten fähig, als wir uns vorstellen können."

Elisabeths Stimme überschlug sich nun fast. „Ich dachte, ich wäre sie durch meine Flucht losgeworden, aber sie können mir anscheinend überall hin folgen. Was machen wir denn jetzt?"

David strich ihr über den Rücken.

„Beruhige dich erst mal. Aber vielleicht sollten wir mit der Angelegenheit zur Polizei gehen ..."

Elisabeth sprang auf.

„Nein, auf keinen Fall. Das macht alles nur noch schlimmer. Was, wenn sie mich dann als Stasi-Agentin ausweisen?"

David zog sie zurück auf seinen Schoß, wo sie die Arme um ihn schlang und flüsterte: „Bitte, hilf mir! Lass mich jetzt nicht allein."

David fasste sie am Kinn und sah ihr in die Augen. „Wie kommst du denn darauf? Natürlich lasse ich dich nicht allein!"

Dann schüttelte er sie leicht. „Was hat der Typ nochmal ganz genau gesagt?"

„Er hätte meine Adresse, er wüsste, wo Lena im Kindergarten ist. Ich würde von ihm hören. Was, wenn die morgen hier vor der Tür stehen?"

„Lissy, Liebling – ganz ruhig. Ich denke nach, okay?"

„Bitte lass dir was einfallen, ja?", sagte sie verzweifelt. „Ich muss jetzt zur Probe. Holst du nachher die Kleine ab?"

Er nickte und gab ihr einen Kuss auf die Stirn. Sie stand auf, doch an der Tür blieb sie noch einmal stehen und schaute ihn flehentlich an. „Mir wird schon was einfallen, versprochen", sagte er.

Er lehnte sich in seinem Schreibtischstuhl zurück und legte die Füße auf die Tischplatte. Dann rieb er sich die Augen und atmete tief ein. Hörte das denn niemals auf?

Damals — als er nach dieser ersten gemeinsamen Nacht mit Elisabeth entdeckte, wie ihre Familien zusammenhingen, hatte er beschlossen, zu verschwinden. Er machte ihr unmissverständlich klar, dass sie nicht zusammen sein konnten und verließ Berlin bereits an nächsten Tag. Doch drei Monate später hatte sie in Wien plötzlich vor seiner Tür gestanden. Sie war tatsächlich mit der S-Bahn nach West-Berlin geflohen und von dort aus nach West-Deutschland ausgereist.

Sie erklärte ihm, dass die Stasi sie unter Druck gesetzt hatte, dass sie schwanger war und niemals zurückkonnte. Was hätte er damals tun sollen? Ihr die Tür vor der Nase zuschlagen? Niemand außer ihm wusste, wie alles zusammenhing, und dann erwartete sie auch noch ein Kind. David entschloss sich, zu seiner Verantwortung zu stehen und heiratete sie. Längst waren sie eine glückliche kleine Familie, er drehte seine Filme, Elisabeth arbeitete am Theater, und Lena war ein gesundes, kleines Mädchen. Wie, verdammt noch mal, schaffte es die Stasi, nun auch noch im Ausland zu agieren? Was würde sie noch alles herausfinden und als Druckmittel verwenden?

Als Elisabeth gegen elf Uhr abends nach Hause kam, brannte im Arbeitszimmer noch Licht. Die Tür zum Flur war nur angelehnt, und sie hörte David telefonieren.

„Was? Was meinst du damit, da waren Typen bei dir?" Elisabeth zog ihren Mantel aus und hängte ihn an die Garderobe.

„Nein, das kann ich mir nicht vorstellen. Was?" Nun wurde David lauter.

Sie zog ihre Schuhe aus und suchte nach ihren Pantoffeln. Verflixt, wo hatte sie die zuletzt gelassen?

„Wir hatten eine klare Abmachung, hast du das vergessen? Hör zu, bleib ganz ruhig. Dem Kind wird nichts passieren, okay. Ich werde mich darum kümmern."

Elisabeth horchte auf. Mit wem telefonierte er da nur? Nach einer kleinen Pause hörte sie ihn sagen:

„Nein, Linda, das bleibt unter uns. Wie soll ich das Elisabeth erklären?"

Als sie ihren Namen hörte, schlich sie zur Tür und lauschte.

„Hör zu … Was? Nein … auf keinen Fall. Ja, ich weiß, ich bin sein Vater. Linda … wir hatten das besprochen … nein Linda, das kommt überhaupt nicht in Frage!"

Elisabeth stieß die Tür zum Arbeitszimmer auf, und David drehte sich um. Als er sie sah, verstummte er. Er ließ den Hörer sinken und sah Elisabeth erschrocken an. Sie musste nichts sagen. Die Frage konnte er in ihren Augen lesen. Er nahm den Hörer wieder ans Ohr.

„Ich kann jetzt nicht mehr weiterreden, ich melde mich später bei dir." Dann legte er auf. Schweigen. Elisabeth kam näher, und David stand mit hängenden Schultern neben seinem Schreibtisch, die Hand immer noch auf dem aufgelegten Telefonhörer.

„Wer war das?"

„Nichts Wichtiges."

„Nichts Wichtiges?", lachte sie affektiert. „Du bist wessen Vater?"

„Elisabeth, lass es gut sein." David nahm seine Brille ab und putze sie mit dem Zipfel seiner Strickjacke.

„Was ist hier los? Hast du eine andere?"

„Nein, es ist nicht so, wie du denkst ..." Er setzte die Brille wieder auf.

„Ach, wie ist es denn dann?"

David atmete hörbar aus. „Ich, ich ... kann dir das erklären ..."

Sie setzte sich auf die Armlehne eines Sessels. „Ich bin ganz Ohr ..."

„Jetzt nicht." Er wollte an ihr vorbei aus dem Zimmer, doch sie sprang auf und stellte sich ihm in den Weg.

„Wo willst du hin?"

„Ich muss was erledigen."

„Wer ist sie? Und was hat das mit dem Kind zu bedeuten?"

Er blieb stehen. „Was redest du da?"

„Du glaubst doch nicht, dass ich dich jetzt einfach so gehen lasse."

Er seufzte und nahm sie in den Arm. „Bitte, Lissy, vertrau mir. Du und Lena, ihr seid für mich das Allerwichtigste auf dieser Welt. Ich werde dir alles in Ruhe erklären, okay?" Sie machte sich von ihm los.

„Vertrauen? Du telefonierst hinter meinem Rücken mit einer Fremden, und es hört sich ganz danach an, als sei es deine Geliebte. Und dann ist da ein weiteres Kind?"

Er trat nochmals auf sie zu.

„Es ist nicht so, wie du denkst, aber lass uns das bitte in Ruhe besprechen."

Sie hob abwehrend die Hände.

„Schon gut! Aber dann bitte jetzt und hier!", sagte sie mit fester Stimme und ließ sich in den Sessel fallen. David seufzte. Ihm war klar, dass er um eine Erklärung nicht mehr herumkam.

Da klingelte es plötzlich an der Tür, und sie sahen sich erschrocken an. Elisabeth sprang auf, und David sah Panik in ihren Augen.

„Das sind sie!"

Sie hielt David am Arm fest. „Mach nicht auf. Das ist bestimmt der Typ aus der Tram. Bitte, David!"

Doch David schob sie beiseite.

„Ich werde das jetzt ein für alle Mal klären, diese Kerle können sich auf was gefasst machen. Wir leben hier schließlich in einem freien Land!"
Entschlossen ging er in den Flur, während Elisabeth zitternd im Arbeitszimmer zurückblieb.

Dann hörte sie Davids erschrocken klingende Stimme.

„Wo kommst du denn her? Ich hab dir doch gesagt…"

„Wir müssen reden. Diese Kerle lassen uns auffliegen. Ich darf meine Ehe nicht riskieren."

Elisabeth hörte eine erregte Frauenstimme.

„Aber, du kannst nicht einfach … "

David sah sich um und versuchte zu flüstern. Doch Elisabeth stand bereits im Flur und starrte die Fremde an.

„Ist sie das?" Elisabeth sah von der Frau zu David und wieder zurück. Ohne den Blick von der anderen zu lassen, kam sie langsam auf die beiden zu.

„Was wird hier eigentlich gespielt?", fragte sie leise, doch ihre Stimme hatte einen gefährlichen Unterton, sodass David sie an den Schultern festhielt, als er sie zu fassen bekam.

„Wir sitzen alle in einem Boot, also lass uns Klartext reden", sagte die andere sehr direkt.

„Ich glaube, es ist besser, du gehst jetzt."
David hielt seine Frau immer noch fest.

„Nein", rief Elisabeth. „Sie bleibt! Wer ist sie? Wer sind Sie?"

Sie hielt dem Blick der anderen stand.

„Mein Name ist Linda Eckstein. David und ich ..."
Angesichts des schockierten Gesichtsausdruckes von Elisabeth kam sie ins Stocken.

„Wir, also David und ich ... wir hatten eine Affäre und ... also ich bin verheiratet und ... David und ich haben einen Sohn – Joshua – er ist fünf, fast sechs, und mein Mann glaubt, er sei der Vater. Heute war ein Typ bei mir ... so ein Geheimdienstler ... und er hat mir gedroht ..."

Sie konnte den Satz nicht zu Ende sprechen.

„Was?" Elisabeth riss sich los.

„Könnten wir jetzt bitte erst mal zur Ruhe kommen. Das bringt doch nichts."

David stand zwischen den Frauen und versuchte mit erhobenen Händen, die beiden davon abzuhalten, aufeinander loszugehen.

„Er sagte, er würde alles auffliegen lassen ...", sagte Linda Eckstein in dem Versuch, David zu einem Gespräch zu zwingen.

„Würdest du jetzt bitte mal den Mund halten. Du hast schon genug Schaden angerichtet", herrschte David sie an.

„Einen Sohn, mit meinem Mann?", mischte sich Elisabeth wieder ein. „David, was soll das? Du hast tatsächlich ein Kind mit dieser Frau?"

David seufzte, und es klang, als gebe er sich geschlagen.

„Ja, verdammt! Linda und ich, wir …"

„Das kann ja wohl nicht wahr sein!", schrie Elisabeth. „Du verdammter Lügner, ich will kein Wort mehr hören!"

„Nein! Elisabeth, es ist ganz anders."

David wollte die Situation klären, bevor sie weiter eskalierte, doch dazu war es nun zu spät.

„Ich hätte es wissen müssen." Elisabeth standen Tränen der Wut in den Augen. „Meine Mutter hatte Recht, du bist es einfach nicht wert."

„Was soll das?", rief David und spürte, dass er kurz davor stand, die Fassung zu verlieren. „Du warst es doch, die vor sechs Jahren einfach vor meiner Tür gestanden hat. Was hätte ich denn tun sollen?"

„Ach, jetzt bin ich auch noch selbst schuld. Du hast mich also nur aus Mitleid geheiratet, oder wie soll ich das verstehen? Verdammt, David, ich habe dir mein Leben anvertraut, ich habe mich auf dich verlassen, und du? Gehst mit einer anderen ins Bett … "

Elisabeth fing an, hemmungslos zu weinen, während David und Linda Eckstein reglos dastanden und darauf warteten, dass sie sich wieder beruhigte.

„So war es doch gar nicht", sagte David schließlich. „Was wäre denn passiert, wenn du es gewusst hättest?" Elisabeth sah durch ihn hindurch und sagte tonlos: „Keine Ahnung."

David witterte eine Chance und versuchte erneut, ihr die Sache zu erklären.

„Linda war damals schon schwanger, als du nach Wien gekommen bist, aber wir trafen eine Vereinbarung. Sie..."

Plötzlich griff Elisabeth nach dem Autoschlüssel und ihrer Handtasche. „Verschone mich mit deinen Erklärungen. Du hättest es mir sagen müssen."

Barfuß rannte sie zur Wohnungstür hinaus, die immer noch offen stand und stürzte die Treppe hinunter.

David wollte ihr hinterher, doch Linda Eckstein hielt ihn zurück.

„Lass sie, sie muss sich beruhigen."

In diesem Moment ging die Kinderzimmertür auf, und Lena stand blinzelnd im Lichtkegel des hell erleuchteten Flures. Sie rieb sich die Augen.

„Was ist das für ein Krach, Papa?"

Wie gelähmt stand David da und sah von seiner Tochter zur geöffneten Wohnungstür. Kurz entschlossen griff er Linda bei den Schultern.

„Du hast keine Ahnung, zu was sie fähig ist, wenn sie wütend ist. Bitte kümmere dich um Lena, ich muss ihr nach."

Linda nickte kurz, David griff nach Elisabeths Straßenschuhen und rannte die Treppen hinunter.

Als er unten ankam, sah er, wie Elisabeth in den Wagen stieg.

„Warte bitte!", schrie er.

Doch ohne aufzusehen ließ sie die Fahrertür ins Schloss fallen. Mit einem Satz war er am Wagen und baute sich frontal davor auf.

„Elisabeth – bitte sei doch vernünftig. Hör mir zu." Sie kurbelte das Fenster hinunter und beugte sich hinaus.

„Geh mir aus dem Weg, sonst fahre ich dich über den Haufen."

David blieb stehen und stellte ihre Schuhe auf die Motorhaube.

„Ich gehe hier nicht eher weg, bevor du mir zugehört hast."

Elisabeth ließ den Motor aufheulen, und er konnte spüren, wie sie den Gang einlegte. Sie würde doch nicht etwa losfahren? Für einen Moment war er unsicher. Wenn seine Frau in Rage war, flogen schon mal Teller, aber würde sie ihn tatsächlich einfach so überfahren?

Sie blickten sich durch die Frontscheibe an, und plötzlich war sich David sicher, dass Elisabeth nachgeben würde. Irgendetwas in ihrem Blick sagte ihm, dass ihre Abwehr zusammenbrach.

„Also gut", rief sie. „Lass uns reden."

David atmete erleichtert auf und nahm seine Hände von der Motorhaube. Er ging auf die Beifahrerseite und wollte gerade einsteigen, als Elisabeth plötzlich Gas gab und mit quietschenden Reifen losfuhr. Ihre Schuhe flogen im hohen Bogen von der Motorhaube, als sie zur nächsten Kreuzung raste und abbog, ohne zu blinken.

Dann war es still. Die Straße glänzte regennass in der nächtlichen Beleuchtung. David stand mit einem Fuß im Rinnstein und bemerkte gar nicht, wie das Wasser seinen Hausschuh durchtränkte.

*

In der Nähe des Theaters gab es ein kleines Beisl, wo sich Elisabeth manchmal nach der Vorstellung noch mit den Kollegen auf ein Glas Wein traf. Sie setzte sich an die Bar.

„Machst du mir einen Schoppen Weißen, Franzl?"

„Ist was passiert, Lissy?" Der Wirt hatte bemerkt, dass Elisabeth auf Strümpfen das Lokal betreten hatte.

„Ich hatte einen schlechten Tag, aber ich mag nicht darüber reden."

Sie saß eine Weile da und trank. Es war nicht viel los, und Franzl polierte in Ruhe seine Gläser. Als ein unscheinbar gekleideter Mann zur Tür hereinkam, drehte er sich kurz um.

„Was darf es sein?"

„Ein Pils, bitte." Der Mann setzte sich neben Elisabeth an die Bar. Franzl zapfte das Bier und stellte es dem Gast auf den Tresen. Dann wandte er sich wieder seinen Gläsern zu und verschwand wenig später durch die Hintertür in die Küche.

„Diese Frau, Linda Eckstein, ist verheiratet mit Dr. Joseph Eckstein, einem Facharzt für Sportmedizin. Ihr Sohn Joshua wird diesen Herbst eingeschult." Der Mann nahm einen Schluck Bier.

„Wer sind Sie?" Als Elisabeth aufsah, erkannte sie den Stasi-Mann aus der Straßenbahn wieder. „Lassen Sie mich gefälligst in Ruhe", zischte sie ihn wütend an.

„Aber, aber ... " Er rückte mit seinem Barhocker etwas näher. „Frau Hoffmann, Ihr Mann hat ein Verhältnis mit dieser Dame, schon seit Jahren. Der Junge ist tatsächlich sein Sohn."

Der Mann von der Stasi nahm noch einen Schluck Bier.

„Sie lügen! Mein Mann hat mir gesagt, dass es lange vorbei ist."

„Sind Sie sicher?", sagte der Mann und beugte sich vor. „Schließlich hat er Ihnen auch den Jungen verheimlicht."

Elisabeth trank ihr Glas in einem Zug leer.

„Noch einen, Franzl", rief sie und hielt dem Wirt, der gerade aus der Küche zurückkam, das Glas hin.
Der Stasi-Mann lehnte sich wieder zurück.

„Wussten Sie, dass Ihr Mann ein Adoptivkind ist?"
Elisabeth sah von ihrem Glas auf, das Franzl ihr soeben gefüllt wieder hingestellt hatte.

„Was? So ein Unsinn?", sagte sie. Doch sie wusste nicht, was sie davon halten sollte, und konnte eine gewisse Neugier in ihrer Stimme nicht unterdrücken.

„Dass Sie und David Hoffmann sich in Berlin begegnet sind, war kein Zufall. David Hoffmann war auf der Suche nach seiner leiblichen Mutter. Und er hat sie auch gefunden."

„Das hätte er mir doch erzählt, da bin ich mir sicher", entgegnete Elisabeth entschlossen.

„Ach ja?" Der Mann lächelte zufrieden. „Was glauben sie, warum er damals so mir nichts, dir nichts abgereist ist?"

Elisabeth verdrehte die Augen. Das Gespräch fing an, ihr auf die Nerven zu gehen.

„Meine Güte, wir waren verliebt, lebten jedoch in getrennten Welten ... "

Der Mann trank wieder einen Schluck Bier und beugte sich abermals vor.

„Er hat ganz genau gewusst, was er tat. Seine leibliche Mutter ist Henriette Czerny, das Hausmädchen Ihrer Großeltern, und Davids Vater ist Ihr Großvater Oskar Petersen."

Elisabeth sprang auf. „Das ist doch völliger Quatsch. Woher wollen Sie das überhaupt alles wissen?" Dann winkte sie ab. „Ach, lassen Sie mich doch in Ruhe mit ihrem Gewäsch." Elisabeth drehte dem Kerl den Rücken zu, doch die Zweifel waren gesät.

Sie wusste nicht mehr, was sie glauben sollte und was nicht. Schließlich hatte ihr David tatsächlich dieses andere Kind verschwiegen. Und Henriette sollte seine Mutter sein?

„Alles in Ordnung?", fragte Franzl besorgt und legte Elisabeth die Hand auf den Unterarm. „Belästigt dich der Typ, Lissy?"

Der Mann rückte etwas von Elisabeth ab und setzte eine leicht pikierte Miene auf.

„Es ist schon okay, Franzl. Der Herr wollte ohnehin gerade gehen." Damit drehte sich Elisabeth um und sah den Typen herausfordernd an. „Nicht wahr?"

Franzl kassierte ab und kehrte ans andere Ende des Tresens zurück, um weitere Gläser zu polieren. Der Stasi-Mann erhob sich und trat dicht neben Elisabeth.

„Wir können Sie auffangen, Frau Hoffmann. Die Republik ist immer offen für reumütige Rückkehrer, wenn Sie mit uns zusammenarbeiten. Sie und Ihre Tochter hätten ein gutes Leben bei uns."

„Lassen Sie mich bloß in Ruhe, ich will nichts mit Ihnen zu tun haben."

„Es ist nur eine Frage der Zeit, bis David Hoffmann Sie und das Kind fallen lässt. Und wer sorgt dann noch für gute Rollen? Oder glauben Sie etwa, Sie bekommen die alle nur, weil Sie so talentiert sind?"

Der Kerl rückte noch ein Stück näher, und Elisabeth konnte seinen schlechten Atem riechen. „Ohne David Hoffmann kriegen Sie hier keinen Fuß mehr auf den Boden. Er hat bis jetzt bei jedem Ihrer Verträge die Finger im Spiel gehabt. Fragen Sie doch mal Ihren Intendanten." Er zog seinen Mantel an, und Elisabeth trank ihr Glas leer.

„Franzl, noch einen", rief sie.

„Hast du nicht langsam genug?"

„Die Dame ist mein Gast. Also bitte, schenken Sie ihr nach!" Franzl zuckte mit den Schultern und füllte ihr Glas auf.

„Wollten Sie nicht gehen?"

Der Mann zahlte den weiteren Schoppen Wein und ging zur Tür.

„Wenn Sie zurückkommen, bringen wir Sie ganz groß raus", sagte er mit einer ausladenden Geste. „Ich sehe die Schlagzeilen schon vor mir: Elisabeth Hoffmann – der neue Stern am Filmhimmel der aufstrebenden jungen Republik."

„Verschwinden sie aus meinem Leben!", zischte Elisabeth.

Der Kerl grinste nur verschlagen.

„Und dann wäre da ja auch noch das Haus Ihrer Eltern am Scharmützelsee … Überlegen Sie sich also besser mein Angebot." Mit diesen Worten verließ er das Beisl, die Hand lapidar zum Gruß erhoben.

Elisabeth griff mit zitternder Hand nach ihrem Glas. Wie konnte ihr das alles so entgleiten? War sie denn nirgendwo auf dieser Welt sicher?

Sie war in den Westen geflohen, um in Freiheit zu leben, frei entscheiden zu können, welche Rollen sie spielte, und nicht zuletzt, um ihrem Kind eine bessere Zukunft zu bieten. Sie hatte David vertraut, doch er hatte sie belogen. Was, wenn der Kerl recht hatte? Was, wenn David sie wirklich eines Tages fallen ließ? Stimmte es tatsächlich, dass er dafür sorgte, dass sie Rollen bekam? Sie selbst hatte ihre Engagements immer ihrem Talent und ihrer Professionalität zugeschrieben. Doch nichts war nun mehr so, wie es ihr bisher erschienen war. Und wenn David nun auch noch herausfinden würde, dass sie ihn, was Lena betraf, ebenfalls belogen hatte? Ganz bestimmt würde er sie dann tatsächlich fallen lassen.

Sollte sie vielleicht einfach zurückgehen in den Osten? Und Lena in der Obhut von David lassen, damit wenigstens sie in Freiheit leben könnte? Nein, beschloss sie, das war keine Option. Es musste einen anderen Weg geben. Doch was, wenn sie am Ende doch Lena entführten oder ihren Eltern das Haus wegnahmen? Sie traute diesen Kerlen von der Staatsicherheit inzwischen alles zu. Und war sie letzten Endes nicht sogar selbst schuld an diesem ganzen Schlamassel? Warum nur hatte sie, so sehr nach Freiheit strebend, alles hinter sich gelassen, ohne über die Konsequenzen für ihre Familie nachzudenken? Und nun sah es ganz so aus, als würde sie alles verlieren.

Sie trank ihr Glas aus und verließ die Bar. Sie war betrunken, doch fest entschlossen, nach Hause zurückzufahren. Sie wollte unbedingt noch einmal mit David reden, seine Sicht der Dinge hören. Es musste einen Weg geben, einen anderen! Sie wollte einfach nicht glauben, dass sie sich in David so getäuscht hatte. Fest entschlossen stieg sie ins Auto. Plötzlich riss jemand die Beifahrertür auf. Es war der Kerl von der Stasi, der vor dem Beisl auf sie gewartet haben musste.

„Sie sind doch total betrunken. In diesem Zustand können Sie nicht mehr fahren", sagte er.

Verdammt, konnte dieser Kerl sie nicht endlich in Ruhe lassen?

„Verschwinden sie!", schrie sie ihn an. „Und ich sage es jetzt ein für alle Mal: Ich werde ganz bestimmt nicht für euch arbeiten!"

Mit ihrer Handtasche drosch sie mit aller Macht auf ihn ein, so dass er einen Schritt rückwärts machte und leicht ins Taumeln geriet. Die Chance nutzend zog sie schnell die Beifahrertür zu und verriegelte sie von innen. Der Kerl hämmerte wie wild gegen das Fenster, und sie konnte ihn rufen hören.

„So warten Sie doch, so können Sie nicht fahren!"

Du kannst mich mal, dachte sie, drehte entschlossen den Zündschlüssel um und trat aufs Gaspedal. Vor ihrem inneren Auge sah sie David, wie er lachend mit Lena an der Hand auf sie zukam. Das war es, was sie wollte, wofür es sich lohnte, zu kämpfen. Ganz egal, was dieser Kerl ihr weismachen wollte.

Die rote Ampel an der nächsten Kreuzung übersah sie und raste ungebremst in den LKW, der von der rechten Seite kam.

## April 1990

Lena erwachte in der Morgendämmerung. Unter ihrer Wolldecke war es wohlig warm, und auf ihren Füßen lag Mimi und schnurrte. Als Lena sich bewegte, gab die Katze ein protestierendes Maunzen von sich, richtete sich auf, machte einen Buckel und streckte ihre Vorderpfoten aus.

Lena setzte sich auf und brauchte einen Moment, um sich zu orientieren. Am Abend zuvor war es spät geworden, und so war sie über Nacht bei Henriette geblieben. Obwohl diese ihr das Bett in ihrem Schlafzimmer angeboten hatte, hatte Lena den Platz auf dem Sofa vorgezogen. Das schien die richtige Wahl gewesen zu sein, denn sie konnte sich nicht erinnern, wann sie zuletzt so tief und traumlos geschlafen hatte. Sie streckte sich und gähnte. Die Wanduhr zeigte kurz nach halb sieben.

Sie schlich sich in die Küche und suchte nach Kaffee. Leise öffnete sie Schränke und Schubladen, bis sie schließlich alles gefunden hatte, was sie zum Kaffee machen benötigte. Schwarz und heiß sollte er sein, das war genau das, was sie nun brauchte. Sie setzte den Wasserkessel auf, entzündete die Gasflamme darunter und wartete auf dessen Pfeifen. Dann sah sie zu, wie sich das heiße Wasser den Weg durch das dunkle Kaffeepulver bahnte. Es tröpfelte durch die Löcher im Filter direkt in die große geblümte Tasse, die sie darunter gestellt hatte. Mit der dampfenden Tasse in der Hand trat sie auf die offene Veranda und sog gierig die feuchte kühle Morgenluft ein. Mimi folgte ihr, um sogleich im Gebüsch zu verschwinden.

Mit dem ersten Schluck Kaffee verbrannte sich Lena leicht die Zunge. Also stellte sie die Tasse auf den Tisch neben der Tür und ging die drei Stufen von der Veranda in den Garten hinunter, der eher einem Wald glich. Weder Blumenbeete, noch Nutzgarten, nur Wiese und meterhohe Kiefern umgaben das Haus. Die Hecken am Zaun verhinderten die Sicht auf die Straße und zu den Nachbargrundstücken. Wie ein verwunschener Märchengarten, dachte sie und ging barfuß über die moosdurchsetzte Wiese, immer auf der Hut, nicht auf einen Kiefernzapfen zu treten.

Der weiche Waldboden gab unter ihren nackten Füßen nach, und sie spürte, wie sich mit jedem Schritt ihre verkrampften Muskeln lockerten und ihr Rücken sich entspannte. Ihre Gedanken kreisten um das, was Henriette ihr am Abend zuvor erzählt hatte.

„Die gemeinsame Flucht von Charlotte und Elisabeth während der letzten Kriegsmonate, die Entbehrungen in der Zeit danach, das Warten auf Georgs Rückkehr — all das hat die beiden derart zusammengeschweißt, dass Carolina Zeit ihres Lebens immer nur den zweiten Platz in Charlottes Herz inne hatte."

„Und als meine Mutter in den Westen flüchtete und starb?", fragte Lena in dem Glauben, das tragische Ende ihrer Mutter müsse das Verhältnis zwischen Charlotte und der zweitgeborenen Tochter doch geändert haben.

„Da wurde alles noch viel schlimmer", sagte Henriette mit schmalen Lippen. „Charlotte trauerte monatelang, ich glaube, sie hat Elisabeths Tod bis heute nicht verkraftet. Wenn eine Mutter ihr Kind verliert – das ist schlimmer als jeder andere Verlust im Leben.

Noch dazu kam, dass sich Charlotte weder von Elisabeth verabschieden noch ihr Grab besuchen konnte." Henriette legte ihre Beine auf einen Hocker und deckte sich die Füße mit einer Wolldecke zu. „Und ihr einziges Enkelkind? Du hättest ihr vielleicht ein Trost sein können, aber du warst außer Reichweite."

„Warum beantragte sie kein Ausreisevisum, schließlich war sie doch eine direkte Verwandte?"

„Sie versuchte es, wurde aber nur müde belächelt. Deine Mutter war schließlich ein Republikflüchtling, und Charlotte konnte froh sein, dass man sie nicht wegen Beihilfe einsperrte."

Henriette schüttelte den Kopf. „Das waren üble Zeiten damals, das kannst du dir gar nicht vorstellen. Charlotte gab natürlich David die ganze Schuld und tut es bis heute noch."

Lena zog die Beine an und umschlang ihre Unterschenkel mit den Armen. „Ich glaube, das stimmt so nicht ganz. Papa hat mir erzählt, Mama sei ihm nachgereist und hätte eines Abends plötzlich vor seiner Tür gestanden."

Henriette lächelte. „Elisabeth wusste schon immer, was sie wollte und hat ihre Ziele konsequent verfolgt. Ich bin mir sicher, dass ihre Flucht nach Wien einzig und allein ihre Entscheidung war. Und Charlotte hat sich das nur so zurechtgelegt, um einen Schuldigen zu benennen."

„Und wie hängt das alles mit Tante Carolinas Wut zusammen?" Lena legte das Kinn auf ihre Knie und hörte gespannt zu, als Henriette weiter erzählte.

„Hier kommt das Testament deiner Urgroßmutter Luise ins Spiel. Sie verfügte vor ihrem Tod, dass Charlotte das Haus am See nur erben sollte, wenn sie es später deiner Mutter Elisabeth vermachen würde."

„Aber warum?"

„Ich weiß es nicht genau, aber ich hab meine ganz persönliche Meinung dazu." Henriette schenkte Tee nach.

„Und die wäre?", fragte Lena gespannt. „Ein letzter Versuch, die aufmüpfige Tochter doch noch einmal zu gängeln?"

Henriette zuckte die Schultern. „Wer weiß. Luise hat sich Zeit ihres Lebens angepasst, zwar unter lautem Protest, aber letztendlich blieb sie immer die Folgsame.

Dass ihre Tochter sich allen Vorgaben widersetzte und damit auch noch erfolgreich durchs Leben kam, hat Luise sicher gewurmt. Nach Oskars Tod war sie nun auch noch auf Charlotte angewiesen. Sie war alt, der Krieg hatte sie entkräftet, und sie hat nie einen Beruf gelernt. Wie sollte sie ihren Lebensunterhalt verdienen? Der Weg in den Westen wurde ihr auch verwehrt, nachdem Charlotte sich dagegen entschieden hatte. Und dass Carolina ein bisschen aus der Art geschlagen ist, ist ihr sicher nicht entgangen. Georg war ja ziemlich lange weg, aber deine Tante kam schon sehr bald nach seiner Rückkehr aus der Kriegsgefangenschaft zur Welt."

„Denkst du etwa, dass Georg gar nicht Carolinas Vater ist?", fragte Lena.

Henriette trank noch einen Schluck Tee. „Möglich wäre es."

„Und Urgroßmutter hat das Testament nie geändert, auch nach Elisabeths Tod nicht?"

Henriette schüttelte den Kopf. „Nicht, dass ich wüsste."

Lena überlegte. „Als meine Mutter starb, die Grenzen waren dicht … " Sie schlug sich mit der flachen Hand auf die Stirn. „Jetzt kapiere ich das: Carolina würde das Haus erben, wenn ich nicht wäre."

Lena fragte sich ein weiteres Mal, ob sie dieses Erbe überhaupt wollte. Ein Erbe, von dem sie noch wenige Tage zuvor überhaupt nichts gewusst hatte. Außerdem war sie sich nicht sicher, ob sie dieser Verantwortung gewachsen wäre. Doch eines konnte sie nicht leugnen: Dieses Haus war auch für sie das Fundament ihrer Herkunft. Dennoch spürte sie, dass sie in eine andere Welt gehörte, eine Welt ohne familiäre Verpflichtung. Sie wollte ungebunden sein. Und was sollte aus ihrem Traum werden, nach dem Studium für „Ärzte ohne Grenzen" nach Südamerika zu gehen?

Aber hatte nicht ihre Mutter Elisabeth ihretwegen die Heimat verlassen und ihren Entschluss am Ende sogar mit dem Leben bezahlt? Wäre sie damals nicht geflüchtet, hätte sie selbst nicht in Freiheit aufwachsen können.

Lena hat mit einem Mal das Gefühl, vor einer inneren Zerreißprobe zu stehen. Würde Elisabeth, wenn sie noch am Leben wäre, von ihrer Tochter verlangen, das Erbe anzutreten? War sie es ihrer Mutter am Ende sogar schuldig?

*

Carolina wälzte sich die ganze Nacht hin und her. Dieser verdammte Mauerfall hatte einfach alles verändert. Kurz nach sieben zeigte die Uhr, Siegfried lag leise schnarchend neben ihr, und im übrigen Haus schien alles still zu sein. Vorsichtig stand die auf, griff nach ihrer Strickjacke und den Wollsocken, die auf dem Korbsessel neben dem Bett lagen, und schlich an Charlottes Schlafzimmer vorbei hinunter in die Küche. Vor halb zehn würde ihre Mutter sicher nicht erscheinen.

„Mein ganzes Berufsleben lang bin ich morgens um fünf aufgestanden, um zwei Stunden Zeit zum Textlernen zu haben, bevor ich mich um die Familie gekümmert habe. Und jetzt möchte ich nie mehr einen Wecker stellen müssen", betonte Charlotte immer wieder. Vor zehn Uhr sollte man bei ihr weder anzurufen, noch sie irgendwo hinbestellen.

Carolina trank gierig ein Glas Wasser in einem Zug, nur um es gleich wieder aufzufüllen und nochmals zu leeren. Dann setzte sie Teewasser auf. Der Tag zuvor war furchtbar gewesen. Nach dem morgendlichen Streit war Magdalena spurlos verschwunden, und zwischen ihr selbst und Charlotte herrschte denkbar dicke Luft. Ihre Mutter war wieder einmal wütend auf sie.

Gegen Abend hatte Charlotte angefangen, sich ernsthaft Sorgen um Magdalenas Verbleib zu machen, während ihr selbst Zweifel an ihrem eigenen Verhalten aufkamen. War sie Magdalena zu hart angegangen? Aber der Schock, ihrer Nichte so unvorbereitet gegenüberzustehen, war einfach übermächtig gewesen, noch dazu, weil diese Elisabeth zum Verwechseln ähnlich sah. Für einen Augenblick hatte Carolina sich mit ihrer großen

Schwester konfrontiert gesehen und war von der Situation schlicht überfordert gewesen.

Sie nahm die Teekanne aus dem Schrank, hängte das gut gefüllte Tee-Ei hinein und übergoss es mit heißem Wasser. Eigentlich kam es ihr zupass, dass Magdalena über Nacht verschwunden blieb, und sie hegte die stille Hoffnung, dass sie einfach nach Wien zurückgereist war, obwohl das natürlich Unsinn war. Schließlich hätte sie bestimmt nicht ihr ganzes Gepäck hier gelassen, obwohl ... Wenn sie nach Elisabeth kam, war das durchaus denkbar.

Carolina nahm das Tee-Ei aus der Kanne und legte es in die Spüle. Sie schenkte sich eine große Tasse voll. Sie liebte schwarzen Tee, heiß und ohne Zucker, wie ihr Urgroßvater Oskar Petersen. Die Tasse in der Hand, öffnete sie die Haustür und setzte sich auf die Bank mit Blick auf den See. Der Morgen war noch kühl, doch die Sonne versprach einen wunderbaren Frühlingstag. Sie blies den Dampf über ihrer Tasse weg und schlürfte geräuschvoll.

Ein tröstliches Gefühl, wie das heiße Getränk sie wärmte. Entspannt lehnte sie Rücken und Hinterkopf an die Hauswand und genoss die morgendliche Ruhe. Die Bank vor dem Haus war ihr Lieblingsplatz. Hier hatte sie oft mit ihrem Vater gesessen, für den das Haus *nur Arbeit* bedeutet hatte. Am Ende jeden Urlaubs, den sie hier verbracht hatten, hatte er immer behauptet, er habe sich wieder nicht erholt.

Doch seit der Pachtvertrag ausgelaufen war, hatte Charlotte darauf bestanden, ihre Theaterferien im Haus am Scharmützelsee zu verbringen. War es doch die einzige Zeit im Jahr, in der sie sich um alle notwendigen Reparaturarbeiten am Haus und die Pflege des Gartens kümmern konnte. Elisabeth war damals schon in Berlin gewesen, und Carolina hatte es genossen, dass sich nicht mehr alles nur um ihre talentierte große Schwester gedreht hatte. Ihr war das Getue um Elisabeth ziemlich auf die Nerven gegangen.

Sie selbst liebte die Gartenarbeit über alles. Sie hatte sich zwar, als sie mit Mitte zwanzig Siegfried heiratete, der erdrückenden Autorität ihrer Mutter weitgehend entzogen, verbrachte aber trotzdem gemeinsam mit Siegfried und den Kindern jeden Urlaub hier im Haus am See. Siegfried war handwerklich sehr geschickt, und so kümmerten sie sich, natürlich unter der strengen Aufsicht von Charlotte, die die Einzige war, die sich *mit den Gegebenheiten des Hauses auskannte*, um alles, was so anfiel. Auch wenn sie die ständige Bevormundung durch Charlotte manchmal kaum noch ertrug, wollte sie, dass alles so blieb, wie es war. Eines Tages würde sie das Haus erben, und dann könnte sie schalten und walten, wie es ihr gefiel.

Doch auch sie war im letzten Herbst für ihre Freiheit auf die Straße gegangen, ohne zu ahnen, dass die Grenzöffnung ihr Leben so nachhaltig verändern würde.

Die staatliche Baubehörde, bei der sie als Bauingenieurin angestellt war, befand sich in Auflösung, und demnächst würde sie erstmal arbeitslos sein.

Siegfried, der als Musik- und Kunstlehrer an der polytechnischen Oberschule arbeitete, wurde gerade, wie alle seine Kollegen, auf politische Aktivitäten und

Stasikontakte überprüft. Ob er weiterhin als Lehrer tätig sein durfte, stand in den Sternen. Offenkundig konnten sie ihm nichts anlasten, doch wenn sie wollten, würden sie schon etwas finden. Siegfrieds Kollegin Vera war in der vergangenen Woche suspendiert worden, nur weil sie ihre Unterschrift auf irgendeinem Dokument der Stasi gefunden hatten. In vierzig Jahren Sozialismus war mit großer Wahrscheinlichkeit jeder einmal in die Verlegenheit gekommen, mit dem Geheimdienst zusammenzuarbeiten. Carolina selbst konnte sich noch gut erinnern, wie die Familie nach Elisabeths Flucht verhört worden war.

Sie trank noch einen weiteren Schluck Tee. Was sollte aus ihnen werden, wenn sie keine neue Arbeit fand und Siegfried vielleicht suspendiert würde?

„Wer zuerst unten am See ist und im Wasser …", rief Christina und riss die Haustür auf.

„Warte, das ist doch viel zu kalt!" Robert stürmte seiner kleinen Schwester nach, und beide rannten barfuß die Treppe zum Steg hinunter. Ihre Mutter, die sie nun aus der Ferne beobachtete, hatten die beiden Kinder gar nicht bemerkt.

Robert konnte Christina gerade noch davon abhalten, im Schlafanzug in den kalten See zu springen. Stattdessen setzten sie sich auf die Holzplanken des Stegs und steckten die nackten Zehen ins Wasser.

„Huuuh, das ist ja saukalt!", rief Christina, und Robert lachte. „Hab ich es dir nicht gesagt?"

Carolina lächelte, doch als ihr Magdalena wieder einfiel, verfinsterte sich ihre Miene schlagartig. Was, wenn ihre Nichte nun auf ihrem Erbe bestand? Sie hatte doch überhaupt keinen Bezug zu dem Haus und zu der Gegend hier. Es ist vor allem meine Heimat und die Heimat meiner Kinder, dachte sie. Sie war im letzten Herbst bestimmt nicht dafür auf die Straße gegangen, um jetzt alles zu verlieren, was ihr wichtig war.

Sie leerte ihre Tasse und stellte sie neben sich auf die Bank. Magdalena war eine ernste Bedrohung und Carolina wurde klar, dass sie schon allein für ihre Kinder alles daran setzen musste, ihre Nichte wieder zu vertreiben. Sie stand auf und winkte den beiden. „Kommt ins Haus, Kinder, und zieht euch was über. Es ist viel zu kalt, um hier im Schlafanzug herumzutollen."

*

Lena kehrte durch Henriettes Garten auf die Veranda zurück. Der Kaffee war inzwischen kalt geworden und schmeckte bitter. Sie schüttete den Rest ins Gras. Dann ließ sie sich in einen Korbsessel fallen und legte die Füße auf die Brüstung, schloss die Augen und lauschte dem Vogelgezwitscher. Mimi huschte unter einem Busch hervor und sprang ihr auf den Schoß. Die Katze begann sofort mit einer intensiven Fellpflege.

„Guten Morgen!"

Lena zuckte zusammen. Henriette stand in der Haustür, eingehüllt in ihren ausgewaschenen Frotteebademantel.

„Wie ich sehe, hast du den Kaffee schon gefunden." Sie kam auf die Veranda geschlurft und sah zum Himmel hoch. „Herrliche Luft, nicht wahr? Genau der richtige Tag für ein klärendes Gespräch."

Lena blickte verwundert auf.

„Was meinst du damit?"

„Ich finde, du solltest ein für alle Mal mit deiner Großmutter und deiner Tante klären, wie es jetzt weitergeht. Willst du dein Erbe denn antreten?"

Lena setzte sich auf, und Mimi sprang laut maunzend erst auf den Boden und von dort auf die Brüstung der Veranda, wo sie elegant zum nächsten Dachpfosten balancierte.

„Keine Ahnung – das weiß ich doch jetzt noch nicht." Lena fühlte sich bedrängt. Verlangte Henriette jetzt auch schon eine Entscheidung von ihr? Das ging sie doch nun wirklich nichts an.

„Dann solltest du das deiner Großmutter und deiner Tante sagen, und wir überlegen, wie es weitergehen soll. Du bist die Einzige, die den Familienfrieden wieder herstellen kann."

Lena stand auf und lehnte sich an die Verandabrüstung. Sie wollte protestieren. Wieso war sie plötzlich an dem ganzen Ärger schuld? Sie konnte doch nun wirklich nichts für das Testament ihrer Urgroßmutter. Doch als sie Henriette von der Seite betrachtete und diese sie unvermittelt ansah, las sie in den Augen der alten Frau einen stillen Vorwurf. Sie sah ja ein, dass sie mit ihrem unangemeldeten Besuch bei Charlotte zumindest zum Unfrieden beigetragen hatte.

„Ja, ja, ist schon gut. Du hast ja Recht", sagte sie. „Aber was, wenn Tante Carolina gleich wieder ausflippt, so wie gestern?"

„Das lass mal meine Sorge sein", erwiderte Henriette und knuffte sie in die Seite. „Ich bringe sie schon zur Räson, wenn es nötig ist. Wäre nicht das erste Mal, dass ich eine von euch „Petersen-Frauen" in ihre Schranken weise." Sie rieb sich die Hände, und Lena sah einen leisen Triumph in ihren Augen.

„Also, halt dein Gesicht unter den Wasserhahn, wir gehen frühstücken", sagte Henriette und wollte schon zurück ins Haus gehen.

„Frühstücken? Wohin?"

An der Tür drehte sich Henriette um. „Ein paar Häuser weiter. Ich kenne da ein nettes Etablissement am See." Sie nickte Lena aufmunternd zu und verschwand im Dunkel des Hausflurs.

*

Die Familie saß am Frühstückstisch, als Lena und Henriette das Haus betraten. Charlotte sprang sofort auf und kam Lena entgegen. Ihr blasser Teint wirkte grau, und man sah ihr an, dass eine unruhige Nacht hinter ihr lag.

„Lena, wo hast du denn gesteckt? Wir haben uns wirklich Sorgen gemacht." Sie betrachtete ihre Enkelin aufmerksam und strich ihr eine Haarsträhne aus dem Gesicht.

„Wir?" Carolina lachte abfällig. „Du vielleicht, ich bestimmt nicht." Sie biss, scheinbar ungerührt, von ihrem Marmeladenbrötchen ab, und Charlotte warf ihr einen wütenden Blick zu.

Doch Carolina blieb angriffslustig.

„Wegen mir kann sie bleiben, wo der Pfeffer wächst." Sie schenkte sich Kaffee nach und versenkte mehrere Stücke Würfelzucker in ihrer gut gefüllten Tasse. Während sie ihren Tee mit Vorliebe ohne Zucker trank, konnte ihr Frühstückskaffee nicht süß genug sein.

Schwungvoll rührte sie um, so dass sich die braune Flüssigkeit über den Tassenrand auf die Untertasse ergoss. „Verdammt", fluchte sie leise. Vorsichtig beugte sie sich über den Tisch und schlürfte etwas Kaffee aus der Tasse. Dann sah sie sich um. „Wo steckt eigentlich Siegfried? Er wollte doch nur etwas Holz für den Ofen holen."

Da fiel die Haustür laut ins Schloss. „Überraschung!", schallte Siegfrieds Stimme aus dem Flur. Wenige Sekunden später betrat er das Zimmer. „Ich hab da einen Herrn auf der Straße aufgelesen, der ein kräftiges Frühstück und ein klärendes Gespräch gebrauchen könnte."

Hinter Siegfried tauchte ein übernächtigter David auf, dessen Augenringe auf eine kurze Nacht schließen ließen. Überrascht sah Lena ihren Vater an.

„Papa? Wie hast du mich denn gefunden?"

David lächelte schwach und ging auf seine Tochter zu. Er nutzte das Überraschungsmoment und ergriff sie an den Schultern, als wolle er vermeiden, dass sie davonlief. „Das war nicht schwer. Ich kenne dich besser, als du denkst." Dann küsste er sie auf die Stirn, während Lena einen Schritt zurückwich.

Carolina war blass geworden, doch ihr Ton nicht minder scharf.

„Na wunderbar, der gefallene Schwager. Als ob meine Nichte allein nicht schon genug wäre."

Siegfried überging ihre abfällige Bemerkung, öffnete die Ofentür und warf schwungvoll ein Holzscheit hinein. „Nun, da wir schon mal alle da sind, schlage ich vor, wir nutzen die Gelegenheit." Beflissen trug er einen weiteren Stuhl aus dem Nebenzimmer herein und stellte ihn an den Frühstückstisch.

Da kam Henriette aus der Küche.

David schluckte, als er sie sah und wäre am liebsten sofort auf seine Mutter zugegangen. Wie oft hatte er sich vorgestellt, wie sie einander zum ersten Mal begegneten und sich gefragt, ob sie ihn wohl erkennen würde. Doch in ihrem Blick las er nur Unsicherheit, und ihm wurde klar, dass er keinesfalls mit der Tür ins Haus fallen durfte. Er musste sie vorsichtig darauf vorbereiten, wer ihr hier gegenüberstand.

Henriette überkam ein ganz merkwürdiges Gefühl, das sie jedoch nicht einordnen konnte. Deshalb sagte nur, sie hole noch ein weiteres Kaffeegedeck und verschwand wieder in der Küche.

Charlotte stand immer noch mitten im Raum und starrte David an. Sie drückte den Rücken durch, und ihre Stimme klang entschlossen.

„Ich werde mich nicht mit diesem Mann an einen Tisch setzen", sagte sie bestimmt und zeigte auf David. „Er hat meine Tochter auf dem Gewissen, und ich dulde ihn nicht in meinem Haus."

„Nun mal langsam, verehrte Schwiegermutter", schaltete sich Siegfried ein. „Jetzt setzen wir uns erst mal wieder."

Henriette kam aus der Küche zurück und trug geschäftig ein weiteres Gedeck auf.

„Du wirst ihn doch jetzt nicht auch noch bedienen?", giftete Carolina und sammelte das Gedeck wieder ein.

In diesem Punkt schienen Mutter und Tochter ausnahmsweise einer Meinung zu sein.

„*Wir* setzen uns nicht", sagte Charlotte sarkastisch und sah Siegfried streng an. „Und behandle mich bitte nicht wie eine senile alte Frau."

Henriette schnaubte und sah vorwurfsvoll zu ihr hinüber. Dann stemmte sie die Fäuste in die Hüften und holte tief Luft. „Ihr solltet euch mal sehen! Mutter und Tochter, zwei verbiesterte Schnepfen, die sich, wenn es darauf ankommt, gegenseitig die Augen auskratzen. Aber wenigstens seid ihr euch in eurem gemeinsamen Feindbild einig, was?" Sie zeigte mit dem Finger auf Carolina, die immer noch das saubere Geschirr zusammenstellte. „Lass deine Finger von der Tasse."

Carolina zog augenblicklich ihre Hände zurück und blickte Henriette erschrocken an. Sie war einigermaßen überrascht angesichts der entschiedenen Tonlage, die Henriette da anschlug. Diese wandte sich wieder Charlotte zu. „Und du setzt dich an diesen Tisch und wirst dir anhören, was dein Schwiegersohn zu sagen hat."

Siegfried begann, Kaffee auszuschenken, Milch und Zucker herumzureichen, während seine eigenen Kinder das Spektakel mucksmäuschenstill beobachteten.

Als die Kaffeekanne leer war, verschwand Henriette erneut in der Küche. Kaum hatte sie das Zimmer verlassen, begannen die Schuldzuweisungen erneut.

„Es interessiert mich nicht, was mein sogenannter Schwiegersohn zu sagen hat. Ich habe zwanzig Jahre sehr gut ohne seine Erklärungen leben können, und außerdem glaube ich ihm sowieso kein Wort."

„Im Übrigen seid ihr doch bloß hier, um euer Erbe einzufordern, stimmt`s?", setzte Carolina noch eins drauf. Und ohne eine Antwort abzuwarten fügte sie hinzu: „Aber ich sage euch gleich, das hier ist mein Haus."

„Noch ist es mein Haus", entrüstete sich Charlotte und warf ihrer Tochter einen strengen Blick zu. „Und solange ich lebe, bestimme ich, was hier passiert. Ich bin die Einzige, die sich … "

„… mit den Gegebenheiten des Hauses auskennt, ja, ja", ahmte Henriette Charlottes Tonfall nach als sie aus der Küche zurückkam. „Ist es denn zu fassen? Geht das schon wieder los?" Sie schnaubte wütend, sah von Charlotte zu Carolina und wieder zurück. „Wenn jemand in diesem Haus etwas zu sagen hat, dann bin das ich."

Die beiden Frauen sahen sie erschrocken. „Wie bitte?", fragten sie aus einem Munde.

Siegfried sah grinsend zu David hinüber und nickte ihm aufmunternd zu.

Henriette, der Siegfrieds Grinsen nicht entgangen war, fuhr fort: „Ich kenne jede Holzplanke an diesem alten Haus, und ihr alle seid noch grün hinter den Ohren gewesen, als ich dieses Haus zum ersten Mal betreten habe. Hier habe ich die schönsten und die schrecklichsten Stunden in meinem Leben verbracht. Als treu ergebenes Hausmädchen habe ich getan, was von mir verlangt wurde, auch dann noch, als ich allen Grund dazu gehabt hätte, mich zu weigern."

Charlotte wollte etwas erwidern und holte tief Luft. Doch Henriette schnitt ihr das Wort ab.

„Dein Vater", sagte sie und zeigte auf Charlotte, „hat mich eines Tages verführt. Und als dies nicht ohne Folgen blieb, wurde ich nicht gefragt, ob mir die Entscheidung passen würde, die Luise an meiner Stelle getroffen hat."

„Du meinst, weil du deinen Sohn weggeben musstest?", fragte Charlotte kleinlaut.

„Ich hatte mich zu fügen, und deine Mutter hat mich zum Schweigen verdammt. Es interessierte sie nicht im Geringsten, wie es mir dabei ging. Doch ich bin euch immer treu geblieben, selbst dann noch, als Oskar längst tot und deine Mutter eine gebrechliche alte Frau war. Zeit ihres Lebens hat sie mich tyrannisiert, und ich hab es hingenommen. Und weißt du auch, warum?"

Sie blickte Charlotte tief in die Augen und wiederholte ihre Frage. „Warum?"

Fast unmerklich schüttelte Charlotte den Kopf. So hatte sie die Angelegenheit noch nie betrachtet. Henriette war, wie selbstverständlich, immer da gewesen, ein fester Bestandteil ihrer aller Leben.

„Dann will ich es dir sagen. Euch allen will ich es sagen!", betonte sie und sah dabei jeden Einzelnen am Tisch an. „Weil dieses verfluchte Haus, diese Familie, wie ihr hier alle sitzt, meine Heimat, mein Zuhause ist. Weil ich nirgendwo auf der Welt jemals einen anderen Platz hätte haben wollen. Weil ich es verflixt noch mal als reines Glück empfand, ein Teil von euch zu sein, denn ich konnte es mir gar nicht aussuchen. Du weißt", sagte sie zu Charlotte gewandt, „ich verlor meine Eltern, da war ich noch ein halbes Kind. Aber hier fand ich ein Zuhause, und ich weiß es bis heute zu schätzen, was diese Familie für mich getan hat, auch wenn es nicht immer richtig war. Und ihr … ", sie zeigte der Reihe nach auf Charlotte, Carolina und Lena, „habt das Glück, von Geburt an Teil dieser Familie zu sein, und ihr besitzt dieses Haus. Was ihr auch tut, ihr werdet immer miteinander verbunden sein. Und ihr solltet dankbar dafür sein, dass das Schicksal euch diese Chance gibt."

Henriette drückte ihren Rücken durch und richtete sich zu ihrer vollen Größe auf. „Und ihr werdet euch nicht aus dieser Verantwortung stehlen, ist das klar?", sagte sie mit erhobenem Zeigefinger. „Zu wissen, wo man hingehört, ist ein Geschenk, mit dem man nicht leichtfertig umgehen darf."

Erschöpft und erleichtert zugleich, endlich ausgesprochen zu haben, was lange überfällig war, ließ sie ihren Arm wieder sinken.

Betretenes Schweigen füllte den Raum, und die Frauen vermieden jeglichen Blickkontakt untereinander, während sich Henriette auf einen freien Lehnstuhl fallen ließ.

In diesem Augenblick sah David seine Chance gekommen.

„Ich würde gern auch etwas zu diesem Gespräch beitragen", sagte er mit seiner sonoren Stimme. Er stand auf, kramte aus seiner Sakko-Innentasche einen abgegriffenen Umschlag heraus und legte ein Schwarzweißfoto von einer jungen Frau mit Hund auf den Tisch. Henriette erkannte das Bild sofort. Es entstammte dem Kuvert, das sie Jahrzehnte zuvor Erna Hoffmann in die Hand gedrückt hatte. Gebannt starrte sie David an, der nun sicher war, dass sie ihn erkannt hatte.

„Meine Mutter gab mir kurz vor ihrem Tod einen Brief und dieses Foto hier, der Beweis dafür, dass ich Oskar Petersens Sohn bin." Er machte eine kurze Pause, um den anderen Zeit zu lassen, das soeben Gehörte zu verarbeiten. „Und ich möchte betonen", fuhr er schließlich fort, dass ich nicht hergekommen bin, um irgendein Erbe einzufordern, das mir vielleicht von Bluts wegen zustünde, aber auf das ich, moralisch gesehen, bereits vor Jahrzehnten durch die Feigheit, die ich damals an den Tag legte, keinerlei Anrecht habe."

Carolina senkte verlegen den Blick und kaute auf ihrer Unterlippe herum, während Henriette David mit offenem Mund anstarrte. „Du bist mein Junge?", flüsterte sie. Ihre Gesichtsmuskeln begannen zu zittern, und sie umklammerte die Armlehnen des Sessels so fest, dass ihre Knöchel weiß hervortragen.

„Ja, Mutter, das bin ich."

„Seit wann weißt du das?", fragte Charlotte nach einem langen Moment des Schweigens.

David setze sich wieder und trank einen Schluck von seinem lauwarmen Kaffee. „Seit dem Tag, an dem ich Elisabeth kennengelernt habe."

Charlotte riss die Augen auf. „Und warum hast du das all die Jahre verschwiegen?"

David holte tief Luft. „Wie gesagt, ich war feige. Als mir klar wurde, dass Elisabeth meine Nichte war, beschloss ich, aus ihrem Leben so schnell wie möglich wieder zu verschwinden, aber es war zu spät. Wie ihr wisst, hat sie tatsächlich alles hinter sich gelassen, um mir in den Westen zu folgen."

„Was ihre Zielstrebigkeit betraf, war meine große Schwester tatsächlich unschlagbar", bemerkte Carolina spitz.

„Aber du hättest Elisabeth die Wahrheit sagen müssen", insistierte Charlotte.

David hob hilflos die Arme. „Sie war schwanger. Sollte ich sie wegschicken? Außerdem kannte niemand außer mir die wahren Verhältnisse."

„Du hast deine Nichte geschwängert und geschwiegen", sagte Charlotte verächtlich. „Und dass du noch ein Kind mit einer anderen hattest, hast du auch unter den Tisch fallen lassen." Mit der geballten Faust schlug sie auf die Armlehne ihres Sessels. „Dein verdammtes Schweigen hat sie in den Tod getrieben."

David schüttelte den Kopf. „Nein, das stimmt nicht."

„Doch", fauchte Charlotte, „ich bin sicher, Elisabeth hätte dich verlassen, wenn sie gewusst hätte, was für ein Lump du wirklich bist."

„Glaub mir", entgegnete David mit einer Mischung aus Resignation und Gelassenheit, „ich bin für vieles verantwortlich, aber nicht für den Tod deiner Tochter."

„Jetzt reicht es aber!", brauste Charlotte auf. „Willst du etwa die Schuld von dir weisen?"

Da stand David auf und zog eine kleine schwarze Kladde hervor. „Das ist Elisabeths Tagebuch." Abwehrend hob er die die Hände. „Ich weiß, ich weiß! Man soll die Tagebücher anderer Menschen nicht lesen, und ich bekenne mich schuldig, es trotzdem getan zu haben." Er schob die Kladde zu Charlotte über den Tisch. „Und du solltest es auch lesen. Elisabeth wurde von der Staatssicherheit erpresst."

„Das ist doch Unsinn", sagte Charlotte und schob das schwarze Büchlein von sich.

„Sie hat alles genau notiert", fuhr David unbeirrt fort. „Die Stasi zwang sie zur Zusammenarbeit. Sie drohten ihr mit dem Ende ihrer gerade begonnenen Karriere in Berlin und ... ", er tippte mit dem Zeigefinger auf die Tischplatte, „mit der Enteignung dieses Hauses.

Elisabeth fürchtete außerdem, man könne ihr das Kind wegnehmen, wenn sie nicht kooperierte. Also entschied sie sich zur Flucht. Doch diese Typen verfolgten sie bis nach Wien. Das hat sie mir am Tag ihres Todes erzählt. Verstehst du jetzt?", fügte er hinzu und versuchte, Blickkontakt mit Charlotte zu bekommen. „Elisabeth wollte euch schützen, und als sie merkte, dass diese Kerle ihr bis in den Westen folgten, bekam sie Panik.

Sie haben sogar Linda – die Mutter meines Sohnes Joshua – unter Druck gesetzt, die ja nun wirklich nichts damit zu tun hatte. Ich gebe aufrichtig zu, dass ich dazu nicht hätte schweigen dürfen. Aber ich bin nicht der Einzige, der so manches verschwiegen hat."

Vorsichtig nahm Charlotte nun doch das Tagebuch zur Hand. „Was willst du denn damit sagen?"

David sah zu Lena hinüber, und Lena konnte ihm ansehen, dass es ihm schwerfiel, weiterzusprechen. „Ihr werdet in ihrem Tagebuch auch lesen, dass ich nicht Lenas Vater bin."

Lena starrte David mit weit aufgerissenen Augen an. „Was?"

Carolina schaute entnervt in die Runde. „Na, das wird ja immer besser."

„Elisabeth hat auch mir etwas verschwiegen, nämlich ihre Affäre mit einem tschechischen Kollegen. Sie war schon schwanger, als wir uns kennen lernten, aber sie gab mich als Vater an. Heute weiß ich, dass es das einzig Richtige gewesen ist.

Als sie starb, wusste niemand, dass ich nicht Lenas Vater bin, und es war ganz selbstverständlich, dass Lena bei mir blieb. Und ich möchte wirklich gar nicht wissen, was diesen Stasileuten noch alles eingefallen wäre, wenn sie davon erfahren hätten." David blickte zu Lena hinüber, der Tränen in den Augen standen. „Aber all das bedeutet gar nichts. Du bist und bleibst mein Mädchen."

Lena zwinkerte, und eine Träne löste sich. Dass David nicht ihr leiblicher Vater war, änderte vieles. Doch in einem Punkt hatte er Recht: Er hatte sich wie ein Vater verhalten, und sie war im Herzen seine Tochter. Ihm hatte sie weitaus mehr zu verdanken als ihrer Mutter. Durch ihn hatte sie in Freiheit aufwachsen dürfen und konnte heute diejenige sein, die sie war. Wenn sie überhaupt jemandem etwas schuldig war, dann ihm.

Lena stand auf und legte ihm die Hände auf die Schultern.

„Es tut mir leid, dass ich einfach so abgehauen bin. Aber ich war so schockiert, als du mir meinen Bruder präsentiert hast. Ich fühlte mich betrogen und konnte einfach nicht fassen, dass du mir das all die Jahre verheimlicht hast."

David erhob sich und legte ihr den Arm um die Schulter.

„Ich hätte es dir viel früher sagen müssen, das weiß ich jetzt."

Henriette war während des Gesprächs blass geworden. Ihre Fingerknöchel waren immer noch ganz weiß, so angespannt hielt sie sich an den Armlehnen fest.

„Dass ich dich jemals wiedersehen würde", stammelte sie. „All die Jahre, die wir vergeudet haben … " Doch dann schien sie sich einen Ruck zu geben und sah David gespielt vorwurfsvoll an. „Eigentlich müsste ich dich dafür ohrfeigen, dass du mir das alles verheimlicht hast. Du kreuzt hier auf, präsentierst dich als mein Sohn, und zwei Enkel habe ich auch gleich noch dazu." Sie schüttelte den Kopf. „Ein feiner Kerl bist du mir!"

Dann erhob sie sich und seufzte. „Was soll's, Familie kann man sich eben nicht aussuchen." Sie machte einen Schritt auf David zu und sagte mit belegter Stimme, aber um eine ruppigen Tonfall bemüht: „Was ist? Willst du deine Mutter nicht endlich mal in den Arm nehmen?"

Leicht unbeholfen schloss er die kleine alte Frau in seine Arme, und so blieben sie eine geraume Weile mitten im Zimmer stehen, während er ihr mit der einen Hand den Rücken streichelte und sich mit der anderen die Tränen aus den Augen wischte.

„Schluss jetzt mit diesen Sentimentalitäten", sagte Henriette schließlich, löste sich aus seinen Armen und sah zu Charlotte hinüber, die verloren in die Runde blickte. Ihre Verachtung für David war mit einem Mal wie weggeblasen, und übrig blieb eine peinliche Leere. Sie musste sich eingestehen, ihm Unrecht getan zu haben, denn er hatte sich nicht vor der Verantwortung gedrückt. Doch entschuldigte das sein jahrzehntelanges Schweigen?

„Irgendwie muss ich zugeben, dass es mich beruhigt zu wissen, dass meine große Schwester doch keine Heilige gewesen ist", sagte Carolina mit belegter Stimme. Doch dann räusperte sie sich und sagte zu Lena: „Doch wie soll es nun mit dem Haus weitergehen?"

Charlotte wollte sofort etwas darauf erwidern, doch Lena kam ihr zuvor. „Papa hat Recht. Wir sind nicht hergekommen, um irgendetwas einzufordern. Das Haus ist eure Heimat, und ich fühle mich hier als Gast. Es wird wohl eine Weile dauern, bis es auch mir eine Heimat sein kann." Dann holte sie tief Luft. „Seit meinem ersten Semester Medizin träume ich davon, eine Zeitlang in Südamerika zu arbeiten, und das werde ich auch machen. Vielleicht schon sehr bald."

Sie sah zu Charlotte hinüber und glaubte, einen Anflug von Enttäuschung in deren Augen zu sehen. Dennoch fuhr sie unbeeindruckt fort: „So gesehen ist es wohl am besten, wenn Carolina sich bis auf weiteres um das Haus kümmert, und vielleicht ist ja ein kleines Zimmer im Dachgeschoss für mich frei, wenn ich zurückkomme?" Lena sah zu ihrer Tante hinüber. Siegfried legte den Arm um die Schultern seiner Frau, und Carolina nickte. „Einverstanden. Aber … ", hob sie den Zeigefinger und sah Lena mahnend an.

Bitte nicht schon wieder Zoff, dachte diese, und auch Charlotte hielt den Atem an. „Ich behalte mir vor, selbst zu entscheiden, welches Zimmer im Dach du bekommst." Erleichtert atmete Lena auf.

„Gut, dann wäre das ja geklärt", sagte Henriette und rieb sich die Hände. Dann sah sie sich um, und ihre Stimme nahm die Klangfarbe von Luise Petersen an.

„Charlotte? Haben wir noch eine Flasche Sekt im Haus?"

Charlotte räusperte sich lautstark und setzte eine ernste Miene auf. „Ich denke schon, gnädige Frau."

Henriette klatschte in die Hände. „Wunderbar, denn heute ist wirklich ein Tag zum Feiern."

„Sehr wohl, gnädige Frau. Ich eile", sagte Charlotte mit gespielter Dienstbeflissenheit und verschwand in die Küche.

Lena folgte ihrer Großmutter, und als sie die Gläser aus dem Schrank auf das Tablett stellte, fragte sie Charlotte:

„Jetzt, wo ich die ganze verrückte Geschichte kenne, stellt sich mir eine letzte Frage."

Charlotte löste den Metallverschluss, der den Sektkorken in der Flasche hielt. „Und die wäre?"

Lena sah sie an. „Wie hast du dieses Leben nur ausgehalten?"

Charlotte lächelte. „Ach weißt du, was auch immer da kam, ich habe Theater gespielt und mich mit jeder Rolle neu erfunden."

Der Sektkorken knallte an die Küchendecke und verfehlte nur knapp die Lampe.

Ende